CB139377

bal

NIGHT BREED

DADOS INTERNACIONAIS DE
CATALOGAÇÃO NA PUBLICAÇÃO (CIP)
Jéssica de Oliveira Molinari CRB-8/9852

Barker, Clive
Cabal: Raça das Trevas / Clive Barker ;
tradução de Alexandre Boide.
– Rio de Janeiro : DarkSide Books, 2024
256 p.

ISBN: 978-65-5598-367-8
Título original: Cabal: Nightbreed

1. 1. Ficção inglesa 2. Terror
I. Título II. Boide, Alexandre

24-0335 CDD 823

Índices para catálogo sistemático:
1. Ficção inglesa

Impressão: Ipsis Gráfica

CABAL: NIGHTBREED
Copyright © 1988 by Clive Barker
Todos os direitos reservados
Tradução para a língua portuguesa
© Alexandre Boide, 2024

Nossas histórias de terror são reflexos de nossa própria jornada, espelhos obscuros que nos mantêm alertas na madrugada. Que esta Colheita Macabra seja um hino à imaginação desenfreada, e que o medo nos ensine a ver além das sombras.

Fazenda Macabra
Reverendo Menezes
Pastora Moritz
Coveiro Assis
Caseiro Moraes

Leitura Sagrada
Cesar Bravo
Cristina Lasaitis
Solaine Chioro
Tinhoso e Ventura

Direção de Arte
Macabra

Coord. de Diagramação
Sergio Chaves

Colaboradores
Jefferson Cortinove
Jessica Reinaldo

A toda Família DarkSide

MACABRA™ DARKSIDE

Todos os direitos desta edição reservados à
DarkSide® Entretenimento Ltda. • darksidebooks.com
Macabra™ Filmes Ltda. • macabra.tv

© 2024 MACABRA/ DARKSIDE

RAÇA DAS TREVAS

CLIVE BARKER

CABAL

TRADUÇÃO ALEXANDRE BOIDE

MACABRA™
DARKSIDE

Para Annie

CLIVE BARKER

CABAL

NIGHT BREED

“Somos todos animais imaginários...”
— *Um bestiário da alma,* Domingo de Ybarrondo

C

I

LOCO

“Eu nasci viva. Isso já não é castigo suficiente?”
Mary Hendrickson, em seu julgamento por parricídio

1

A VERDADE

De todas as promessas precipitadas feitas em nome do amor no meio da noite, nenhuma, Boone agora sabia, era mais certa de ser quebrada do que: "Eu nunca vou abandonar você".

O que o tempo não roubava bem diante do seu nariz, as circunstâncias se encarregavam de fazer desaparecer. Qualquer outra esperança era inútil; era inútil pensar que o mundo tivesse algum tipo de boa intenção em relação a você. Tudo o que tinha valor, tudo a que você se agarrasse para manter sua sanidade, acabaria apodrecendo ou sendo perdido a longo prazo, e um abismo se abriria à sua frente, como acontecia com Boone naquele momento, e de repente, sem nenhuma explicação, vinha o fim. As promessas de amor e todo o resto iam para o inferno, ou coisa pior.

Sua visão nem sempre foi assim tão pessimista. Houve uma época — não muito tempo antes — em que sentia o fardo da angústia mental ficar mais leve. Os surtos psicóticos eram menos frequentes, assim como os dias em que sentia que cortar os pulsos era uma opção preferível a suportar as horas que faltavam até ser medicado de novo. Parecia existir uma chance de felicidade.

Foi essa perspectiva que arrancou dele a declaração de amor; aquele "eu nunca vou abandonar você" murmurado no ouvido de Lori quando estavam deitados na cama estreita onde ele nunca imaginou que algum dia estariam duas pessoas. Essas palavras não saíram em arroubo de paixão. Sua vida amorosa, assim como tanta coisa no caso deles, era atormentada por problemas. Mas, se por um lado todas as outras mulheres desistiram dele por não suportarem seus defeitos, ela havia insistido: disse que eles tinham tempo, todo o tempo do mundo, para se acertarem.

Estou com você pelo tempo que você quiser, a paciência dela parecia prometer.

Ninguém nunca tinha lhe oferecido um comprometimento desse tipo; e ele quis prometer algo em troca. Aquelas palavras: "Eu nunca vou abandonar você". Foi assim que surgiram.

A lembrança dos dois, e a da pele dela, quase luminosa na semipenumbra de seu quarto, e o som da respiração dela quando finalmente dormiu ao lado dele — tudo isso ainda tinha o poder de arrebatar seu coração e fazê-lo sentir um aperto tão forte no peito que até doía.

Ele desejava se livrar tanto da lembrança como das palavras, agora que as circunstâncias arrancaram de suas mãos qualquer esperança de que pudessem ser cumpridas. Mas não eram esquecidas. Continuavam a atormentá-lo com a fragilidade de sua natureza. Seu único pequeno conforto era que *ela* — sabendo o que a essa altura devia saber a seu respeito — devia estar se esforçando para apagar essa lembrança; e que com o tempo conseguiria. Ele só torcia para que ela compreendesse sua ignorância a respeito de si mesmo quando fez essa promessa. Ele jamais se arriscaria a provocar tanto sofrimento se não achasse que, enfim, a possibilidade de se tornar uma pessoa saudável parecia real.

Sonhar não custa nada...

Decker havia trazido um fim abrupto a essas ilusões no dia em que trancou a porta do consultório, baixou as persianas para bloquear a entrada do sol de primavera em Alberta e falou, com uma voz que era pouco mais do que um sussurro:

"Boone, nós estamos em uma encrenca terrível, eu e você."

Ele estava trêmulo, Boone reparou, algo não muito fácil de ser escondido em um corpo como aquele. Decker tinha o físico de um homem que tentava se desvencilhar de *todas* as angústias do dia transpirando na academia. Nem mesmo seus ternos feitos sob medida, sempre pretos, conseguiam domar toda aquela massa muscular. Isso deixou Boone apreensivo quando eles começaram a trabalhar juntos; ele se sentia intimidado pelo físico imponente e a autoridade mental do médico. Agora era a falibilidade de toda essa força que o preocupava. Decker era uma Rocha; era a voz da razão; era a tranquilidade em pessoa. Aquela ansiedade contradizia tudo o que sabia sobre o homem.

"O que aconteceu?", Boone quis saber.

"Que tal sentar um pouco? Senta aí que eu conto tudo."

Boone obedeceu. Em seu consultório, era Decker quem mandava. O médico se recostou na poltrona de couro e respirou fundo pelo nariz, a boca fechada e curvada para baixo.

"Me conta...", Boone pediu.

"Por onde posso começar?"

"Por qualquer parte."

"Pensei que você estivesse melhorando", Decker falou. "De verdade. Nós *dois* achamos."

"Eu ainda acho."

Decker sacudiu a cabeça de leve. Era um homem de um intelecto considerável, mas que não revelava muito disso nas feições duras, talvez um pouco nos olhos, que no momento não estavam observando o paciente, e sim a mesa entre os dois.

"Você começou a falar durante suas sessões", contou Decker, "sobre crimes que cometeu. Por acaso você lembra de alguma coisa sobre isso?"

"Eu não." Os transes induzidos por Decker eram profundos demais. "Só lembro quando você me mostra a gravação."

"Não vou mostrar nada disso", Decker avisou. "Eu apaguei."

"Por quê?"

"Porque... estou com medo, Boone. Por você." Ele fez uma pausa. "Talvez por nós dois."

A fissura na Rocha estava se ampliando, e não havia nada que Decker pudesse fazer para esconder isso.

"Que *crimes* são esses?", perguntou Boone, cauteloso.

"Assassinatos. Você fala obsessivamente sobre isso. No começo pensei que fossem sonhos. Você sempre teve uma tendência violenta."

"Mas agora?"

"Agora meu medo é que você tenha feito isso de verdade."

Houve um longo silêncio, durante o qual Boone ficou encarando Decker, mais por perplexidade do que por raiva. As persianas não tinham sido fechadas por completo. Uma pequena coluna de luz do sol pousou sobre ele e a mesa entre os dois. Em cima da superfície de vidro havia uma garrafa com água, dois copos e um envelope grande, que Decker pegou depois se inclinar para a frente.

"O que eu vou fazer agora provavelmente já é um crime por si só", disse ele para Boone. "A confidencialidade entre médico e paciente é uma coisa; acobertar um assassino é outra. Mas uma parte de mim ainda espera que nada disso seja verdade, pelo amor de Deus. Quero acreditar que fui bem-sucedido no seu tratamento. Que *nós* fomos. Juntos. Quero acreditar que você está bem."

"Eu *estou* bem."

Em vez de responder, Decker abriu o envelope.

"Queria que você desse uma olhada nisto para mim", ele pediu, enfiando a mão dentro do envelope e pegando um punhado de fotografias. "As imagens não são nada agradáveis."

Ele as colocou sobre seu reflexo na mesa e as virou para que Boone olhasse. O aviso tinha razão de ser. A foto no topo da pilha era de uma agressão física. Diante daquilo, um medo o invadiu, algo que não sentia desde que passou a se tratar com Decker: o temor de que a imagem pudesse *possuí-lo*. Boone tinha construído barreiras mentais contra essa superstição, tijolo por tijolo, mas estavam abaladas, ameaçando ruir.

"É só uma foto."

"Isso mesmo", respondeu Decker. "Só uma foto. O que você vê?"

"Um homem morto."

"Um homem assassinado."

"Sim. Um homem assassinado."

Não só assassinado: destroçado. Sua vida foi arrancada em um frenesi de cortes e perfurações, e seu sangue, lançado contra a parede pela lâmina que abriu seu pescoço, destruiu seu rosto. Estava só de short, então os ferimentos no corpo podiam ser contados sem dificuldade, apesar do sangramento. Boone começou a fazer isso, para evitar que o terror o dominasse por completo. Mesmo ali, naquele consultório onde o médico havia extraído uma nova pessoa da matéria bruta da doença do paciente, Boone nunca sentiu tanto medo quanto naquele momento. Sentiu seu café da manhã ir parar na garganta, ou a refeição da noite anterior subir do estômago em um movimento contrário ao natural. Um gosto de imundície na boca, como o ato retratado naquela foto.

Conte os ferimentos, disse ele a si mesmo; *finja que são as contas de um ábaco*. Três, quatro, cinco no abdome e no peito: um especialmente feio, mais um rasgo do que uma ferida, uma abertura tão larga que as entranhas do homem saltaram para fora. No ombro, mais dois. E então o rosto, desfeito pelos cortes. Eram tantos que não era possível calcular, nem mesmo pelo observador mais frio e distante. A vítima estava irreconhecível: olhos arrancados, lábios decepados, nariz despedaçado.

"Já deu?", Decker perguntou, como se fosse preciso.

"Já."

"Tem muito mais para ver aqui."

Ele mostrou a segunda, colocando a primeira ao lado da pilha. Dessa vez era de uma mulher, caída sobre um sofá, com o tronco e a parte inferior do corpo alinhados de uma forma que impossibilitaria a sobrevivência. Ao que parecia, não tinha relação com a primeira vítima, mas o açougueiro havia criado uma terrível semelhança. A mesma ausência de lábios, de olhos. Nascidos de pais diferentes, eram irmãos na morte, destruídos pelo mesmo par de mãos.

Seria eu o pai deles?, Boone se pegou pensando.

"Não", era sua resposta instintiva. "Eu não fiz isso."

Mas duas coisas o impediram de emitir sua negação em voz alta. A primeira era que Decker não colocaria em risco o equilíbrio mental de seu paciente se não tivesse um bom motivo para isso. A segunda era que a negação era inútil, já que ambos sabiam quantas peças a mente de Boone já havia lhe pregado no passado e que não era difícil isso acontecer de novo. Caso fosse mesmo o responsável por aquelas atrocidades, ele poderia muito bem não saber.

Em vez disso, então, se manteve em silêncio, sem ousar erguer os olhos para Decker, por medo de que a Rocha se despedaçasse.

"Mais uma?", perguntou Decker.

"Se for preciso."

"É preciso, sim."

Ele mostrou uma terceira fotografia, e então uma quarta, colocando-as sobre a mesma como cartas em uma leitura de tarô, com a diferença de que todas eram a Morte. Na cozinha, diante da porta aberta da geladeira. No quarto, ao lado do abajur e do despertador. No alto da escada; na janela. Vítimas de todas as idades e cores; homens, mulheres e crianças. O maníaco responsável por aqueles crimes não se importava em fazer distinções. Arrancava vidas onde quer que as encontrasse. Não com rapidez; com eficiência. Os locais onde aquelas pessoas morreram eram um testemunho de como o assassino, com seu humor macabro, havia brincado com as vítimas. Móveis virados para tentar evitar o golpe de misericórdia, marcas de mãos ensanguentadas em paredes e quadros. Um dedo foi perdido para a lâmina, talvez levado embora; a maioria havia ficado sem os olhos. Mas nenhuma havia conseguido escapar, por mais feroz que tivesse sido sua resistência. No fim, todas tombaram, tropeçando na própria roupa de baixo ou buscando refúgio atrás de uma cortina. Caíram chorando; caíram vomitando.

Eram onze fotografias no total, todas diferentes — cômodos maiores ou menores, vítimas nuas ou vestidas. Mas era sempre a mesma coisa: imagens de atos de loucura, feitas depois que seu autor já tinha ido embora.

Deus do céu, seria *ele* esse homem?

Como não tinha uma resposta, fez a pergunta para sua Rocha, falando sem erguer os olhos do papel brilhante.

"Eu fiz isso?", ele questionou.

Boone ouviu Decker suspirar, mas não houve uma reposta direta, então ele arriscou uma espiada em seu acusador. Enquanto as fotografias eram espalhadas, ele sentia o escrutínio do médico sobre si como um formigamento que se espalhava por todo o seu couro cabeludo. Agora, no entanto, percebeu aquele olhar se desviando dele mais uma vez.

"Por favor, me responde", ele pediu. "Eu fiz isso?"

Decker limpou as bolsas úmidas sob os olhos acinzentados. Não estava mais tremendo.

"Espero que não", disse ele.

Pareceu uma resposta ridiculamente inadequada. Não era uma infração qualquer que estavam discutindo ali. Era a morte, multiplicada por onze. E quantas mais não haveria, longe dos olhos, longe da mente?

"Me conte as coisas que eu falei", ele pediu. "As palavras exatas..."

"Foram divagações, basicamente."

"Então o que fez você pensar que eu sou o culpado? Você deve ter seus motivos."

"Demorou um tempo", Decker explicou, "para juntar todas as peças." Ele olhou para o catálogo da morte sobre a mesa, alinhando uma fotografia ligeiramente torta com o dedo médio.

"Eu faço um relatório trimestral sobre o progresso do tratamento. Você sabe disso. Então ouço todas as gravações das sessões anteriores em sequência, para ter uma ideia mais clara de como você está se saindo..." Ele falava bem devagar, com cautela. "... e notei que algumas frases se repetiam nas suas respostas. Na maioria das vezes enterradas no meio de um outro discurso, mas estavam *lá*. Era como se você estivesse confessando algo; mas uma coisa tão aberrante que nem mesmo em estado de transe conseguia admitir. Em vez disso, o que se tornou evidente foi um... *código*."

Códigos eram uma coisa que Boone conhecia bem. Ele os ouvia em toda parte em seus piores momentos. Mensagens de um inimigo imaginário em meio ao ruído de estática entre uma e outra estação de rádio; ou no barulho do trânsito antes do amanhecer. O fato de poder ter aprendido essa arte sozinho não lhe causou nenhuma surpresa.

"Fiz algumas sondagens casuais", continuou Decker, "com alguns policiais que tratei. Nada muito específico. E eles mencionaram os assassinatos. Alguns detalhes, claro, eu obtive na imprensa. Ao que parece, andam acontecendo há dois anos e meio. Vários deles aqui em Calgary; os demais, em lugares a no máximo uma hora de viagem. São obra de um único homem."

"Eu."

"Eu não sei", respondeu Decker, fixando o olhar em Boone. "Se tivesse certeza, já teria feito uma denúncia..."

"Mas você não tem certeza."

"Assim como você, eu também não quero acreditar. Se for verdade, não ganho nada com isso, muito pelo contrário." Havia uma raiva em sua voz, não muito bem ocultada. "Foi por isso que esperei. Torcendo para que você estivesse aqui comigo quando acontecesse de novo."

"Está me dizendo que algumas dessas pessoas morreram quando você já sabia o que estava acontecendo?"

"Sim", respondeu Decker, sem se alterar.

"Meu Deus!"

Essa ideia fez Boone levantar em um pulo, batendo a perna na mesinha. As fotos das cenas do crime voaram pelos ares.

"Modere seu tom de voz", pediu Decker.

"Tinha gente morrendo, e você *esperando*?"

"Eu corri esse risco por *você*, Boone. Espero que saiba valorizar isso."

Boone deu as costas para o médico. Um calafrio percorreu sua espinha.

"Sente aí", pediu Decker. "Por favor. Sente aí e me diga o que essas fotografias significam para você."

Involuntariamente, Boone levou a mão à parte inferior do rosto. Ele sabia, pois havia aprendido com Decker, o que esse tipo de linguagem corporal significava. Sua mente estava usando seu corpo para impedir alguma revelação; ou silenciá-lo por completo.

"Boone. Eu preciso de respostas."

"Isso não significa nada", Boone falou, sem se virar.

"Mesmo?"

"Mesmo."

"Dê mais uma olhada."

"Não", recusou Boone. "Eu não consigo."

Ele ouviu o médico respirar fundo, e ficou meio que à espera de encarar novos horrores. Mas, em vez disso, Decker assumiu um tom mais tranquilizador.

"Está tudo bem, Aaron", disse ele. "Está tudo bem. Eu já guardei as fotos."

Boone pressionou os olhos fechados com as mãos. Suas órbitas estavam quentes e úmidas.

"Elas não estão mais aqui, Aaron", garantiu Decker.

"Estão, sim."

Ainda estavam dentro deles, lembradas com perfeição. Onze ambientes e onze corpos, fixados no olho de sua mente, impossíveis de exorcizar. A barreira que Decker tinha levado cinco anos para erguer foi derrubada em cinco minutos, e por seu próprio arquiteto. Boone estava à mercê de sua loucura outra vez. Ele a ouvia de novo em sua cabeça, vinda de onze traqueias cortadas e de onze barrigas perfuradas. Respirações e gases, todos entoando as velhas canções da loucura.

Por que suas defesas tombaram tão facilmente, mesmo depois de tanto trabalho? Seus olhos sabiam a resposta, e estavam vertendo lágrimas para admitir o que a boca não era capaz. Ele era o culpado. Qual outro motivo poderia haver, afinal? As mesmas mãos que ele estava esfregando na calça para secar as lágrimas tinham torturado e matado. Fingir que isso não era verdade só as incitaria a cometer mais crimes. Era melhor confessar, apesar de não lembrar de nada, do que se arriscar a outro momento de descontrole.

Ele se virou e encarou Decker. As fotografias tinham sido recolhidas e estavam viradas sobre a mesa.

"Você lembrou de alguma coisa?", o médico perguntou, notando a mudança na expressão de Boone.

"Sim", respondeu ele.

"Do quê?"

"Fui eu", Boone falou. "Eu fiz tudo isso."

2

ACADEMIA

I

Decker era o acusador mais compreensivo que qualquer suspeito poderia querer. As horas que passou com Boone depois desse primeiro dia foram preenchidas com questões cuidadosamente elaboradas enquanto eles examinavam — crime por crime — as evidências da vida secreta de Boone. Apesar da insistência do paciente em confessar os assassinatos, Decker recomendou cautela. Admissões de culpa não eram provas concretas. Era preciso se certificar de que não eram apenas as tendências autodestrutivas de Boone em ação, assumindo os crimes para saciar seu apetite por punições.

Boone não tinha como argumentar. Decker o conhecia melhor do que ele se conhecia. E ainda havia a afirmação de Decker de que, caso o pior se comprovasse, sua reputação como médico capaz de curar qualquer caso iria pelo ralo: nenhum dos dois poderia correr o risco de um equívoco. A única forma de ter certeza era analisar os detalhes de cada homicídio — datas, nomes e locais — na esperança de que isso despertasse uma lembrança em Boone. Ou, então, que descobrissem que o crime havia ocorrido em um momento em que ele tinha um álibi irrefutável, comprovável pela presença de outras pessoas.

A única parte desse processo em que Boone se recusava a colaborar era no reexame das fotografias. Ele resistiu à discreta pressão de Decker por 48 horas, só cedendo quando mostrou uma leve hesitação e o médico aproveitou e partiu para ofensiva, acusando-o de covardia e desonestidade. Então aquilo era só uma brincadeira?, Decker questionou. Um exercício de automortificação com o qual nenhum dos dois aprenderia nada? Se fosse esse o caso, ele poderia ir embora de seu consultório e ir desperdiçar o tempo de outra pessoa.

Boone concordou em analisar as fotos.

Não havia nada ali que estimulasse sua memória. Boa parte dos detalhes dos ambientes se perdeu em meio à luz forte do flash da câmera; o que restava eram coisas comuns. A única coisa que poderia despertar uma reação — a fisionomia das vítimas — tinha sido obliterada pelo assassino até o ponto de se tornar irreconhecível; nem o mais talentoso dos especialistas em reconstituição de cadáveres conseguiria juntar de novo os pedaços daqueles rostos. Então tudo dependia de detalhes ínfimos a respeito de onde Boone havia passado essa ou aquela noite; com quem; fazendo o quê. Ele nunca foi de escrever em diários, e verificar esse tipo de informação era difícil, mas na maior parte do tempo — a não ser nas horas que passava com Lori ou Decker, que não pareciam coincidir com as datas dos crimes —, ele ficava sozinho, portanto, não dispunha de um álibi. No fim do quarto dia, a acusação contra ele começou a parecer bastante substancial e persuasiva.

"Já chega", disse ele, o cansaço se pronunciando na voz. "Nós já fizemos tudo o que era possível."

"Eu gostaria de repassar tudo mais uma vez."

"De que adianta?", Boone perguntou. "Quero acabar logo com isso."

Nos dias — e nas noites — anteriores, muitos de seus antigos sintomas, os sinais da doença da qual ele esteve tão perto de se livrar para sempre, tinham voltado. Não conseguia dormir mais do que alguns minutos antes que visões apavorantes o deixassem em um estado de vigília confusa; não conseguia comer direito; sentia um tremor que vinha do fundo das entranhas 24 horas por dia. E queria pôr um fim nisso; queria contar logo tudo e ser punido.

"Me dê um pouco mais de tempo", pediu Decker. "Se procurarmos a polícia agora, eles vão tirar você da minha frente. Provavelmente vão proibir seu acesso a mim. Você vai ficar sozinho."

"Sozinho eu já estou", respondeu Boone.

Desde que viu aquelas fotografias, tinha se isolado do mundo, até de Lori, por medo do mal que poderia fazer às pessoas.

"Eu sou um monstro", ele insistiu. "Nós dois sabemos disso. Já temos todas as provas de que precisamos."

"A questão não são só as provas."

"Qual é, então?"

Decker se recostou à janela, sentindo que sua corpulência havia se tornado um fardo naqueles últimos tempos.

"Eu não entendo você, Boone", disse ele.

O olhar de Boone se desviou do homem para o céu. O vento soprava do sudoeste, carregando fragmentos de nuvens. Uma vida boa, Boone pensou, estar lá em cima, mais leve que o ar. Aqui tudo era pesado; a carne e a culpa dobravam sua espinha.

"Passei anos tentando entender sua doença, na esperança de encontrar uma cura. E achei que estivesse conseguindo. Que existia uma chance de esclarecer tudo..."

Decker ficou em silêncio, se afundando no ponto mais baixo de seu fracasso. Boone não estava tão imerso em sua agonia a ponto de não notar o quanto era profundo o sofrimento do médico. Mas não podia fazer nada para aliviar essa dor. Só ficou olhando as nuvens passarem, onde era tudo límpido e claro, sabendo que enfrentaria tempos sombrios.

"Quando a polícia entrar no caso...", murmurou Decker, "não é só você que vai ficar sozinho, Boone. Eu também vou. Você vai virar paciente de outra pessoa, alguém especializado em psicologia criminal. Não vou ter mais acesso a você. É só isso que estou pedindo... Um pouco mais de tempo. Me deixe entender o máximo que puder antes de encerrar tudo entre nós."

Ele está falando como se fôssemos amantes, Boone pensou, se sentindo distante; *como se o que há entre nós fosse sua existência*.

"Sei que você está sofrendo", continuou Decker. "Então providenciei uma medicação. Comprimidos, para manter o pior sob controle. Só até terminarmos de..."

"Eu não confio em mim mesmo", retrucou Boone. "Posso machucar alguém."

"Isso não vai acontecer", respondeu Decker, com uma certeza mais que bem-vinda. "Os remédios vão manter você apagado a noite toda. E no resto do tempo vai estar comigo. Vai estar em segurança comigo."

"Quanto tempo você ainda quer?"

"Mais alguns dias, no máximo. Não é pedir muito, não é? Preciso saber onde nós erramos."

A ideia de revisitar aquele território sangrento era uma abominação, mas havia uma dívida de gratidão a pagar. Com a ajuda de Decker, ele conseguiu vislumbrar novas possibilidades; precisava dar ao médico uma chance de salvar algo das ruínas que restaram dessa visão.

"Que seja rápido, então", respondeu ele.

"Obrigado", disse Decker. "Isso é muito importante para mim."

"E vou precisar dos comprimidos."

II

E conseguiu os comprimidos. Decker tratou de providenciar isso. Remédios tão fortes que ele mal sabia o próprio nome depois de tomá-los. Medicamentos que tornavam o sono uma coisa fácil, e a vigília uma visita a uma vida semiconsciente da qual ele escapava de bom grado na noite seguinte. Drogas que o deixaram viciado em questão de 24 horas.

Decker cumpria sua parte no acordo. Quando ele pedia mais remédios, era atendido imediatamente, e sob seu efeito soporífero eles voltavam a analisar as provas, com o médico repassando sem parar cada detalhe dos crimes de Boone, em uma tentativa de entendê-los. Mas isso não ajudou a esclarecer nada. Tudo o que a mente cada vez mais passiva de Boone conseguia extrair dessas sessões eram imagens borradas de portas pelas quais passou e escadas que subiu para cometer assassinatos. Cada vez prestava menos atenção a Decker, que ainda lutava para arrancar alguma coisa útil da mente inacessível de seu paciente. Boone naquele momento só conseguia sentir sono e culpa, além da esperança cada vez mais intensa de pôr um fim também a essas duas sensações.

Apenas Lori — ou melhor, lembranças dela — conseguia atravessar a névoa das drogas. Ele ouvia sua voz às vezes, no ouvido de sua mente, com uma clareza absoluta, repetindo palavras que dissera em alguma conversa casual desenterrada do passado. Não havia nada de substancial naquelas frases; talvez fossem associadas a um olhar que ele apreciava, ou a um determinado toque — os remédios haviam roubado boa parte de sua capacidade de *imaginar*. Só o que restou foram aquelas falas deslocadas no tempo e no espaço, perturbando-o não só porque pareciam ser ditas por alguém em seu ombro, mas porque não tinham um contexto em que se encaixassem. E, para piorar, seus sons o lembravam da mulher que ele amou e não veria mais, a não ser em um tribunal. Uma mulher a quem havia feito uma promessa que quebrou em questão de semanas. Nesse estado lamentável, quase incapaz de formar um pensamento conexo, essa promessa quebrada era tão monstruosa quanto os crimes na fotografia. Tornava Boone merecedor do inferno.

Ou da morte. Melhor a morte. Ele não sabia ao certo quanto tempo havia se passado desde que fez o trato com Decker de aceitar aquele estupor em troca de mais alguns dias de investigação, mas tinha certeza de que estava cumprindo sua parte no acordo. Ele falou tudo o que havia para ser dito. Não restava mais nada para dizer, nem ouvir. Só o que faltava era se entregar às forças da lei, confessar seus crimes ou tomar a medida que o governo estadual não tinha mais autoridade para executar: matar o monstro.

Ele não ousou alertar Decker sobre seu plano; ele sabia que o médico faria tudo o que estivesse ao seu alcance para impedir o suicídio do paciente. Então continuou bancando o colaborativo por mais um dia. Assim, depois de prometer a Decker que voltaria ao consultório na manhã, foi para casa e fez os preparativos para se matar.

Havia outra carta de Lori à sua espera, a quarta desde que ele passou a se ausentar, exigindo saber o que havia de errado. Ele leu da melhor maneira que seus pensamentos confusos permitiam e tentou escrever uma resposta, mas não conseguiu fazer com que as palavras que colocava no papel tivessem algum sentido. Em vez disso, guardou o apelo enviado por ela no bolso e saiu para o anoitecer à procura da morte.

III

Ele se jogou diante de um caminhão que não foi nada misericordioso. Expulsou totalmente o ar de seus pulmões, mas não o matou. Ferido e sangrando, cheio de hematomas e ralados, foi socorrido e levado para o hospital. Mais tarde, Boone entenderia o grande esquema das coisas e que a morte embaixo do caminhão lhe foi negada por um motivo. No entanto, quando estava no hospital, esperando em uma sala branca enquanto pessoas em condições piores que a sua eram atendidas, só o que conseguia fazer era praguejar contra sua falta de sorte. Outras vidas, ele conseguia tirar com uma facilidade terrível; a sua resistia a ceder. Até nisso Boone estava em conflito consigo mesmo.

Mas aquela sala — embora ele não soubesse disso quando foi colocado ali — continha uma promessa entre suas paredes brancas e lisas. Foi lá que ele escutou pela primeira vez um nome que o transformaria em um novo homem. A seu chamado, ele sairia pela noite como o monstro que era e descobriria o miraculoso.

Esse nome era Midian.

E tinha muito em comum com ele, além do fato de fazerem promessas. Mas, se por um lado suas juras de amor eterno se revelaram vazias em questão de semanas, Midian fazia promessas — noturnas, assim como as suas, na escuridão da meia-noite — que nem mesmo a morte era capaz de impedir que fossem cumpridas.

3

O RAPSODISTA

Em seus anos de doença, entrando e saindo de alas psiquiátricas e manicômios, Boone tinha conhecido poucos sofredores que não se apegavam a nenhum talismã, sinal ou suvenir para ficar como sentinela nos portões de suas mentes e corações. Ele logo aprendeu a não desprezar esse tipo de superstição. *O que quer que ajude você a sobreviver à noite* era um axioma que entendeu sofrendo na pele. A maioria dessas salvaguardas contra o caos fazia sentido apenas para as pessoas que as mantinham. Pingentes, chaves, livros e fotografias: lembranças de tempos melhores que eram apreciadas e mantidas como uma defesa contra as épocas ruins. Mas algumas eram parte da memória coletiva. Palavras que ele tinha ouvido mais de uma vez: rimas sem sentidos cujo ritmo ajudava a aliviar o sofrimento; nomes de deuses.

Entre eles, Midian.

Boone havia escutado o nome desse lugar pelo menos meia dúzia de vezes da boca de pessoas que conheceu em seu caminho, em geral aquelas cujas forças estavam quase esgotadas. Quando apelavam para Midian, era como um refúgio; um lugar para o qual se transportar. E não só isso: um lugar onde os pecados cometidos — reais ou imaginários — seriam perdoados. Ele não conhecia as origens dessa mitologia, nem se interessou muito em perguntar. Não precisava de perdão, ou pelo menos era isso o que imaginava. Mas agora ele sabia. Tinha muito do que se purificar; obscenidades que sua mente escondeu até que Decker as trouxesse à luz, as quais nada do que conhecia parecia ser capaz de arrancar de dentro dele. Boone passou a fazer parte de uma outra categoria de criaturas.

Midian o chamava.

Entregue ao seu sofrimento, não tinha se dado conta de que havia outra pessoa na sala até ouvir a voz rouca.

"Midian..."

De início, pensou que fosse uma voz do passado, como a de Lori. Mas, quando a ouviu de novo, não vinha de perto de seu ombro, como a dela, e sim do outro lado da sala. Ele abriu os olhos, sentindo a pálpebra esquerda pastosa por causa do sangue de um corte na têmpora, e se virou para quem falava. Mais um dos feridos daquela noite, ao que parecia, que havia recebido os primeiros socorros e sido deixado sozinho até que houvesse tempo e pessoal para concluir o trabalho. Estava sentado no canto mais distante da sala, com os olhos transtornados e vidrados, como se a qualquer momento seu salvador fosse aparecer à sua frente. Era praticamente impossível estimar sua idade ou verdadeira aparência: a sujeira e o sangue seco escondiam as duas coisas. *Eu devo estar tão mal quanto ou pior*, pensou Boone. Mas não se incomodou muito; as pessoas estavam sempre olhando-o, de qualquer forma. Em sua atual situação, ele e o homem no canto da sala eram do tipo que fazia as pessoas atravessarem para a outra calçada quando o viam na rua.

Mas enquanto ele, com sua calça jeans, suas botas arranhadas e sua camiseta preta, era só mais um corpo, havia alguns sinais no outro homem que o destacavam. O casaco comprido que usava tinha a severidade do hábito de um monge; o cabelo grisalho puxado para trás chegava até a metade das costas em um rabo de cavalo trançado. Seu pescoço era uma joalheria, quase escondida pelo colarinho alto, e nos polegares ele viu duas unhas postiças que pareciam de prata, curvadas em forma de gancho.

Por fim, surgiu aquele nome, emitido pela boca do homem outra vez.

"... Vocês me levam?", perguntou ele baixinho. "Me levam para Midian?"

Os olhos dele não se desgrudavam da porta em momento nenhum. Ele parecia ignorar a presença de Boone, até que, sem nenhum aviso, virou a cabeça ferida e cuspiu na direção do outro lado da sala. O catarro manchado de sangue caiu no chão aos pés de Boone.

"Cai fora daqui, caralho!", disse ele. "É tudo culpa sua. Eles não vão vir enquanto você estiver aqui."

Boone estava exausto demais para falar, e machucado demais para se levantar. Deixou o homem esbravejar à vontade.

"Cai fora!", ele repetiu. "Eles não vão mostrar a cara para alguém como você. Tá difícil entender?"

Boone recostou a cabeça e tentou impedir que o sofrimento do homem o invadisse.

"Puta merda!", o outro exclamou. "Eu perdi a chance. *Perdi a chance!*"

Ele levantou e foi até a janela. Do lado de fora, não havia nada além da solidez da escuridão.

"Eles passaram direto", murmurou o homem, mudando seu semblante de raivoso a choroso.

Em um instante, estava a um metro de Boone, sorrindo por baixo da sujeira.

"Tem alguma coisa para a dor aí?", ele quis saber.

"A enfermeira me deu um remédio", respondeu Boone.

O homem cuspiu de novo; mas no chão dessa vez, não em sua direção.

"Uma *bebida*, cara...", ele explicou. "Tem uma bebida aí?"

"Não."

O sorriso desapareceu imediatamente de seu rosto, que começou a franzir quando as lágrimas o dominaram. Ele deu as costas para Boone, aos soluços, e recomeçou a ladainha.

"Por que eles não querem me levar? Por que não vêm me buscar?"

"Eles podem vir mais tarde", falou Boone. "Quando eu não estiver mais aqui."

O homem o encarou.

"E você lá sabe de alguma coisa?", ele rebateu.

Não havia muito o que responder, mas Boone guardou aquela informação para si. Havia fragmentos suficientes sobre a mitologia de Midian em sua cabeça para deixá-lo curioso para saber mais. Seria um lugar onde aqueles que não encontravam mais refúgio poderiam ter um lar? Não era essa a *sua* condição naquele momento? Não lhe restava mais nenhuma fonte de conforto. Nem Decker, nem Lori, nem mesmo a morte. Embora Midian fosse só mais uma superstição, ele queria ouvir sua história ser recitada.

"Me conte", ele pediu.

"Eu perguntei se você sabe de alguma coisa", o outro retrucou, cutucando a pele sob o queixo não barbeado com o gancho da mão esquerda.

"Eu sei que lá o sofrimento acaba", disse Boone.

"E?"

"Eu sei que lá ninguém é rejeitado."

"Não é verdade", foi a resposta.

"Ah, não?"

"Se ninguém fosse rejeitado, você não acha que eu já não estaria lá? Que aquela não viraria a maior cidade do mundo? Claro que tem gente que é rejeitada..."

Os olhos marejados do homem estavam fixos em Boone. *Será que ele percebeu que na verdade não sei de nada?*, Boone se perguntou. Não era o que parecia. O homem continuou falando, discutindo o segredo de bom grado. Ou, mais especificamente, o medo que sentia.

"Eu não vou porque não sou digno de lá", disse ele. "E eles não perdoam assim tão fácil. Não perdoam tudo. Você sabe o que eles fazem... com os que não são dignos?"

Boone estava menos interessado nos ritos de passagem de Midian, e mais na certeza que o homem parecia ter de sua existência. Não falava sobre Midian como um lunático tagarelando sobre Shangri-la, mas como um lugar a ser localizado, adentrado e vivido.

"Você sabe como chegar lá?", perguntou ele.

O homem desviou o olhar. Quando o contato visual foi desfeito, uma onda de pânico invadiu Boone; o medo de que o desgraçado guardasse o restante da história para si.

"Eu preciso saber", Boone falou.

O outro se virou na sua direção de novo.

"Estou vendo", disse ele, com um toque de diversão na voz, insinuando que encarava o desespero de Boone como uma espécie de entretenimento pessoal.

"Fica a noroeste de Athabasca", o homem respondeu.

"Que mais?"

"Foi só isso que eu ouvi."

"Não tem nada por lá", Boone retrucou. "Não dá para sair andando às cegas ali, sem um mapa."

"Midian não está no mapa", disse o homem. "Você segue para leste de Peace River; perto de Shere Neck; a norte de Dwyer."

Não havia um pingo de dúvida naquela indicação de direções. O homem talvez acreditasse mais na existência de Midian do que na das quatro paredes ao seu redor.

"Qual é o seu nome?", Boone quis saber.

A pergunta pareceu deixá-lo atarantado. Fazia muito tempo que ninguém se dava ao trabalho de perguntar como se chamava.

"Narcisse", disse ele por fim. "E você?"

"Aaron Boone. Mas ninguém me chama de Aaron. Só de Boone."

"Aaron", disse o outro. "Onde foi que você ouviu falar de Midian?"

"No mesmo lugar que você", respondeu Boone. "No mesmo lugar que todo mundo. Na boca dos outros. Pessoas que estão sofrendo."

"Monstros", corrigiu Narcisse.

Boone não tinha pensado nelas nesses termos, mas, em termos objetivos, talvez fossem isso mesmo; os reclamões e chorões, incapazes de manter seus pesadelos sob controle.

"Só eles são bem-vindos em Midian", explicou Narcisse. "Se você não é um animal feroz, então é uma vítima. É verdade, não? Só dá para ser uma coisa ou outra. É por isso que eu não ouso ir desacompanhado. Estou esperando que amigos venham me buscar."

"Pessoas que já foram para lá?"

"Exatamente", disse Narcisse. "Alguns vivos. Alguns mortos, que só foram depois."

Boone não sabia ao certo se tinha ouvido direito.

"Foram *depois*?", perguntou ele.

"Você não tem nada mesmo aí para a dor, cara?", Narcisse perguntou, o tom de voz mudando mais uma vez e parecendo um choramingo.

"Tenho uns comprimidos", Boone falou, lembrando do que restava dos remédios receitados por Decker. "Você quer?"

"Pode ser qualquer coisa."

Boone se sentiu contente por poder se livrar daquilo. Os remédios mantinham seu cérebro embotado, a ponto de não se preocupar mais se iria continuar vivo ou morrer. Mas agora isso fazia diferença. Havia um lugar para ir, onde, enfim, poderia encontrar alguém que entendesse os horrores que enfrentava. Ele não precisaria dos comprimidos para chegar a Midian. Precisaria ser forte e estar disposto a ser perdoado. A segunda coisa ele já tinha. A primeira seu corpo ferido teria que encontrar.

"Cadê?", perguntou Narcisse, com uma ansiedade que inflamou suas feições.

A jaqueta de couro de Boone havia sido retirada quando ele foi admitido no hospital, para um primeiro exame de seus ferimentos. Ficou pendurada nas costas da cadeira, como uma pele duas vezes descartada. Ele enfiou a mão no bolso interno, mas, para sua surpresa, o tão familiar frasco não estava lá.

"Alguém mexeu na minha jaqueta."

Ele vasculhou o restante dos bolsos. Todos vazios. Os bilhetes de Lori, sua carteira, os comprimidos — nada estava mais lá. Boone demorou alguns segundos para se dar conta do motivo para quererem provas de quem ele era, e quais seriam as consequências disso. Ele havia tentado suicídio; sem dúvida achavam que tentaria de novo. Em sua carteira estava o endereço de Decker. O médico provavelmente já estava a caminho, para pegar seu paciente desgarrado e levar à polícia. Se caísse nas garras da lei, ele nunca veria Midian na vida.

"Você disse que tinha *comprimidos*!", gritou Narcisse.

"Eles levaram!"

Narcisse arrancou a jaqueta das mãos de Boone e começou a vasculhá-la.

"*Cadê?*", ele gritou. "*Cadê?*"

Seu rosto se franziu mais uma vez quando ele se deu conta de que não conseguiria uma dose de tranquilidade. O homem largou a jaqueta e se afastou de Boone, com as lágrimas começando a cair de novo, mas encontrando um sorriso largo depois de escorrerem pelo seu rosto.

"Eu entendi qual é a sua", falou ele, apontando para Boone. As gargalhadas e as lágrimas se alternavam em igual medida. "Você é um emissário de Midian. Veio ver se eu sou digno de lá. Veio ver se eu era um de vocês ou não!"

Ele não ofereceu a Boone nem a chance de negar, pois sua euforia logo se transformou em histeria.

"Eu sentado aqui rezando para alguém aparecer, *implorando*, e você aqui o tempo todo me vendo neste estado. *Cagando* de medo!"

Narcisse caiu na risada. Em seguida, voltou a ficar sério:

"Eu nunca duvidei. Nem por um momento. Sempre soube que alguém viria. Mas estava esperando um rosto conhecido. Marvin, talvez. Devia saber que iam mandar alguém novo. Faz sentido. E você *viu*, não é? Você *ouviu*. Eu não estou constrangido. Isso eles não conseguiram. Pode perguntar para qualquer um. Eles tentaram. Várias e várias vezes. Tentaram foder com a minha cabeça, tirar os Selvagens de dentro de mim. Mas eu aguentei firme. Sabia que você ia vir mais cedo ou mais tarde, e queria estar preparado. É por isso que estou usando isto aqui." Ele colocou os polegares diante do rosto. "Para poder mostrar a você."

Narcisse virou a cabeça para a direita e para a esquerda.

"Quer ver?", perguntou.

Não foi preciso dar uma resposta. As mãos dele já estavam segurando ambos os lados do rosto, com os ganchos tocando a pele logo abaixo das orelhas. Boone ficou só olhando, pois qualquer apelo seria em vão. Aquele era o momento para o qual Narcisse tinha ensaiado inúmeras vezes; Boone não lhe negaria isso. Não houve nenhum ruído quando os ganchos afiadíssimos cortaram a pele, mas o sangue começou a escorrer na mesma hora pelo pescoço e pelos braços. A expressão no rosto não mudou, só se intensificou: uma máscara em que o cômico e o trágico se fundiam. Em seguida, com os dedos espalmados, ele foi passando os ganchos pela mandíbula, com a precisão de um cirurgião. As feridas foram abertas com uma simetria perfeita, até os dois ganchos se encontrarem sob o queixo.

Só então baixou uma das mãos, com o sangue pingando do gancho e do punho, enquanto a outra segurava o pedaço de pele que ele havia cortado.

"Quer ver?", Narcisse voltou a perguntar.

"Não", murmurou Boone.

Sua resposta foi ignorada. Com um puxão firme para cima, Narcisse arrancou a máscara de pele dos músculos logo abaixo e começou a revelar seu verdadeiro rosto.

De algum lugar atrás de si, Boone ouviu alguém gritar. A porta tinha sido aberta, e uma integrante da equipe de enfermagem estava parada na soleira. Com o canto do olho, ele conseguiu vê-la — o rosto mais branco que o uniforme, a boca escancarada; e atrás dela o corredor e a liberdade. Mas Boone não conseguia parar de olhar para Narcisse, não enquanto o sangue que preenchia o ar entre os dois impedisse que a revelação fosse total. Ele queria ver a face secreta do homem: o Selvagem sob sua pele, que o tornava digno de Midian. A chuva vermelha estava se dispersando. O ar começou a clarear. Ele conseguia vislumbrar algo do rosto, mas não era capaz de compreender a complexidade. Seria a anatomia de um monstro que se mostrava aos grunhidos diante dele, ou tecidos humanos torturados pela automutilação? Só mais um instante e ele saberia...

Nesse momento, alguém o agarrou, segurando seus braços e puxando-o para a porta. Ele viu Narcisse erguendo as armas que levava nas mãos para manter seus salvadores à distância, e então os uniformizados saltaram sobre ele, fazendo-o sumir das vistas. Na confusão do momento, Boone tentou a sorte. Empurrou a enfermeira, pegou a jaqueta de couro e correu para a porta não vigiada. Seu corpo ferido não estava pronto para uma ação tão violenta. Ele cambaleou, sentindo a náusea e as agulhadas de dor nas pernas e nos braços machucados disputando a honra de colocá-lo de joelhos, mas a visão de Narcisse cercado e mutilado era um estímulo mais que suficiente para lhe dar forças. Boone chegou ao fim do corredor antes que alguém tivesse a chance de segui-lo.

Ao sair da porta para a noite, escutou a voz de Narcisse se elevar em protesto; um urro de raiva pateticamente humano.

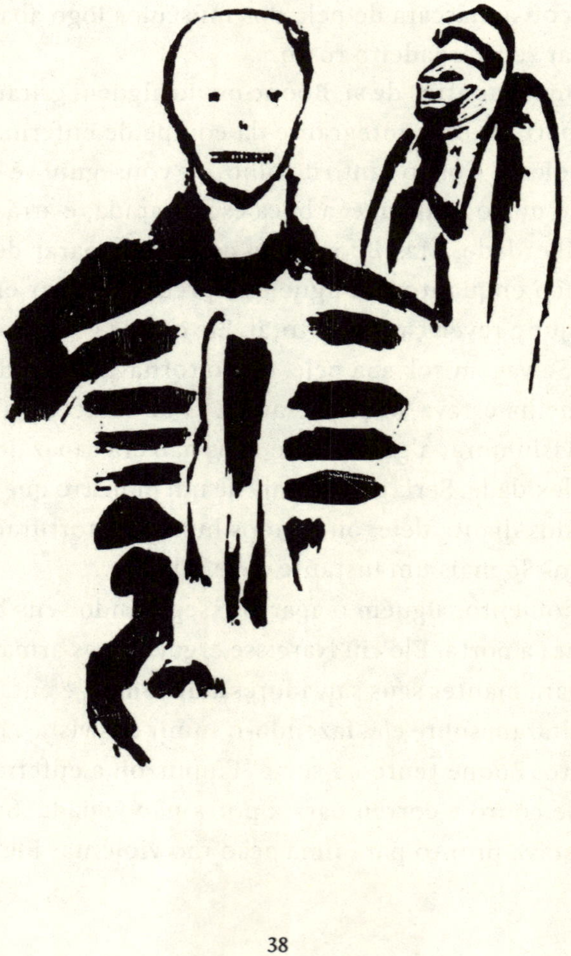

4

NECRÓPOLE

I

A distância entre Calgary e Athabasca era de pouco menos de quinhentos quilômetros, mas levava o viajante até a fronteira de um outro mundo. Ao norte dali, as estradas iam escasseando, assim como os habitantes, à medida que as terras ricas em pradarias da província iam dando lugar a florestas, pântanos e territórios selvagens. Era também o lugar que demarcava os limites da experiência de Boone. Um curto período trabalhando como caminhoneiro, aos vinte e poucos anos, o tinha levado até Bonnyville, a sudeste, Barrhead no sudoeste, e também a Athabasca. Mas o que havia além era desconhecido para ele, a não ser como nomes em um mapa. Ou, mais exatamente, a ausência desses nomes. Havia grandes trechos de terra pontuados apenas por vilarejos rurais; nenhum tinha o nome que Narcisse mencionou: Shere Neck.

O mapa que trazia essas informações ele encontrou, com trocados suficientes para comprar uma garrafa de conhaque, em um furto nos arredores de Calgary. Arrombou três veículos em um estacionamento subterrâneo e em cinco minutos saiu, com mapa e dinheiro, antes que o segurança localizasse onde os alarmes tinham disparado.

A chuva lavou seu rosto; a camiseta ensanguentada foi descartada, deixando apenas a amada jaqueta contra a pele. Ele conseguiu uma carona até Edmonton, e outra que o levou até Athabasca, passando por High Prairie. Foi fácil.

II

Fácil? Sair em busca de um lugar de que só tinha ouvido falar em boatos saídos da boca de lunáticos? Talvez não fosse fácil. Mas era necessário; inevitável, até. Desde o momento em que o caminhão que escolheu para matá-lo o rejeitou, aquela jornada o chamava. Talvez por mais tempo ainda, sem que ele se desse conta do convite. A sensação de estar fazendo a coisa *certa* o transformou praticamente em um fatalista. Se Midian existisse e estivesse disposta a recebê-lo, então estava viajando para um lugar onde enfim encontraria um pouco de autoconhecimento e paz interior. Caso contrário — se fosse apenas uma superstição destinada aos assustados e perdidos —, sua viagem rumo ao nada também parecia *certa*, e ele aceitaria o fim que lhe coubesse. Era melhor que os remédios, melhor que a busca infrutífera de Decker por coincidências e motivos.

A tentativa do médico de encontrar o monstro que vivia em Boone estava fadada ao fracasso. Isso estava tão claro quanto o céu acima de sua cabeça. Boone, o homem, e Boone, o monstro, não podiam ser divididos. Eram um só; viajavam pela mesma estrada em um mesmo corpo e uma mesma mente. E, o que quer que houvesse no fim daquela estrada, a morte ou a glória, seria o destino dos dois.

III

A leste de Peace River, tinha dito Narcisse, perto da cidadezinha de Shere Neck; a norte de Dwyer.

Ele teve que dormir ao relento em High Prairie até a manhã seguinte, quando conseguiu uma carona até Peace River. A motorista tinha seus cinquenta e tantos anos, orgulhosa de uma região que conhecia desde a infância, e, portanto, estava disposta a lhe dar uma rápida aula de geografia. Boone não mencionou Midian, mas ela conhecia Dwyer e Shere Neck — esta última era uma cidadezinha com umas cinco mil almas a leste da Rodovia 67. Se não tivesse ido até High Prairie, ele poderia ter se poupado de uns bons trezentos quilômetros, segundo ela, se tivesse tomado o rumo norte mais cedo. Mas não importava; ela conhecia um lugar em Peace River onde os agricultores locais paravam para comer antes de seguirem para suas propriedades. Ele conseguiria uma carona lá, para levá-lo até onde queria.

Ela perguntou se Boone tinha parentes por lá. Ele respondeu que sim.

Estava perto de anoitecer quando a última carona o deixou a mais ou menos um quilômetro e meio de Dwyer. Ele ficou observando enquanto o caminhão pegava uma estradinha de cascalho na direção do azul profundo, e começou a caminhar a curta distância até a cidadezinha. Uma noite ao relento e as viagens em veículos de trabalho em estradas que já viveram dias melhores cobraram o preço de seu organismo já combalido. Boone levou uma hora para chegar aos arredores de Dwyer, e àquela altura a noite havia caído por completo. Mais uma vez, o destino mostrou que estava ao seu lado. Sem a escuridão a seu favor, ele não teria visto as luzes brilhando mais adiante; não em um sinal de boas-vindas, mas de alerta.

A polícia tinha chegado antes dele; três ou quatro viaturas, ao que parecia. Era possível que estivessem no encalço de outra pessoa, mas ele duvidava. Era mais que provável que Narcisse, perdido em si mesmo, tivesse contado para a polícia o mesmo que falou para Boone.

Nesse caso, aquele era um comitê de boas-vindas. Deviam estar procurando por ele, batendo de casa em casa. E, se estavam fazendo isso ali, fariam em Shere Neck também. A presença dele era esperada.

Graças à cobertura da noite, ele saiu da estrada e se embrenhou nos campos de canola, onde podia deitar e pensar nos próximos passos. Sem dúvida não era nada inteligente passar por Dwyer. Era melhor sair em busca de Midian imediatamente, deixando de lado a fome e o cansaço e confiando nas estrelas e nos seus instintos para encontrar o caminho.

Ele levantou, cheirando a terra, e seguiu na direção que julgou ser o norte. Sabia muito bem que poderia passar a quilômetros de seu destino se deslocando de forma tão precária, ou poderia não o ver em meio à escuridão. Mas não fazia diferença; ele não tinha outra escolha, o que lhe servia como uma espécie de consolo.

Em seus cinco minutos de atuação como ladrão, não encontrou nenhum relógio para roubar, então a única coisa a lhe dizer que o tempo estava passando era o lento progresso das constelações acima de sua cabeça. O ar se tornou frio, depois gelado, mas ele seguiu em seu ritmo apressado e doloroso, evitando as estradas sempre que possível, apesar de ser mais fácil andar por elas do que pelos campos arados e cultivados. Essa cautela se mostrou justificada em um local onde duas viaturas de polícia, seguindo uma limusine preta, passaram em silêncio quase completo por uma estrada que ele havia atravessado um minuto antes. Boone não tinha nenhuma evidência para justificar a impressão que teve enquanto os carros passavam, mas teve uma sensação fortíssima de que o passageiro da limusine era Decker, o bom doutor, ainda tentando *entender*.

IV

E então, Midian.

Do nada, Midian. Em um momento, a noite inexoravelmente escura, e no seguinte, um conjunto de construções no horizonte, com paredes pintadas reluzindo em um tom de cinza azulado sob a luz das estrelas. Boone ficou parado por vários minutos observando a cena. Não havia nenhuma luz acesa nas janelas nem nas varandas. A essa altura, certamente era mais de meia-noite, e os homens e mulheres da cidade, com trabalho a fazer no dia seguinte, deviam estar na cama. Mas nem uma única luz? Isso lhe pareceu estranho. Por menor que fosse Midian — esquecida pelos cartógrafos e pela sinalização das estradas —, não haveria um único insone? Ou uma criança precisando do conforto de uma lâmpada acesa nas horas de escuridão? Era mais provável que estivessem esperando por ele — Decker e a polícia — escondidos nas sombras até que fosse tolo o bastante para cair na armadilha. A solução mais simples seria dar meia-volta e frustrar a vigília, mas ele estava quase sem energias. Caso batesse em retirada, quanto tempo precisaria esperar até tentar voltar, se cada hora que passava tornava seu reconhecimento e sua prisão mais prováveis?

Ele decidiu contornar a cidade e conhecer melhor o terreno. Caso não encontrasse nenhuma evidência da presença da polícia, entraria e veria quais seriam as consequências. Não tinha viajado tanto para nada.

Midian não revelou nada de si mesma enquanto ele contornava seu lado sudeste, a não ser talvez o quanto era vazia. Não só não havia sinal de viaturas policiais nas ruas, ou escondidas entre as casas, como ele não viu nenhum veículo automotor de nenhum tipo: nem uma única caminhonete, nem um único trator. Começou a se perguntar se a cidade não seria uma daquelas comunidades religiosas sobre as quais tinha lido a respeito, cujos dogmas rejeitavam a eletricidade ou motores a combustão.

Mas, quando subiu rumo ao alto da pequena colina que abrigava Midian em seu cume, uma segunda explicação, mais óbvia, lhe ocorreu. Não havia *ninguém* em Midian. Esse pensamento o fez deter o passo de imediato. Ficou olhando para as casas, em busca de alguma indicação de dilapidação, mas não encontrou nenhuma. Os telhados estavam intactos, pelo que pôde ver, e não havia nenhuma construção que parecesse prestes a desabar. Mas, em uma noite tão silenciosa que era possível ouvir o deslocamento das estrelas cadentes no céu, ele não escutava nem o *mínimo* ruído vindo da cidade. Se alguém gemesse durante o sono, seria possível captar o som em meio ao silêncio, mas nem isso havia.

Midian era uma cidade fantasma.

Jamais em sua vida ele tinha sentido tamanha desolação. Estava como um cachorro que voltou para casa e não encontrou os donos, sem saber qual era o sentido que sua vida tinha agora, ou se algum dia voltaria a ter um.

Demorou vários minutos para voltar a se mover e continuar a circundar a cidade. A vinte metros de onde estava, porém, a elevação da colina lhe permitiu contemplar uma cena ainda mais misteriosa do que a já misteriosa visão da deserta Midian.

No lado mais distante da cidade, havia um cemitério. Seu ponto de observação proporcionava uma visão desobstruída, apesar dos muros altos que cercavam o local. Presumivelmente, tinha sido construído para atender a toda a região, pois era muito maior do que a demanda de uma cidadezinha como Midian exigiria. Muitos dos mausoléus eram de uma escala grandiosa, o que ficava claro mesmo à distância, e a distribuição de avenidas, árvores e túmulos conferia ao cemitério a aparência de uma pequena cidade.

Boone começou a descer a outra encosta da colina naquela direção, o caminho levando-o longe da cidade. Depois da onda de adrenalina de descobrir e se aproximar de Midian, sentiu suas reservas de energia se exaurirem depressa; a dor e a exaustão que haviam sido anestesiadas pela expectativa agora voltavam para se vingar. Não demoraria muito, ele sabia, para que seus músculos desistissem por completo e ele desmoronasse. Talvez atrás dos muros do cemitério ele encontrasse um cantinho para se esconder dos seus perseguidores e descansar os ossos.

Havia duas possibilidades de acesso. Um portão pequeno no muro lateral e um enorme portão duplo voltado para a cidade. Ele escolheu o primeiro. Estava fechado com trinco, mas não trancado. Ele abriu bem devagar e entrou. A impressão que teve do alto da colina, a de que o cemitério era uma cidade, se confirmou, em meio aos mausoléus do tamanho de casas que o cercavam. Além da escala, agora que podia observá-los de perto, também o nível de elaboração das construções o deixou perplexo. Que tipo de famílias poderiam ter ocupado a cidade e seus arredores, a ponto de ter dinheiro de enterrar seus mortos com tamanho esplendor? As pequenas comunidades da pradaria tiravam seu sustento da terra, mas isso não os deixava ricos; e, nas raras ocasiões em que isso acontecia, quando encontravam petróleo ou ouro, nunca envolvia tanta gente. Mas lá estavam aqueles túmulos magníficos, alamedas e mais alamedas cheias deles, construídos seguindo estilos que iam do clássico ao barroco e ostentando motivos de diversas teologias em desacordo umas com as outras — embora ele não soubesse se podia confiar de fato em seus sentidos tão fatigados.

A exaustão ia muito além do suportável. Ele precisava dormir. Aqueles túmulos estavam de pé fazia um século ou mais; o mistério continuaria por lá ao amanhecer.

Ele encontrou um lugar para encostar a cabeça entre duas sepulturas. A grama primaveril cheirava bem. Já havia deitado em travesseiros muito piores, e aquela não seria a última vez.

5

UM OUTRO TIPO DE PRIMATA

O som de um animal o despertou, com os rosnados se infiltrando em seus sonhos fugazes e o trazendo de volta para o mundo. Ele abriu os olhos e se sentou. Não conseguiu ver o cachorro, mas ainda o ouvia. Estaria atrás dele? A proximidade dos túmulos provocava ecos ao redor. Bem lentamente, ele virou para olhar por cima do ombro. A escuridão era profunda, mas não escondia o animal enorme, cuja espécie era impossível identificar ao certo. A ameaça que vinha de sua garganta, porém, era inequívoca. O bicho não gostou de ser escrutinado dessa forma, a julgar pelo aumento de volume dos grunhidos.

"Ei, garoto...", disse ele baixinho. "Está tudo bem."

Com as articulações estalando, Boone começou a se levantar, ciente de que se ficasse no chão o animal teria fácil acesso à sua garganta. Depois de passar tanto tempo deitado no chão frio, seus membros estavam rígidos; ele se movia como um idoso. Talvez fosse isso que estivesse detendo o ataque do bicho, que se limitava a observá-lo, com o formato de lua crescente dos brancos dos olhos — o único detalhe possível de distinguir — se arregalando enquanto eles o acompanhavam até a posição ereta. Uma vez de pé, ele se virou para a criatura, que começou a se mover na sua direção. Havia algo naquele avanço que o fez pensar que era um animal ferido. Era possível ouvir que um de seus membros estava sendo arrastado atrás de si; a cabeça se mantinha baixa, e os passos eram lentos.

Ele estava prestes a dizer palavras de consolo quando um braço envolveu seu pescoço, deixando-o sem fôlego e sem fala.

"Paradinho aí, se não quiser ser *rasgado*."

Com a ameaça de um segundo braço em torno do seu corpo, com os dedos se cravando em sua barriga com uma força tremenda, ele teve a certeza de que aquele homem seria uma ameaça séria mesmo desarmado.

Boone tentou não respirar fundo. Até mesmo o menor movimento comprimia ainda mais o aperto mortal em torno de seu pescoço e abdome. Ele sentiu o sangue descer por sua barriga e escorrer pela calça.

"Quem é você, caralho?", a voz quis saber.

Ele não era um bom mentiroso; a opção mais segura era a verdade.

"Meu nome é Boone. Eu vim... vim procurar Midian."

Era impressão sua ou o aperto na barriga tinha diminuído depois de dizer a que veio?

"Por quê?", questionou uma segunda voz. Boone demorou apenas uma fração de segundo para se dar conta de que a voz vinha das sombras diante dele, onde estava o animal ferido. Na verdade, era do *próprio* bicho.

"Meu amigo fez uma pergunta", falou a voz próxima a sua orelha. "Responda."

Desorientado pelo ataque, Boone fixou o olhar no que quer que estivesse nas sombras e se pegou duvidando do que via. A cabeça de seu interrogador não era *sólida*; parecia quase estar *inalando* seu excesso de feições, com sua substância escurecendo e fluindo pelas órbitas e pelas narinas e pela boca para dentro de si.

Todos os pensamentos sobre o risco que corria desapareceram; nesse momento, se sentiu eufórico. *Narcisse não estava mentindo*. E lá estava a prova mutante disso.

"Eu vim até aqui para estar entre vocês...", falou ele, respondendo à pergunta daquele milagre. "Porque o meu lugar é aqui."

Um questionamento emergiu da risada suave atrás dele.

"Como ele é, Peloquin?"

A criatura havia engolido seu rosto de bicho. Havia feições humanas por trás, em um corpo que era mais de réptil do que de mamífero. O membro que arrastava atrás de si era uma cauda; seu caminhar na verdade era como o de um lagarto rastejante. Isso também apareceu sob suas vistas, enquanto o tremor da transformação se movia por sua espinha protuberante.

"Parece ser um Natural", respondeu Peloquin. "Não que isso signifique muita coisa."

Por que seu agressor não podia constatar isso por si mesmo?, Boone se perguntou.

Ele olhou para a mão na sua barriga. Tinha seis dedos, mas com garras em vez de unhas, encravadas mais de um centímetro em seus músculos.

"Não me mate", falou ele. "Eu vim de muito longe para chegar aqui."

"Ouviu essa, Jackie?", retrucou Peloquin, erguendo-se do chão com as quatro patas para se colocar diante de Boone. Os olhos dele, agora alinhados aos seus, se revelaram de um azul faiscante. O hálito era quente como o bafo de uma fornalha aberta.

"Que tipo de bicho é você, então?", Boone quis saber.

A transformação estava quase concluída. O homem por trás do monstro não tinha nada de notável. Uns quarenta anos, magro e com uma pele amarelada.

"É melhor ele ir lá para baixo", disse Jackie. "Lylesburg vai querer dar uma olhada nele."

"Provavelmente", respondeu Peloquin. "Mas acho que vai ser um desperdício do tempo dele. É um Natural, Jackie. Eu sei qual é o cheiro deles."

"Eu derramei sangue...", murmurou Boone. "Matei onze pessoas."

Aqueles olhos azuis o observaram com um certo divertimento.

"Eu duvido", retrucou Peloquin.

"Esse não é o nosso papel", argumentou Jackie. "Não somos nós que temos que julgar."

"Eu tenho olhos na cara, não?", rebateu Peloquin. "Sei reconhecer um homem comum quando vejo um." Ele apontou para Boone. "Você não é da Raça das Trevas. É só carne. Isso é o que você é. Alimento para a fera."

O divertimento desapareceu de sua expressão enquanto ele falava, substituído pela *avidez*.

"Nós não podemos fazer isso", protestou a outra criatura.

"Quem é que vai saber?", falou Peloquin. "Alguém *tem como* saber?"

"Isso é contra a lei."

Peloquin parecia indiferente a esse fato. Escancarou os dentes, e uma fumaça preta se espalhou por entre duas falhas, subindo sobre a face. Boone sabia o que vinha a seguir. O homem estava *soprando* o que tinha inalado pouco antes: seu aspecto de lagarto. As proporções de seu crânio estavam se desfazendo e se reordenando sob a cobertura da carne.

"Você não pode me matar", disse ele. "O meu lugar é aqui."

Havia mesmo uma negativa na fumaça diante dele? Caso houvesse, foi uma mensagem que se perdeu. Não haveria mais debate. A fera estava determinada a devorá-lo...

Ele sentiu uma pontada forte na barriga e olhou para baixo para ver se a mão com garras tinha se soltado de sua carne. A pressão em seu pescoço se aliviou, e a criatura atrás dele disse:

"Vai".

Boone não precisou ouvir duas vezes. Antes que Peloquin pudesse concluir sua reconstrução, ele escapou dos braços de Jackie e correu. Qualquer senso de direção que ele ainda pudesse ter se perdeu no desespero do momento, um desespero motivado pelo rugido de fúria da fera faminta, o som — quase instantâneo, ao que parecia — de sua percepção.

A necrópole era um labirinto. Ele corria às cegas, com guinadas para a direita e para a esquerda em qualquer abertura que se apresentasse, mas não precisou olhar por cima do ombro para saber que o monstro devorador estava em seu encalço. Enquanto corria, Boone repetia mentalmente o que ouviu:

Você não é da Raça das Trevas. É só carne. Isso é o que você é. Alimento para a fera.

Essas palavras provocavam uma agonia mais profunda do que a dor nas pernas e o ardor nos pulmões. Mesmo ali, entre os monstros de Midian, *não era seu lugar*. E, se não era ali, onde poderia ser? Ele continuava correndo, como as presas sempre faziam com os famintos em seu encalço, mas era impossível escapar.

Ele deteve o passo. E se virou.

Peloquin estava a uns cinco metros atrás, com o corpo ainda humano, nu e vulnerável, mas a cabeça inteiramente bestial, com uma boca larga com fileiras de dentes que eram como espinhos. Ele também parou de correr, talvez achando que Boone fosse sacar uma arma. Quando viu que nada do tipo aconteceria, estendeu os braços na direção da vítima. Atrás dele, Jackie apareceu, e Boone pôde ver o homem pela primeira vez. Ou seriam *homens*? Havia dois rostos na sua cabeça desproporcional, e as feições de ambos eram deformadas; olhos tão separados que pareciam enxergar em todas as direções menos à frente, bocas que se colidiram em uma única abertura, as fendas das narinas sem ossos por baixo. Era o rosto de um feto de show de aberrações.

Jackie tentou um último apelo, mas os braços estendidos de Peloquin já estavam se transformando da ponta dos dedos aos cotovelos, e a delicadeza deu lugar a uma força impressionante.

Antes mesmo que a musculatura se fixasse, ele avançou sobre Boone, saltando para derrubar a vítima. Boone caiu diante dele. Era tarde demais para se arrepender de sua passividade. As garras rasgaram a jaqueta e expuseram a pele de seu peito. Peloquin ergueu a cabeça e *sorriu*, uma expressão para a qual sua boca não tinha sido feita; então mordeu. Os dentes não eram compridos, mas eram muitos. Machucaram menos do que Boone esperava, pelo menos até Peloquin puxar a cabeça para trás, arrancando um pedaço de músculo, levando junto a pele e um mamilo.

O choque da dor tirou Boone de sua resignação; ele começou a se debater sob o peso de Peloquin. Mas a fera cuspiu o que já tinha arrancado e voltou para pegar uma parte melhor, exalando cheiro de sangue no rosto de sua presa. Havia um motivo para aquela exalação; quando inspirasse de novo, sugaria o coração e os pulmões de Boone de dentro do peito. Ele gritou por socorro, e foi atendido. Antes que a respiração fatal fosse inspirada, Jackie segurou Peloquin e o arrancou de cima dele. Boone se viu aliviado sem o peso da criatura sobre si e, em meio à névoa da agonia, viu seu defensor se atracando com Peloquin em uma luta feroz. Não esperou para ver quem sairia vencedor. Comprimindo com a palma da mão a ferida no peito, ele ficou de pé.

Não havia lugar seguro para ele ali; Peloquin sem dúvida não era o único habitante com gosto pela carne humana. Boone era capaz de sentir outros o observando enquanto andava a duras penas pela necrópole, só esperando que ele caísse para poderem capturá-lo impunemente.

Mas seu organismo, mesmo naquele estado traumatizado, não sucumbiu. Havia um vigor em seus músculos que ele não sentia desde o ato de violência que cometeu contra si mesmo, um pensamento que àquela altura lhe causava repulsa como nunca antes. Até mesmo a ferida que latejava sob sua mão tinha *vida*, e a estava celebrando. A dor tinha parado, substituída não pelo torpor, mas por uma sensibilidade quase erótica, tentando Boone a enfiar a mão dentro do peito e acariciar o coração. Entretido por esses absurdos, deixou que o instinto guiasse seus passos e o levasse de volta aos portões. Sua mão melada de sangue não conseguiu dar conta do trinco, então ele saltou, escalando as grades com uma facilidade que o levou ao riso. Depois correu na direção de Midian, não por medo de perseguição, mas pelo prazer de ter seus membros ativos e seus sentidos acelerados.

6

PÉS DE BARRO

A cidade estava de fato vazia, como ele sabia que estaria. As casas que pareceram em bom estado a quase um quilômetro de distância, em um exame mais próximo se revelaram em um estado muito pior depois de passarem desocupadas o ciclo completo das estações. Embora a sensação de bem-estar ainda o dominasse, ele temeu que a perda de sangue fosse dissipá-lo com o tempo. Ele precisava de alguma coisa para fazer um curativo, por mais primitivo que fosse. Em busca de um pedaço de cortina, ou de um lençol esquecido, abriu a porta de uma das residências e mergulhou na escuridão de seu interior.

Apenas quando entrou ele se deu conta de que seus sentidos estavam estranhamente atenuados. Seus olhos penetraram a penumbra imediatamente, localizando os detritos lamentáveis que alguns ocupantes deixaram para trás, tudo coberto pela poeira seca da pradaria, acumulada durante anos, entrando pela janela quebrada e a porta que não fechava direito. Havia tecidos à disposição; um pedaço de lençol, úmido e manchado, que ele rasgou em tiras entre os dentes e a mão direita enquanto mantinha a esquerda sobre a ferida.

Estava no meio desse processo quando ouviu o ranger das tábuas nos degraus da frente. Ele deixou cair as bandagens do meio dos dentes. A porta estava aberta. Na soleira havia a silhueta de um homem cujo nome Boone soube de imediato, apesar de seu rosto estar mergulhado nas sombras. Foi o cheiro da colônia de Decker que ele sentiu; as batidas do coração de Decker que ouviu; o aroma do suor de Decker que sentiu no ar entre os dois.

"Então, aqui está você", disse o médico.

Havia forças se juntando na rua iluminada pelas estrelas. Com ouvidos sobrenaturalmente afiados, Boone captou o som dos sussurros apreensivos e dos gases emitidos por intestinos irritadiços, e das armas engatilhadas e prontas para liquidar o lunático se tentasse escapar entre seus dedos.

"Como foi que você me encontrou?", perguntou ele.

"Narcisse, é esse o nome?", disse Decker. "Seu amigo no hospital."

"Ele está morto?"

"Infelizmente. Mas morreu lutando."

Decker deu um passo para dentro da casa.

"Você está ferido", comentou ele. "O que foi que fez consigo mesmo?"

Alguma coisa impediu Boone de responder. Seria porque os mistérios de Midian eram tão bizarros que ninguém seria capaz de acreditar? Ou porque a natureza do que havia ali não era da conta de Decker? Certamente não era por causa da segunda opção. O comprometimento de Decker em compreender o monstruoso não podia ser colocado em dúvida. Quem poderia ser melhor, então, para falar sobre sua descoberta? Mesmo assim, ele hesitou.

"Me diga", Decker voltou a falar. "Como foi que você se feriu?"

"Depois", respondeu Boone.

"Não vai haver um depois. Acho que você sabe disso."

"Eu vou sobreviver", garantiu Boone. "Não é tão feio quanto parece. Pelo menos, a sensação não é."

"Não estou falando do ferimento. Estou falando da polícia. Eles estão à sua espera."

"Eu sei."

"E não vai se entregar tranquilamente, não é?"

Boone já não sabia. A voz de Decker era tão associada em sua mente a momentos de segurança que ele quase acreditou que poderia ser possível, caso o médico quisesse.

Mas não havia como Decker proporcionar segurança àquela altura. Só mesmo a morte.

"Você é um matador em série, Boone. Desesperado. Perigoso. Foi difícil convencer a polícia a me deixar chegar perto de você."

"Ainda bem que você conseguiu."

"Eu digo o mesmo", respondeu Decker. "Queria apenas uma chance de me despedir."

"Por que precisa ser assim?"

"Você sabe por quê."

Ele não sabia; não realmente. A única certeza que tinha, e cada vez mais forte, era a de que Peloquin dissera a verdade.

Você não é da Raça das Trevas.

Não mesmo; ele era inocente.

"Eu não matei ninguém", ele murmurou.

"Eu *sei* disso", retrucou Decker.

"É por isso que eu não conseguia lembrar de nenhum daqueles lugares. Eu *nunca* estive lá."

"Mas agora se lembra", disse Decker.

"Só porque...", Boone se interrompeu e ficou encarando o homem de terno preto. "... porque você me mostrou."

"*Ensinei* você", corrigiu Decker.

Boone continuou encarando o médico, à espera de uma explicação que não fosse a que surgiu em sua mente. Não podia ser Decker — ele era a voz da razão, a tranquilidade em pessoa.

"Duas crianças foram mortas em Westlock esta noite", o médico continuou. "Estão responsabilizando você."

"Eu nem passei por Westlock", protestou Boone.

"Mas eu sim", respondeu Decker. "E garanti que eles vissem as fotos; os policiais de lá. Os assassinatos de crianças são os piores. É melhor você morrer aqui do que ser entregue a eles."

"Você?", questionou Boone. "Foi você?"

"Sim."

"Todos?"

"E mais alguns."

"Por quê?"

Decker refletiu por um momento.

"Porque eu gosto", respondeu, curto e grosso.

Ele ainda parecia a expressão da sanidade com seu terno de belo corte. Nem mesmo o rosto, que Boone já conseguia ver claramente, transmitia alguma pista visível do maníaco que se escondia por trás daquela aparência. Quem teria dúvidas, vendo o homem ensanguentado e o outro, todo alinhado, de qual era o lunático e qual era aquele que o tratava? Mas as aparências podiam ser enganosas. Apenas o monstro, o filho de Midian, era capaz de transformar a própria carne e revelar quem realmente era. O restante ficava escondido atrás da fachada de tranquilidade, tramando a morte de crianças.

Decker sacou uma arma de dentro do paletó.

"Me mandaram vir armado", explicou. "Caso você perdesse o controle."

A mão dele tremia, mas a uma distância tão curta seria difícil errar. Em questão de instantes, estaria tudo acabado. A bala voaria do cano e ele estaria morto, com tantos mistérios ainda por resolver. O ferimento; Midian; Decker. Eram várias questões para as quais nunca teria a resposta.

Não haveria outro momento possível a não ser aquele. Arremessando sobre Decker o pano que ainda segurava, ele se jogou para o lado em seguida. Decker disparou, e o tiro encheu o ambiente de som e luz. Quando o pano foi ao chão, Boone já seguia para a porta. A menos de um metro de lá, a luz da arma se acendeu de novo. Um instante depois, veio o som. E com o som, um impacto nas costas de Boone, que o arremessou para a frente, lançando-o porta afora e na direção dos degraus da frente.

O grito de Decker veio em seguida.

"*Ele está armado!*"

Boone ouviu as sombras se preparando para aniquilá-lo. Ergueu os braços em sinal de rendição; abriu a boca para afirmar sua inocência.

Os homens posicionados atrás da viatura viram apenas o sangue em suas mãos; era um indício suficiente de culpa. Eles atiraram.

Boone ouviu os projéteis disparados em sua direção — dois à esquerda, três à direita e um que vinha bem de sua frente, tendo seu coração como alvo. Teve tempo de se perguntar por que pareciam tão lentos e musicais. Então foi atingido: na coxa, na virilha, no baço, no rosto e no coração. Ele ficou de pé por vários segundos; então alguém atirou de novo, e dedos nervosos dispararam uma segunda rajada. Dois dos tiros erraram feio o alvo. Os demais o atingiram no abdome, no joelho, dois no peito, um na têmpora. Dessa vez ele caiu.

Assim que foi ao chão, sentiu a ferida aberta por Peloquin convulsionar como um segundo coração, uma presença curiosamente reconfortante em seus últimos momentos.

Em algum lugar próximo, ele ouviu a voz de Decker, e seus passos se aproximando enquanto saía da casa para examinar o corpo.

“Pegamos o desgraçado”, alguém falou.

“Ele está morto”, disse Decker.

Não estou, não, pensou Boone.

Então deixou de pensar.

A

III

A MORTE É DURA

“O miraculoso também nasce, tem seu tempo, e morre...”

Carmel Sands, *Ortodoxias*

7

CAMINHOS TORTUOSOS

I

Saber que Boone havia se afastado dela já era ruim, mas o que veio depois foi pior. Primeiro, claro, chegou o telefonema. Ela só havia conversado com Decker uma vez, e não reconheceu sua voz de imediato.

"Infelizmente, tenho más notícias."

"Você encontrou Boone."

"Sim."

"Ele está ferido?"

Houve uma pausa. Antes mesmo que o silêncio fosse quebrado, ela já sabia o que viria depois.

"Infelizmente ele está morto, Lori."

Lá estava a notícia que ela sabia que receberia, porque estava feliz demais, e isso não poderia durar. Boone havia transformado completamente sua vida. E a morte dele faria o mesmo.

Ela agradeceu ao médico pela gentileza de lhe dar a notícia, em vez de deixar isso a cargo da polícia. Então desligou o telefone e ficou esperando a ficha cair.

Havia gente no círculo de convivência de Lori que dizia que ela jamais atrairia um homem como Boone se ele estivesse são — o que não queria dizer que ele a escolheu às cegas, mas que alguém que tem um rosto como o dele, que chama a atenção dos mais sensíveis a fisionomias, preferiria a companhia de uma beleza equivalente caso não estivesse seriamente desequilibrado. Esses comentários a feriam profundamente, porque no fundo ela acreditava neles. Boone não tinha muita coisa em termos de posses, mas seu rosto era uma coisa gloriosa, que atraía olhares minuciosos que o deixavam envergonhado e incomodado. Mais de uma vez, Lori chegou a temer que ele fosse ferir a si mesmo para se livrar dessa atenção, um desejo latente que se mostrava na total falta de interesse que demonstrava pela própria aparência. Ele já havia ficado vários dias sem tomar banho, semanas sem fazer a barba, seis meses sem cortar o cabelo. Mas isso não fazia muita diferença em termos da admiração que despertava. Boone se sentia atormentado por seus admiradores porque *ele* era um homem atormentado; simples assim.

Ela não perdeu tempo tentando desmentir quem dizia isso. Na verdade, mantinha as conversas a respeito dele em um nível mínimo, principalmente quando o assunto era sexo. Só tinha dormido com Boone três vezes, e todas foram desastrosas. E sabia o tipo de fofoca que isso causaria. Mas a forma carinhosa e ávida como ele a tocava sugeria que havia mais do que um sentimento de obrigação por trás de suas investidas. Ele não conseguia levá-las adiante, o que o deixava com raiva e o fazia cair em uma depressão tão profunda que ela passou a se segurar, esfriando suas carícias para não provocar mais tentativas fracassadas.

Mas Lori sonhava com ele muitas vezes, e em situações inequivocamente sexuais. Não havia nada de simbólico ali. Apenas ela e Boone em cômodos vazios, trepando. Às vezes tinha gente batendo na porta, querendo entrar para ver, mas isso nunca acontecia. Ele era completamente seu; em toda sua beleza e infelicidade.

Só que apenas nos sonhos. Agora mais do que nunca, somente em seus sonhos.

A história que viveram juntos estava encerrada. Não haveria mais dias sombrios, em que a conversa dele era um círculo vicioso de derrotas, sem nenhum espaço para o sol brilhar porque, por acaso, ela encontrou alguma frase que deu a ele alguma esperança. Aquele fim abrupto não a apanhou de surpresa. Mas ela não estava preparada para algo assim. Boone desmascarado como um assassino e morto pela polícia em uma cidadezinha da qual ela nunca tinha ouvido falar. Aquele não podia ser o final certo.

Mas, por ruim que fosse, havia coisa ainda pior a caminho.

Depois do telefonema veio o inevitável interrogatório da polícia: ela já havia suspeitado de alguma atividade criminosa? Boone já tinha sido violento com ela? Lori repetiu dezenas de vezes que ele nunca levantou a mão para nada que não fosse lhe dar amor, e nunca abriu a boca para dizer nada que não fosse carinhoso. Eles pareceram entender que obtiveram uma espécie de confirmação tácita quando ela mencionou a insegurança, e trocaram olhares de entendimento entre si enquanto ela corava ao fazer um relato da vida sexual dos dois. Quando terminaram de entrevistá-la, perguntaram se poderia identificar o corpo. Ela aceitou a incumbência. Apesar de ter sido alertada de que não seria uma visão agradável, queria uma despedida.

Foi então que aqueles dias, que já vinham sendo tão estranhos, se tornaram ainda mais inquietantes.

O corpo de Boone tinha desaparecido.

De início, ninguém soube explicar por que o processo de identificação estava sendo adiado; ela ouviu justificativas que não soaram nada convincentes. No fim, porém, não houve alternativa a não ser revelar a verdade. O cadáver, que foi deixado no necrotério da polícia à noite, tinha sumido. Ninguém sabia nem se era um caso de roubo — o local permaneceu trancado, e não havia sinais de arrombamento —, muito menos o motivo. Havia uma operação de busca em andamento, mas, a julgar pela expressão de culpa no rosto daqueles que deram a notícia, ninguém parecia muito esperançoso de encontrar o corpo. O inquérito contra Aaron Boone teria que prosseguir sem um cadáver.

II

O fato de ele correr o risco de nunca poder descansar passou a atormentá-la. A ideia de que seu corpo pudesse ter virado o brinquedinho de um pervertido, ou pior, alguma espécie de ícone macabro, a assombrava dia e noite. Foi uma sensação chocante imaginar com que fim a carne maltratada de Boone poderia estar sendo usada, sua mente entrou em uma espiral de morbidez que a fez temer — pela primeira vez na vida — os próprios processos mentais.

Boone tinha sido um mistério em sua vida, o efeito que causou, um milagre que mudou a maneira como ela se enxergava. E agora, na morte, o mistério se aprofundava. Parecia que ela nem sequer o conhecia, mesmo naqueles momentos de traumática lucidez entre os dois, quando ele parecia disposto a abrir o próprio crânio para ela arrancar o sofrimento lá de dentro; inclusive nessas horas, uma vida secreta de assassinatos estava sendo escondida.

Não parecia possível. Quando se lembrava dele, fazendo caretas bobas, chorando no seu colo, a ideia de que nunca o conheceu de verdade era dolorosa inclusive fisicamente. De alguma forma, era preciso curar essa dor, se não quisesse carregar para sempre a cicatriz daquela traição. Lori tinha que saber *por que* a outra vida de Boone o havia levado para além de todos os limites. Talvez a melhor solução fosse procurar a resposta onde ele tinha sido encontrado: Midian. Talvez lá fosse possível encontrar a solução do mistério.

A polícia a tinha avisado para não sair de Calgary enquanto o inquérito estivesse em andamento, mas ela era uma criatura impulsiva, como sua mãe. Acordou às 3h com a ideia de ir a Midian na cabeça. Às 5h, estava fazendo as malas, e partiu para o norte pela Highway 2 uma hora antes do amanhecer.

III

De início, as coisas foram tranquilas. Era bom passar um tempo longe do trabalho — onde sua ausência seria notada, mas e daí? — e do apartamento, com todas as lembranças do tempo que passou com Boone. Não estava dirigindo às cegas, mas era quase isso; em nenhum mapa que encontrou existia uma cidade chamada Midian. Contudo, ela ouvira a menção de outras cidades em conversas entre policiais. Shere Neck era uma delas — e *estava* nos mapas, então foi eleita como seu primeiro alvo.

Ela não sabia quase nada sobre a paisagem que estava atravessando. Sua família era de Toronto — no oeste civilizado do país, como sua mãe disse até morrer, se ressentindo do marido pela mudança que os levou para o interior. E o preconceito foi passado adiante. A visão dos campos de trigo se estendendo até onde a vista alcançava nunca estimulou muito a imaginação de Lori, e o que via pela janela não a fez mudar de ideia. Os grãos eram deixados crescendo, enquanto quem plantava e colhia se ocupava de outras coisas. A monotonia daquilo pesou mais do que o esperado sobre ela. Lori interrompeu a jornada em McLennan, a apenas uma hora de viagem de Peace River, e teve uma noite de sono tranquilo em uma cama de hotel de beira de estrada, acordou descansada de manhã bem cedo e seguiu adiante. Chegaria a Shere Neck no início da tarde, por sua estimativa.

Mas as coisas não foram bem assim. Em algum lugar a leste de Peace River, acabou se perdendo e precisou dirigir mais de sessenta quilômetros em uma direção que julgava ser a errada até encontrar um posto de gasolina e alguém que pudesse ajudá-la a achar o caminho.

Havia dois meninos gêmeos brincando com soldadinhos de plástico na poeira dos degraus da frente do escritório do posto. O pai dos dois, de quem haviam puxado os cabelos loiros, apagou um cigarro com o pé no meio dos batalhões e foi até o carro.

"Em que posso ajudar?"

"Gasolina, por favor. E uma informação."

"Isso não vai ser de graça", falou ele, bem sério.

"Procuro uma cidadezinha chamada Shere Neck. Você conhece?"

A brincadeira de guerra ficou mais escandalosa. Ele se virou para as crianças.

"Vocês podem calar a boca?", ele gritou.

Os meninos trocaram olhares de canto de olho e ficaram em silêncio, enquanto ele se voltava para Lori. Anos e mais anos trabalhando ao ar livre sob o sol do verão o deixaram precocemente velho.

"Para que você quer ir para Shere Neck?", ele questionou.

"Eu estou tentando... encontrar uma pessoa."

"É mesmo?", perguntou ele, intrigado, abrindo um sorriso cuja boa impressão dependia de dentes melhores que os seus. "Alguém que eu conheço? Não vem muita gente de fora para cá, não."

Perguntar não ofende, foi o que ela pensou. Então voltou ao carro e pegou uma fotografia na bolsa.

"Será que você viu este homem por aqui?"

O Armagedom estava prestes a acontecer nos degraus do escritório. Antes de ver a foto de Boone, ele se virou para as crianças.

"Já mandei *calar a boca, caralho*!", ele gritou, e então se voltou para a foto. Sua resposta foi imediata. "Você sabe quem é esse cara?"

Lori hesitou. O rosto rústico diante dela estava com uma expressão fechada. Porém, era tarde demais para se fazer de inocente.

"Sei, sim", respondeu ela, esforçando-se para não ofender ninguém. "Eu sei quem é."

"E sabe o que ele fez?" O homem franziu os lábios enquanto falava. "Tem fotos dele por aí. Eu vi." Mais uma vez, ele se virou para as crianças. "Vocês vão *calar a boca ou não*?"

"Não fui eu", um deles protestou.

"Não interessa quem foi, porra!", foi a resposta.

Ele avançou na direção dos dois, com o braço erguido. Eles sumiram dali em questão de segundos, abandonando os exércitos, morrendo de medo. A raiva demonstrada contra as crianças e a reação adversa à fotografia viraram uma coisa só.

"Um puta de um animal", falou ele, voltando-se para Lori. "Isso o que esse cara era. Um puta de um animal."

Ele empurrou a difamada fotografia de volta para as mãos dela.

"Ainda bem que apagaram esse cara. E você quer o que, ir abençoar o lugar?"

Ela pegou a foto daqueles dedos engordurados sem responder, mas ele viu a expressão no seu rosto. Mesmo assim, continuou com o discurso inflamado.

"Um cara assim precisa ser sacrificado que nem cachorro raivoso, moça. Um filho da puta de um cachorro raivoso."

Ela recuou diante de toda aquela veemência, com as mãos tão trêmulas que mal conseguiu abrir a porta do carro.

"Não vai querer gasolina, não?", perguntou ele de repente.

"Vai pro inferno", respondeu ela.

Ele pareceu perplexo.

"Qual é o seu problema?", o homem retrucou.

Ela virou a chave na ignição, rezando baixinho para o carro não a deixar na mão bem naquele momento. Mas teve sorte. Enquanto saía dirigindo em alta velocidade, viu pelo retrovisor o homem gritando para ela no meio da poeira que deixou para trás.

Lori não sabia de onde vinha aquela raiva, mas sabia para onde seria direcionada: para as crianças. E nem adiantava se preocupar com isso. O mundo estava cheio de pais violentos e mães tirânicas; e também de crianças cruéis e sem consideração pelos outros, aliás. As coisas eram assim mesmo. Ela não tinha como policiar uma espécie inteira.

O alívio por conseguir escapar manteve as demais reações esquecidas por dez minutos, mas, no fim, passou, e ela foi dominada por um tremor tão violento que precisou parar ao primeiro indício de civilização e encontrar um lugar para se acalmar. Havia uma pequena lanchonete entre as mais ou menos uma dúzia de lojas, e ela pediu café e um pedaço de torta para fazer subir o nível de açúcar antes de ir ao banheiro e jogar água fria no rosto ainda vermelho. A solidão, ainda que às escondidas, era a deixa de que suas lágrimas precisavam. Ao olhar para suas feições inchadas e agitadas no espelho rachado, começou a soluçar de um jeito que nada — nem mesmo a entrada de outra cliente — foi capaz de fazer parar.

A recém-chegada não fez o que Lori faria nessa situação, que era sair discretamente. Em vez disso, olhando para ela pelo espelho, perguntou:

"Que foi? É por causa de homem ou dinheiro?".

Lori limpou as lágrimas com as mãos.

"Como?", disse ela.

"Quando eu choro, é sempre por causa de homem ou de dinheiro", explicou a garota, passando um pente pelos cabelos coloridos com henna.

"Ah." A curiosidade indisfarçada da jovem ajudou a manter as lágrimas sob controle. "Um homem."

"Ele largou você, é?"

"Não exatamente."

"Minha nossa", disse a garota. "Ele voltou para você? Isso é pior ainda."

Esse comentário arrancou um sorrisinho de Lori.

"Isso geralmente acontece com aqueles que a gente não quer, não é?", a jovem continuou. "Você manda embora e eles continuam voltando, como cachorrinhos..."

Essa menção fez Lori se lembrar do que aconteceu no posto de gasolina, e ela sentiu as lágrimas se acumulando outra vez.

"Ai, fica quieta, Sheryl", a recém-chegada repreendeu a si mesma. "Você só está piorando as coisas."

"Não", disse Lori. "Na verdade, não. Eu só estou precisando conversar mesmo."

Sheryl sorriu.

"Tanto quanto eu preciso de café?"

Sheryl Margaret Clark era seu nome, e ela era capaz de arrancar uma fofoca até dos anjos. Na segunda hora de conversa, já no quinto café, Lori contou toda sua triste história, desde o primeiro encontro com Boone até o momento em que as duas trocaram olhares pelo espelho. Sheryl também tinha uma história para contar — mais cômica do que trágica — sobre a paixão de seu homem por carros e a sua pelo irmão dele, o que acabou com palavras ríspidas e separação. Ela havia pegado a estrada para espairecer a cabeça.

“É isso que eu faço desde criança”, ela contou, “sair para onde der na telha. Tinha esquecido como isso era bom. De repente, podemos ir juntas. Até Shere Neck. Eu sempre quis ver como era lá.

“É mesmo?”

Sheryl caiu na risada.

“Não. Mas tanto faz para onde estou indo. Vou a qualquer direção que o vento me levar.”

8

ONDE ELE TOMBOU

Então elas viajaram juntas, depois de pedir informações ao dono da lanchonete, que afirmou ter bem mais que uma vaga ideia da localização de Midian. As instruções estavam corretas. A rota indicada as levou para Shere Neck, que era maior do que Lori esperava, e para uma estrada não sinalizada que em tese levava a Midian.

"Por que vocês querem ir para lá?", o dono da lanchonete quis saber. "Ninguém anda mais por aqueles lados. Está tudo vazio."

"Estou escrevendo uma matéria sobre a corrida do ouro", Sheryl dissera, mentindo com entusiasmo. "*Ela* está fazendo turismo."

"Belo passeio", foi a resposta.

O comentário tivera intenção irônica, porém era mais verdadeiro do que ele imaginava. Era fim da tarde, com uma luz dourada banhando a estrada de cascalho, quando a cidadezinha surgiu na paisagem, e até chegarem às ruas em si, tinham certeza de que não estavam no lugar certo. Como uma cidade fantasma poderia parecer tão acolhedora? À medida que o sol foi se escondendo, no entanto, essa impressão mudou. Havia algo de melancolicamente romântico naquelas casas desertas, mas no fim das contas era uma visão desoladora e em boa medida sinistra. Ao dar uma olhada no lugar, o primeiro pensamento de Lori foi: *por que Boone veio para cá?*

E o segundo: *ele não veio por vontade própria. Estava sendo perseguido. Só veio parar aqui por acaso.*

Elas estacionaram no meio da rua principal, que, apesar de parecer mais uma viela, era a única via de tráfego local.

"Não precisa trancar", disse Sheryl. "Nem tem ninguém por aqui para roubar."

Agora que estavam lá, Lori se sentiu mais contente do que nunca por contar com a companhia de Sheryl. Seu senso de humor e seu espírito leve eram uma afronta àquele lugar sombrio; mantinham as assombrações à distância.

Os fantasmas podiam ser afastados com risos; o sofrimento era bem mais persistente. Pela primeira vez desde o telefonema de Decker, ela sentiu algo parecido com luto. Era fácil demais imaginar Boone ali, sozinho e confuso, sabendo que seus perseguidores se aproximavam. E ainda mais fácil encontrar o local onde ele fora baleado. Os buracos das balas perdidas estavam circulados com giz; as manchas e gotas de sangue estavam visíveis nas tábuas do piso. Ela se manteve a uma certa distância por um bom tempo, incapaz de se aproximar, mas também incapaz de recuar. Sheryl se retirou discretamente e foi explorar os arredores; não havia ninguém por perto para quebrar o transe hipnótico que a visão daquele leito de morte lhe provocava.

Lori sentiria falta dele para sempre. Mas as lágrimas não caíram. Talvez tivesse chorado todas no banheiro da lanchonete. Em vez disso, o que alimentava seu sentimento de perda era o mistério de como um homem que ela conhecia e amava — ou amava e pensava conhecer — podia ter morrido por crimes dos quais jamais suspeitou. Talvez fosse a raiva que impedisse as lágrimas, por saber que, apesar de suas declarações de amor, ele escondia tanta coisa e não havia mais como exigir explicações. Como ele poderia não ter dado nem ao menos um sinal? Ela se pegou examinando as manchas de sangue, se perguntando se um olhar mais aguçado que o seu poderia encontrar algum significado ali. Se era possível ler profecias em borra de café, com certeza a última marca deixada por Boone no mundo devia ter alguma relevância. Mas ela não tinha como interpretar isso. Os sinais eram só mais mistérios não resolvidos, e o maior deles foi o sentimento que Lori expressou em voz alta enquanto olhava para os degraus:

"Eu ainda amo você, Boone."

Aquilo, sim, era um mistério. Apesar da raiva e da perplexidade, ela trocaria a vida que lhe restava se fosse possível fazê-lo sair por aquela porta e tomá-la nos braços.

Mas não houve resposta à sua declaração, por mais oblíqua que tivesse sido. Nenhum vento espectral contra seu rosto; nenhum suspiro em seu ouvido interno. Se Boone estivesse ali em alguma forma fantasmagórica, estava mudo e sem sopro; não era alguém libertado pela morte, e sim seu prisioneiro.

Alguém disse o nome dela. Ela levantou os olhos.

"... você não acha?", Sheryl ia dizendo.

"Desculpa, o quê?"

"Hora de ir?", repetiu Sheryl. "Você não acha que está na hora de ir?"

"Ah."

"Me desculpa dizer, mas você parece péssima."

"Obrigada."

Lori estendeu a mão, pois precisava se equilibrar. Sheryl a segurou.

"Você já viu tudo o que precisava, querida", falou ela.

"Pois é..."

"Agora é seguir em frente."

"Ainda não parece exatamente *real*, sabe", disse Lori. "Mesmo estando aqui. Mesmo vendo o lugar. Ainda não consigo acreditar. Como ele pode ser tão... *inalcançável*? Devia ter algum jeito, você não acha? Alguma forma de tocá-los."

"Quem?"

"Os mortos. Caso contrário, é tudo um grande absurdo, não? Um grande e sádico absurdo." Ela se soltou de Sheryl, levou a mão à testa e a esfregou com os dedos.

"Desculpa", disse ela, "não estou falando coisa com coisa, não é?"

"Sinceramente? Não mesmo."

Lori lançou um olhar de quem pede desculpas.

"Escuta só", disse Sheryl, "a cidade não é mais o que era. Acho melhor dar o fora daqui e deixar tudo isto virar ruínas. Que tal?"

"Eu concordo."

"E pensando bem...", Sheryl se interrompeu.

"O quê?"

"Eu não gosto muito dessa companhia, não", falou ela. "Não estou falando de você", Sheryl acrescentou às pressas.

"Então de quem?"

"De todos esses mortos", respondeu ela.

"Que mortos?"

"Em cima do morro. Tem um maldito cemitério lá."

"Sério?"

"Não é a visão ideal para alguém no seu estado", Sheryl foi logo dizendo, mas percebeu pela expressão no rosto de Lori que não deveria ter dado essa informação. "Você não vai querer ver. Não mesmo."

"Só uns dois minutinhos", respondeu Lori.

"Se demorar mais que isso, vamos ter que pegar a estrada à noite."

"Eu nunca mais vou voltar aqui."

"Ah, claro. É um lugar imperdível. Com grandes atrações. Casas de gente morta."

Lori abriu um sorrisinho.

"Eu não demoro", falou ela, partindo pela rua na direção do cemitério. Sheryl hesitou. Tinha deixado a blusa no carro e estava esfriando. Mas o tempo todo ela não conseguia tirar da mente a desconfiança de que estavam sendo observadas. Com o anoitecer já próximo, não queria ficar sozinha na rua.

"Me espera", ela pediu, alcançando Lori, que já estava se aproximando do muro do cemitério.

"Por que é tão grande?", Lori se perguntou em voz alta.

"Só Deus sabe. Vai ver morreu todo mundo ao mesmo tempo."

"Tanta gente assim? É uma cidadezinha de nada."

"Verdade."

"E olha só o tamanho dos túmulos."

"E para impressionar quem?"

"Você entrou?"

"Não. E não estou muito a fim, não."

"Só um pouquinho."

"Onde foi que eu já ouvi isso antes?"

Não houve resposta da parte de Lori. Ela já estava nos portões do cemitério, enfiando a mão entre as grades para abrir o trinco. E conseguiu. Abrindo apenas uma fresta suficiente para passar, ela entrou. Sheryl foi atrás, relutante.

"Por que tantos assim?", Lori repetiu.

Não era por mera curiosidade; aquela estranha opulência a fez se perguntar mais uma vez se Boone havia ido parar lá por acaso, por ter sido encurralado, ou se Midian era de fato seu *destino*. Havia alguém enterrado ali que ele veio procurar com esperança de encontrar vivo? Ou queria confessar seus crimes ao lado do túmulo de alguém? Embora tudo isso fossem conjecturas, as avenidas de túmulos pareciam transmitir uma vaga esperança de compreensão que o sangue que ele derramara não ofereceria nem se ela continuasse olhando para aquilo até o fim dos tempos.

"Já está tarde", Sheryl lembrou.

"É mesmo."

"E eu estou com frio."

"É mesmo?"

"Eu quero ir embora, Lori."

"Ah... desculpa. Sim, claro. Está ficando escuro, e não dá para ver nada mesmo."

"Ainda bem que você reparou."

Elas começaram a subir de novo na direção da cidade, com Sheryl marcando o passo.

A pouca luz que restava já tinha desaparecido quase por completo quando chegaram ao extremo da cidade. Deixando que Sheryl fosse primeiro para o carro, Lori parou e deu uma última olhada para o cemitério. Daquele ponto de vista, parecia uma fortaleza. Talvez os muros altos servissem para manter os animais à distância, ainda que parecesse uma precaução desnecessária. Os mortos estavam seguros sob suas lápides. Era mais provável que os muros servissem para que os que ficaram impedissem os que se foram de terem poder demais sobre eles. Do portão para dentro, o solo era consagrado aos mortos e recebia cuidados em nome deles. Do lado de fora, o mundo pertencia àqueles que estavam vivos e não tinham mais nada a aprender com aqueles que perderam.

Ela não era assim tão arrogante. Havia muita coisa que queria poder falar com os mortos naquela noite; e também ouvir. Isso era uma grande pena.

Lori voltou para o carro estranhamente animada. Foi apenas depois que trancou as portas e ligou o motor que Sheryl disse:

"Tem alguém de olho em nós.".

"Tem certeza?"

"Eu juro. Percebi que ele estava rondando por aí enquanto vinha para o carro." Ela estava esfregando vigorosamente os seios. "Minha nossa, os meus mamilos ficam dormentes quando estou com frio."

"Como ele era?", Lori perguntou.

Sheryl deu de ombros.

"Está escuro demais para ver", respondeu ela. "Mas isso não importa. Como você disse, não vamos mais voltar aqui."

Verdade, pensou Lori. O melhor que elas poderiam fazer era pegar a estrada no sentido contrário sem olhar para trás. Talvez os cidadãos mortos de Midian as invejassem por isso, de trás dos muros de sua fortaleza.

9

TOCADOS

I

Não foi difícil escolher as acomodações em Shere Neck; só havia dois lugares disponíveis, e um estava lotado pelos compradores e vendedores que participaram de uma feira de máquinas naquele dia, e ainda ocupavam boa parte do outro estabelecimento: o Sweetgrass Inn. Se não fosse por Sheryl e sua simpatia, talvez elas tivessem sido recusadas lá também; mas, depois de uma boa dose de negociações, foi providenciado um quarto com duas camas de solteiro para compartilharem. Era simples, mas confortável.

"Sabe o que minha mãe sempre dizia?", falou Sheryl, enquanto tirava as coisas de seu pequeno nécessaire no banheiro."

"O quê?"

"Ela dizia: existe um homem para você por aí, Sheryl; ele tem o seu número. Não esqueça que quem diz isso é uma mulher que vem procurando por seu homem há trinta anos e nunca encontrou. Mas ela nunca abandonou essa ideia romântica. O homem dos seus sonhos pode estar na próxima esquina, sabe. E isso ficou na minha cabeça também, maldita seja."

"Até hoje?"

"Ah, sim. Ainda estou procurando. O normal seria abandonar essa ideia, depois de tudo que passei. Quer tomar banho primeiro?"

"Não, pode ir você."

No quarto ao lado, tinha começado uma festa, e as paredes eram finas demais para abafar o barulho. Enquanto Sheryl tomava banho, Lori ficou deitada na cama, repassando os acontecimentos do dia. Seu exercício mental não durou muito. Quando percebeu, estava sendo acordada por Sheryl, que já tinha saído do chuveiro e estava pronta para uma noitada na cidade.

"Você vem?", ela quis saber.

"Não, eu estou muito cansada", disse Lori. "Mas pode ir você, divirta-se bastante."

"Se é que existe alguma diversão aqui...", comentou Sheryl, um tanto melancólica.

"Você vai encontrar alguma", garantiu Lori. "Vai lá e arrasa."

Sheryl prometeu que faria isso e deixou Lori descansar, mas a tensão levou a melhor sobre a fadiga. Ela só conseguia cochilar, e mesmo esses breves momentos de sono eram interrompidos de tempos em tempos por explosões de gargalhadas no quarto vizinho.

Ela levantou para sair à procura de uma máquina de refrigerantes e de gelo, voltando com sua bebida zero calorias para um descanso não exatamente tranquilo. Tomaria um banho sem pressa, decidiu, até que a bebedeira ou o cansaço aquietasse os vizinhos de quarto. Imersa até o pescoço na água quente da banheira, sentiu os nós de tensão dos músculos se desfazendo e, quando saiu, estava se sentindo bem leve. O banheiro não tinha exaustor, então os dois espelhos ficaram embaçados. Ela se sentiu grata por essa discrição. Seu catálogo de defeitos já era extenso o bastante sem precisar ficar se observando e encontrar ainda mais coisas. Seu pescoço era grande demais; seus olhos, grandes demais; seu nariz, pequeno demais. Na prática, ela era um excesso após o outro, e qualquer tentativa de corrigir isso só aumentaria o estrago. Seu cabelo, que ela deixava crescer para esconder o pescoço, era tão escuro e tinha tanto brilho que fazia seu rosto parecer pálido e doente. Sua boca, que era idêntica à de sua mãe, sem tirar nem pôr, era natural, e até indecentemente, vermelha, mas tentar disfarçar com um batom mais claro só fazia seus olhos parecerem maiores e mais vulneráveis do que nunca.

Não que o conjunto das suas feições não fosse atraente. Havia uma quantidade nada desprezível de homens aos seus pés. Não, o problema era que sua aparência não condizia com a maneira como se sentia. Lori tinha um rosto meigo, e não era meiga; não queria ser meiga, nem ser vista como meiga. Talvez os sentimentos impactantes experimentados nas horas anteriores — ver o sangue, os túmulos — deixassem marcas duradouras. Ela torcia para que sim. A lembrança do que sentiu ainda reverberava dentro dela, que se percebia enriquecida pela experiência, por mais dolorosa que tenha sido.

Ainda nua, voltou para o quarto. Conforme esperado, a festa no quarto ao lado estava menos barulhenta. Em vez de rock, estava tocando uma música mais melosa. Ela sentou na beirada da cama e passou a palma das mãos pelos seios, apreciando sua maciez. Sua respiração assumiu o ritmo mais lento da melodia do outro lado da parede; música para dançar virilha com virilha, boca com boca. Ela deitou na cama, e sua mão direita foi deslizando pelo corpo. Era possível sentir o cheiro de meses de fumaça de cigarro na colcha onde estava deitada, fazendo o quarto parecer quase um local público, com suas idas e vindas noturnas. A ideia de estar sem roupa em um quarto assim, e o cheiro da limpeza da sua pele naquela cama suja, era extremamente excitante.

Ela enfiou o indicador e o dedo do meio na boceta, elevando um pouco os quadris para aprofundar a exploração. Essa era uma alegria que Lori oferecia a si mesma muito raramente; sua criação católica tinha inserido a culpa entre seu instinto e a ponta dos dedos. Mas naquela noite ela era uma mulher diferente. Encontrou rápido os lugares que a faziam arfar, apoiando os pés na beira do colchão e abrindo as pernas para dar às duas mãos a chance de brincar.

Não foi Boone que Lori imaginou quando os primeiros arrepios vieram. Homens mortos não eram bons amantes. Era melhor esquecê-lo. Seu rosto era bonito, mas ela jamais o beijaria de novo. O pau também era bonito, mas nunca mais o acariciaria, nem o teria dentro de si de novo. Só podia contar consigo mesma, e o prazer pelo simples prazer. Era isso que passava por sua cabeça agora: o ato que estava realizando. Um corpo limpo e nu em uma cama suja. Uma mulher em um quarto desconhecido explorando seu eu desconhecido.

Não era mais ao ritmo da música que ela se movia. Estava em seu próprio ritmo, subindo e descendo, elevando-se cada vez mais alto. Não havia um cume. Só alturas e mais alturas, até ela estar escorrendo de suor e totalmente envolvida pela sensação. Ficou deitada por vários minutos. Então, notando que o sono a estava dominando e que não poderia passar a noite na posição em que estava, ela jogou todas as cobertas no chão, com exceção de um único lençol, apoiou a cabeça no travesseiro e mergulhou no espaço atrás de seus olhos fechados.

II

O suor em seu corpo esfriou sob o lençol fino. Em seu sono, ela estava na necrópole de Midian, sentindo o vento que varria as avenidas de todas as direções ao mesmo tempo — norte, sul, leste e oeste —, deixando-a gelada e sacudindo seus cabelos, entrando por sua blusa. Não era um vento invisível. Tinha uma textura, como se carregasse o peso da poeira, e os ciscos não paravam de entrar em seus olhos e tapar seu nariz, entrando sob sua roupa de baixo e em seu corpo por esse caminho também.

Foi só quando a poeira a cegou por completo que ela percebeu do que se tratava — os restos dos mortos de tempos antigos, soprados por ventos contrários de pirâmides e mausoléus, de catacumbas e dólmens, de ossuários e crematórios. Pó de caixões, cinzas humanas e ossos moídos; tudo voava até Midian e a atingia em suas encruzilhadas.

Ela sentiu os mortos dentro de si. Atrás de suas pálpebras; em sua garganta; subindo para seu ventre. E apesar do frio e da fúria das quatro tempestades, ela não os temia, nem tinha o desejo de expeli-los. Eles buscavam seu calor e sua proteção feminina. E não seriam rejeitados.

"Onde está Boone?", ela perguntou no sonho, acreditando que os mortos saberiam. Ele também era um, afinal.

Ela sabia que ele não estava longe, mas o vento estava ficando mais forte, castigando-a de todas as direções, uivando ao redor da sua cabeça.

"Boone?", ela repetiu. "Eu quero saber onde está Boone. Que ele seja trazido até mim."

O vento a ouviu. Seu uivo se tornou mais alto.

Mas havia outra pessoa por perto, o que a impediu de ouvir a resposta.

"Ele está morto, Lori", falou a voz.

Ela tentou ignorar aquela voz idiota e se concentrar em interpretar o vento. Mas perdeu o fio da meada, e teve que começar de novo.

"É Boone que eu quero", disse ela. "Que ele seja..."

"*Não!*"

De novo, aquela droga de voz.

Ainda tentou uma terceira vez, mas a violência do vento havia chegado a outro patamar; ela estava sendo sacudida.

"Lori! Acorda!"

Ela se agarrou ao sono. Ao sonho com o vento, que poderia lhe dizer o que precisava saber se ela conseguisse resistir ao assédio da consciência por mais um instante.

"Boone!", ela chamou de novo, mas os ventos estavam se afastando, levando os mortos consigo.

Ela sentiu quando saíram de suas veias e de seus sentidos, e qualquer conhecimento que possuíssem evaporou-se junto. E não era possível fazer nada para evitar isso.

"*Lori.*"

Não estavam mais lá; não restava mais nenhum. Foram todos carregados pela tempestade.

Ela não teve a escolha a não ser abrir os olhos, ciente de que encontrariam Sheryl, uma mera criatura de carne e osso, sentada na beirada da cama, sorrindo.

"Pesadelo?", Sheryl perguntou.

"Não. Na verdade, não."

"Você estava chamando o nome dele."

"Eu sei."

"Você devia ter saído comigo", insistiu Sheryl. "Esquecer dele um pouco ia te fazer bem."

"Talvez."

Sheryl estava com um sorriso largo no rosto; claramente tinha algo para contar.

"Conheceu alguém?", sondou Lori.

O sorriso se tornou uma risadinha.

"Quem diria, hein?", respondeu Sheryl. "Minha mãe estava certa, no fim das contas."

"Foi tão bom assim?"

"Pois é."

"Quero saber tudo."

"Não tem muito o que contar. Só fui até o bar e conheci um cara incrível. Quem diria, não é?", ela repetiu. "No meio do nada? O amor veio me encontrar."

A empolgação dela era uma alegria de se ver; Sheryl mal conseguia conter o entusiasmo e fez um relato completo do romance daquela noite. O nome do homem era Curtis; trabalhava em um banco, era de Vancouver, divorciado e recém-transferido para Edmonton. Eles se complementavam perfeitamente, segundo Sheryl; signos, preferências de comida e bebida, histórico familiar. E, o que era ainda melhor, embora tivessem passado horas juntos, em nenhum momento ele forçou a barra para levá-la para a cama. Era um cavalheiro: articulado, inteligente e saudoso da vida sofisticada da costa oeste canadense, para onde disse que voltaria se tivesse a companhia certa. E talvez fosse ela.

"A gente vai se encontrar de novo amanhã à noite", contou Sheryl. "Talvez até ficar algumas semanas na casa dele, se as coisas derem certo."

"Vão dar, sim", respondeu Lori. "Você merece."

"Você volta para Calgary amanhã?", Sheryl quis saber.

A resposta que sua mente tinha preparado era sim. Mas o sonho falou mais alto e disse uma coisa bem diferente.

"Acho que vou até Midian de novo primeiro", foi o que respondeu seu subconsciente. "Quero dar mais uma olhada por lá."

Sheryl fez uma careta.

"Por favor, não me convida para ir junto", falou ela. "Não estou nem um pouco a fim de voltar lá."

"Sem problemas", respondeu Lori. "Eu não ligo de ir sozinha."

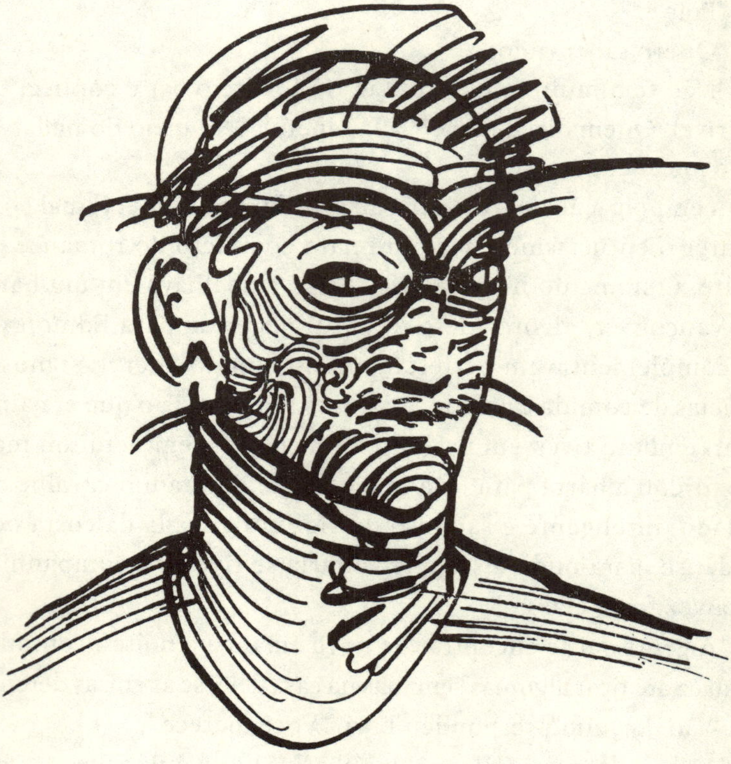

10

SOL E SOMBRA

O céu sobre Midian estava sem nuvens, e o ar, efervescente. Toda a inquietação que sentiu durante a primeira visita tinha desaparecido. Embora ainda fosse a cidade onde Boone havia morrido, ela não conseguia odiar aquele lugar. Muito pelo contrário: era como se fossem companheiros, marcados profundamente pelo falecimento de um homem.

Mas não era a cidade em si que tinha ido visitar, e sim o cemitério, e ela não se decepcionou com o que viu. O sol batia nos mausoléus, e as sombras projetadas sobre as construções ressaltavam ainda mais o quanto eram elaboradas. Até a grama que crescia entre os túmulos tinha mais cor naquele dia. Não havia vento, de direção nenhuma; nem o sopro da tempestade onírica, que trazia os mortos. Entre aqueles muros altos, a quietude era extraordinária, como se o mundo lá fora tivesse deixado de existir. Era um local sagrado para os mortos, que *não* eram vivos que deixaram de existir, mas quase uma outra espécie, com ritos e preces que pertenciam somente a eles. Lori estava cercada de todos os lados por esses sinais: epitáfios em inglês, francês, polonês e russo; imagens de mulheres de véu e vasos estilhaçados, santos cujo martírio era quase inimaginável, cães de pedra dormindo ao lado do túmulo dos donos — havia todo um simbolismo que acompanhava essa outra gente. E, quanto mais explorava, mais se pegava fazendo a pergunta que surgiu no dia anterior: por que o cemitério era tão grande? E por que, como ficava mais claro a cada túmulo observado, havia pessoas de tantas nacionalidades enterradas ali? Ela pensou em seu sonho, no vento que vinha de todos os lugares do planeta. Era como se tivesse algo de profético. Esse pensamento não a deixou preocupada. Se era assim que o mundo funcionava — através de presságios e profecias —, pelo menos era um *sistema*, e ela havia vivido tempo demais sem um. O amor tinha falhado; talvez com aquilo fosse diferente.

Depois de uma hora circulando pelas avenidas silenciosas, no muro dos fundos do cemitério, encontrou uma fileira de túmulos de animais — gatos enterrados ao lado de pássaros, cães ao lado de gatos; todos em paz uns com os outros, criaturas simples e cordatas. Era uma visão estranha. Embora soubesse que existiam cemitérios de animais de estimação, nunca tinha ouvido falar de um bicho ser colocado sob a terra no mesmo solo consagrado dos donos. Mas por que ainda se surpreender com alguma coisa ali? Era um lugar com uma lei própria, construído bem longe de olhares condenadores.

Quando virou as costas para o muro dos fundos, não viu sinal dos portões da frente, nem lembrava de quais eram as alamedas que levavam de volta para lá. Não fazia diferença. Ela se sentia segura naquele vazio, e ainda havia muito que gostaria de ver: sepulcros cuja arquitetura, que as elevava acima de seus vizinhos, convidavam à admiração. Escolhendo um caminho que passava por alguns dos mais promissores, começou, sem pressa, a jornada de volta. O sol estava ficando mais forte a cada minuto, com o início da tarde se aproximando. Mesmo andando devagar, começou a transpirar, e sua garganta foi ficando seca. Ela estava a uns bons quilômetros de qualquer lugar onde pudesse matar a sede. Mas, com a garganta hidratada ou não, não estava com pressa. Sabia que nunca voltaria lá. Pretendia se abastecer com um bom estoque de memórias.

Ao longo do caminho, várias tumbas tinham sido quase encobertas por mudas plantadas logo em frente. Sempre-verdes, na maior parte, lembretes da vida eterna; as árvores floresciam na reclusão intramuros, alimentadas pelo solo fértil. Em alguns casos, suas raízes tinham rachado os próprios memoriais aos quais deveriam oferecer sombra e proteção. Essas cenas que contrastavam o verdejante e o dilapidado se mostravam especialmente comoventes. Ela estava examinando uma delas quando o silêncio perfeito foi quebrado.

No esconderijo das folhagens, alguém — ou alguma *coisa* — arfava. Ela automaticamente deu um passo atrás, saindo da sombra da árvore para o sol quente. O susto fez seu coração bater loucamente, reverberando nos ouvidos e abafando o som que o havia provocado. Foi preciso esperar alguns momentos e apurar a audição para ter certeza de que não tinha sido sua imaginação. Mas não foi nenhum tipo de equívoco. Havia alguma coisa escondida na árvore, colocando tanto peso sobre os galhos que as folhas quase tocavam o chão. O som, escutando com mais atenção, não era humano; nem saudável. A respiração áspera e ruidosa sugeria um animal moribundo.

Ela ficou no calor do sol por cerca de mais um minuto, só olhando para a massa de folhagem na sombra, tentando ter um vislumbre da criatura. Às vezes havia algum movimento: um corpo tentando em vão se endireitar, um arrastar de pata no chão enquanto o bicho tentava se reerguer. Esse desamparo a deixou comovida. Se não fizesse o que fosse possível para salvá-lo, o animal certamente morreria — e morreria sabendo que alguém que ouviu sua agonia o ignorou. Foi esse o pensamento que a levou a agir.

Lori voltou para a sombra. Por um breve momento, o arfar parou totalmente. Talvez a criatura estivesse com medo e — encarando sua aproximação como um ato hostil — preparando-se para um último gesto de autodefesa. Mantendo-se atenta para recuar caso se deparasse com unhas e dentes, ela afastou os galhos mais próximo e espiou por entre as folhas. Sua primeira impressão não foi provocada por uma visão ou um som, mas por um *cheiro*: um odor agridoce que não era de todo desagradável, e sua fonte era a criatura de flanco clarinho que distinguiu na semipenumbra, observando-a com os olhos arregalados. Era um animal jovem, deduziu, mas de uma espécie desconhecida por ela. Um felino selvagem, talvez, mas com uma pele que lembrava mais couro de cervo do que uma pelagem. Tinha um olhar desconfiado, e um pescoço, que mal era capaz de suportar o peso da cabeça, com manchas discretas. Pareceu desistir da vida justamente no momento em que retribuía seu olhar. Seus olhos se fecharam, e a cabeça tombou para o chão.

A folhagem espessa impedia a aproximação. Em vez de tentar envergar os galhos para tirá-los do caminho, ela começou a quebrá-los para chegar à criatura enfraquecida. A madeira era viva e resistiu. Mais ou menos na metade do caminho, um galho particularmente truculento envergou e atingiu o rosto dela com tanta força na volta que provocou uma onda de dor que se espalhou por todo seu corpo. Ela levou a mão à bochecha. Havia um corte na pele do lado esquerdo de seu rosto. Limpando o sangue, ela atacou o galho com ânimo redobrado e, enfim, chegou ao alcance do animal, que não estava mais em condições de responder ao seu toque. Abriu os olhos por apenas um instante e logo os fechou de novo. Não havia sinal visível de ferimento, mas o corpo sob sua mão estava febril e trêmulo.

Enquanto ela se esforçava para erguê-lo, o animal começou a urinar, molhando suas mãos e sua camisa, mas ela o pegou mesmo assim, sentindo o peso morto nos braços. Fora os espasmos nervosos, não havia mais força em seus músculos. As patas estavam inertes, assim como a cabeça. Só o cheiro, que foi a primeira coisa que Lori sentiu, ainda tinha sua força, intensificando-se à medida que o suspiro final da criatura se aproximava.

Algo como um soluço chegou aos seus ouvidos. Ela ficou paralisada.

O som se repetiu; à sua esquerda, a alguma distância, e um pouco sufocado. Ela deu um passo para trás, saindo da sombra das sempre-verdes, trazendo consigo o animal moribundo. Quando sol bateu sobre a criatura, sua reação foi de uma violência incompatível com a aparente fragilidade, sacudindo os membros loucamente. Ela voltou para a sombra, mais por instinto do que por uma análise da situação lhe dizendo que o problema era a luz forte. Só então olhou de novo na direção de onde tinha vindo o soluço.

À porta de um dos mausoléus mais adiante na alameda — uma imensa estrutura de mármore rachado — estava entreaberta, e na coluna de escuridão mais adiante, ela discerniu vagamente uma silhueta humana. Não era possível ver muita coisa porque a figura estava vestida de preto e parecia ter o rosto coberto por um véu.

Ela não conseguia entender que lugar era aquele. O animal moribundo, atormentado pela luz; a mulher aos soluços — sem dúvida era uma mulher — na porta, vestida de luto. Qual era a ligação entre uma coisa e outra?

“Quem é você?”, Lori gritou.

A enlutada pareceu se encolher de volta para as sombras quando foi abordada, mas depois se arrependeu e se aproximou da porta aberta de novo, mas com tanta cautela que sua relação com o animal se tornou evidente.

Ela também tem medo de sair ao sol, Lori notou. Os dois eram próximos, o animal e a enlutada, e a mulher chorava pela criatura nos seus braços.

Lori olhou para o trecho de chão que a separava do mausoléu. Seria possível chegar à tumba sem sair de novo ao sol, o que aceleraria a morte do animal? Talvez, se tomasse bastante cuidado. Planejando a rota antes de começar a se mover, ela começou a travessia até o mausoléu, usando as sombras como pedras em meio ao terreno inundado. Não olhou para a porta — sua atenção estava voltada a proteger o animal da luz —, mas podia sentir a presença da enlutada, incentivando-a a seguir em frente. Só uma vez a mulher usou a voz; não para dizer uma palavra, e sim para emitir um som suave e tranquilizador, direcionado não a Lori, mas ao animal moribundo.

Com a porta do mausoléu a menos de cinco metros de distância, Lori ousou erguer os olhos. A mulher à porta não se aguentava de impaciência. Saiu de seu refúgio, com os braços expostos quando a vestimenta preta se deslocou para trás, expondo sua carne à luz do sol. A pele era branca — como gelo, como papel —, mas só por um instante. Quando seus dedos se estenderam para aliviar Lori do fardo, tinham escurecido e inchado, como se tivessem se ferido instantaneamente. A enlutada soltou um grito de dor, e quase caiu dentro da tumba ao recolher os braços, mas não sem antes sua pele se rasgar e rastros de poeira — amarelada como pólen — escorrerem por seus dedos e caírem no pátio sob a luz do céu.

Instantes depois, Lori estava na porta; e então, na segurança da escuridão do outro lado. Aquele local era apenas uma antecâmara, com duas portas: uma para uma espécie de capela e a outra para o subsolo. A enlutada estava diante dessa segunda porta, que estava aberta, mantendo a maior distância possível da luz que tanto lhe fazia mal. Na pressa da fuga, o véu tinha caído. O rosto abaixo do tecido tinha ossatura delicada e estava magro, quase emaciado, o que conferia uma força especial aos olhos, que, mesmo no canto mais distante do recinto, capturavam um pouco da luz que vinha da porta aberta e pareciam quase brilhar.

Lori não sentiu o menor sinal de medo. Era a outra mulher que tremia enquanto tentava cuidar das mãos queimadas de sol, com seu olhar alternando entre o rosto surpreso de Lori e o animal.

"Sinto muito, acho que morreu", disse Lori, sem saber que tipo de doença afligia a mulher, mas reconhecendo sua tristeza, graças a memórias ainda vivas em sua mente.

"Não", a mulher retrucou com uma convicção silenciosa. "Ela não pode morrer."

Suas palavras foram uma afirmação, e não a manifestação de uma esperança, mas a imobilidade da criatura nos braços de Lori contradizia essa certeza. Se não estava morta, no mínimo não podia ser reanimada.

"Você pode trazê-la até mim?", a mulher pediu.

Lori hesitou. Embora o peso da criatura estivesse fazendo seus braços doerem, e ela quisesse se desvencilhar da incumbência de carregá-la o quanto antes, não queria entrar naquela câmara.

"Por favor", insistiu a mulher, estendendo as mãos feridas.

Enfim cedendo, Lori abandonou o conforto da porta e do pátio iluminado pelo sol mais adiante. No entanto, só tinha dado dois ou três passos quando ouviu sussurros. A fonte só poderia ser uma: as escadas. Havia gente na cripta. Ela deteve o passo, sentindo as superstições da época de infância voltarem. Medo de túmulos; medo de escadas que desciam; medo do Submundo.

"Não é ninguém", disse a mulher, com a dor estampada nos olhos. "Por favor, me traga Babette."

Como se quisesse tranquilizar Lori, ela deu um passo para longe das escadas, murmurando para o animal que chamava de Babette. Essas palavras, ou a proximidade da mulher, ou então a escuridão fria do recinto, despertou uma reação da criatura: um tremor que percorreu sua espinha como uma carga de eletricidade tão forte que Lori quase a derrubou. Os murmúrios da mulher se tornaram mais altos, como se ela estivesse censurando a perda daquela vida, como se sua ansiedade em retomá-la para si tivesse se tornado urgente. Mas havia um impasse. Tanto Lori não estava disposta a se aproximar da entrada da cripta quanto a mulher não queria dar mais nem um passo na direção da porta externa, e nesses segundos de inércia, o bicho começou a reviver. Com uma das garras, se prendeu ao peito de Lori e começou a se debater em seu colo.

A reprimenda subiu ao volume de um grito...

"*Babette!*"

... mas, se a criatura ouviu, não deu ouvidos. Seus movimentos se tornaram mais violentos: convulsionados e sensuais ao mesmo tempo. Por um momento, estremeceu como se estivesse sendo torturada; no instante seguinte, parecia uma cobra trocando de pele.

"*Não olhe, não olhe!*", ela ouviu a mulher dizer, mas Lori não conseguia tirar os olhos daquela dança horrenda, nem entregar a criatura para a mulher. Com a garra a apertando com tanta força, qualquer puxão arrancaria sangue.

Mas aquele alerta tinha razão de ser. Lori estava quase dando um grito de pânico, pois percebeu que o que acontecia em seus braços contrariava qualquer convenção racional.

"*Meu Deus do céu!*"

O animal estava se transformando diante dos olhos dela. Entre surtos de deleite e espasmo, estava perdendo sua bestialidade, mas não reordenando sua anatomia, e sim se liquefazendo por completo — até os ossos —, e o que era sólido se tornou uma massa desordenada. Aquela era a origem do odor agridoce que ela havia sentido sobre a árvore: a substância em que o bicho se dissolvia. No momento que perdeu a coerência da forma, a matéria estava prestes a escorrer de seus braços, mas de algum modo a essência daquele ser — sua força de vontade; ou talvez sua alma — tratou de se recompor. A última parte do bicho a derreter foi a garra, e sua desintegração trouxe um alívio tremendo para o corpo de Lori, mas essa satisfação não a distraiu do fato de que estava livre. Horrorizada, se desfez do que tinha nos braços o mais rápido que pôde, derramando aquela matéria viva nos braços estendidos da enlutada como se fosse uma pilha de excremento.

"*Meu Deus*", falou ela, recuando. "*Meu Deus. Meu Deus.*"

No rosto da mulher, porém, não havia espaço para o horror; só para alegria. As lágrimas pelo reencontro escorreram pelo seu rosto pálido, caindo na massa derretida que segurava. Lori desviou o olhar para a luz do sol. Depois disso, a escuridão do interior da antecâmara se tornou mais profunda. Ela ficou desorientada por um tempo, e fechou os olhos para interromper a visão tanto do túmulo como da luz.

Quando abriu os olhos, ouviu soluços. Daquela vez não vinham da mulher, mas de uma criança, uma menina de quatro ou cinco anos, deitada sem roupa no local onde ocorreu a transformação.

"Babette", disse a mulher.

Impossível, retrucava a razão. Aquela criança magra e pálida não podia ser o animal que ela havia resgatado de debaixo da árvore. Era um truque de ilusionismo, ou algum tipo de delírio idiota surgido em sua mente. Impossível; absolutamente impossível.

"Ela gosta de brincar lá fora", a mulher explicou, erguendo os olhos para Lori. "E eu sempre digo: nunca, nunca saia para o sol. Nunca brinque no sol. Mas ela é uma criança. Não entende."

Impossível, repetiu a razão. Mas, nas entranhas de seu ser, Lori já tinha desistido de tentar negar. O animal era real. Assim como sua transformação. O que havia diante dela agora era uma criança chorando nos braços da mãe. Inegavelmente real. Cada instante que ela perdesse se recusando a acreditar no que *sabia* ser verdadeiro era um tempo desperdiçado que poderia ser usado para obter alguma compreensão. O fato de que sua visão de mundo não era capaz de dar conta de um mistério como esse sem ruir completamente era um problema a ser resolvido em outro momento. Por ora, ela só queria sair dali; ir para a luz do sol, onde sabia que aquelas polimorfas teriam medo de persegui-la. Sem ousar tirar os olhos dela até sair para a claridade, Lori estendeu a mão para trás, para guiar seus passos cautelosos. Mas a mãe de Babette queria mantê-la lá por mais tempo.

"Eu tenho uma dívida com você...", falou ela.

"Não", respondeu Lori. "Eu não... quero... nada de você."

Ela sentiu um desejo intenso de expressar sua repulsa, mas a cena de reencontro que acontecia à sua frente — a criança estendendo os braços para tocar o rosto da mãe, já parando de chorar — era tocante. A aversão se transformou em perplexidade; o medo, em confusão.

"Me deixe ajudar você", disse a mulher. "Eu sei por que está aqui."

"Duvido muito", respondeu Lori.

"Nem perca seu tempo", retrucou a mulher. "Não existe nada para você aqui, Midian é o lar da Raça das Trevas, e de mais ninguém."

Tinha começado a falar em um volume mais baixo, quase um sussurro.

"Raça das Trevas?", questionou Lori, com um tom de voz mais elevado que o de sua interlocutora.

A mulher pareceu incomodada.

"Shh...", ela pediu. "Eu nem deveria contar isso. Mas tenho uma dívida com você, então é o mínimo que posso fazer."

Lori tinha interrompido seu recuo até a porta. Seu instinto lhe dizia para esperar.

"Você conhece um homem chamado Boone?", questionou.

A mulher abriu a boca para falar, com sentimentos conflitantes estampados no rosto. Ela queria responder, isso estava claro; mas o medo a impedia. No fim, não fazia diferença. Aquela hesitação já era resposta suficiente. Ela conhecia, *sim*, Boone; ou pelo menos tinha conhecido.

"Rachel."

Uma voz se elevou da porta que levava para o subterrâneo. Um timbre masculino.

"Venha", ele chamou. "Você não tem nada para dizer."

A mulher olhou na direção da escada.

"Senhor Lylesburg", falou ela, com um tom mais formal. "Ela salvou Babette."

"Nós sabemos", foi a resposta vinda da escuridão. "Nós vimos. Mesmo assim, você precisa vir.

Nós, pensou Lori. Quantos outros haveria debaixo da terra? Quantos mais dessa *Raça das Trevas?*

Aproveitando a proximidade da porta aberta, ela desafiou a voz que tentava silenciar sua informante.

"Eu salvei a menina", disse Lori. "Acho que mereço alguma coisa por isso."

Houve um silêncio na escuridão; então uma brasa quente brilhou, e Lori se deu conta de que o sr. Lylesburg estava quase no alto da escada, onde a luz de fora podia iluminá-lo, ainda que só um pouco, mas de alguma forma as sombras o envolviam como um traje, deixando-o inteiro invisível, a não ser pelo cigarro.

"A criança não tem uma vida para ser salva", disse ele para Lori, "mas o que ela tem é seu, se quiser." Ele fez uma pausa. "Você quer? Se quiser, pode levar. Ela pertence a você."

Só de pensar nisso ela ficou horrorizada.

"Você está pensando que eu sou o quê?", ela retrucou.

"Sei lá", Lylesburg respondeu. "Quem está exigindo uma recompensa é você."

"Eu só quero que me respondam algumas perguntas", protestou Lori. "Não quero levar a criança. Não sou uma selvagem."

"Não", a voz disse baixinho. "Não mesmo. Então vá embora. Você não tem nada a fazer aqui."

Ele tragou o cigarro e, através da luz projetada pela brasa, Lori pôde ter um vislumbre das feições de quem falava. Sentiu que ele estava se revelando de forma deliberada, levantando o véu de sombras por alguns instantes para encará-la frente a frente. Assim como Rachel, estava emaciado, e sua magreza era ainda mais pronunciada porque seus ossos eram largos, o que lhe conferia uma estrutura robusta. Mas, com os olhos afundados nas órbitas e os músculos da face visíveis sob a pele quase transparente, era a testa que se destacava, franzida e com um aspecto nada saudável.

"Isso não deveria ter acontecido", disse ele. "Você não deveria ter visto nada."

"Eu sei", respondeu Lori.

"Então também deve saber que falar sobre isso traz sérias consequências."

"Nem tente me ameaçar."

"Não para você", esclareceu Lylesburg. "Para *nós*."

Lori sentiu uma pontada de vergonha por não ter compreendido a situação. Quem estava em situação de vulnerabilidade ali não era ela, que poderia sair para a luz do sol quando quisesse.

"Eu não vou dizer nada", ela prometeu.

"Eu agradeço", disse ele.

Ele tragou o cigarro de novo, e a fumaça escura escondeu seu rosto das vistas.

"O que é de baixo...", falou ele de trás do véu, "... permanece embaixo."

Rachel soltou um leve suspiro ao ouvir isso, olhando para a criança que embalava com carinho.

"Venha", Lylesburg lhe disse, e as sombras que o escondiam foram descendo a escada.

"Eu preciso ir", disse Rachel, virando as costas para segui-lo. "É melhor você esquecer que esteve aqui. Não tem nada que possa ser feito. Você ouviu o sr. Lylesburg. O que é de baixo..."

"... permanece embaixo. Sim, eu ouvi."

"Midian é o lar da Raça. Não tem ninguém aqui que precise de você..."

"Só me diga uma coisa", Lori pediu. "Boone está aqui?"

Rachel já estava no alto da escada, começando a descer.

"Está, não é?", insistiu Lori, saindo da segurança da porta aberta com o sol lá fora e atravessando o recinto na direção de Rachel. "Seu povo roubou o corpo dele."

Por mais terrível e macabro que fosse, fazia sentido. Aqueles habitantes das tumbas, a Raça das Trevas, estavam impedindo Boone de descansar em paz.

"Foi isso *mesmo*! *Vocês roubaram o corpo dele!*

Rachel deteve o passo e olhou para trás, com o rosto quase invisível no breu da escada.

"Nós não roubamos nada", respondeu ela, mas sem ofensa nem rancor na voz.

"Então onde ele está?", Lori insistiu.

Rachel se virou, e as sombras a esconderam totalmente das vistas.

"Me diga! Pelo amor de Deus!", Lori gritou para ela. De repente, percebeu que estava chorando, em um turbilhão de raiva, medo e frustração. "Me diga, por favor!"

O desespero a levou a descer a escada atrás de Rachel, apelando aos berros.

"Espera... fala comigo..."

Ela desceu três degraus, depois um quarto. No quinto se deteve — ou melhor, seu corpo fez isso. Os músculos de suas pernas ficaram rígidos de forma involuntária, recusando-se a dar mais um passo na direção da escuridão da cripta. A pele se arrepiou inteira; a pulsação reverberava nos ouvidos. Não havia força de vontade capaz de superar o imperativo biológico que a impedia de continuar descendo; só o que ela conseguia fazer era ficar parada onde estava, contemplando as profundezas. Até suas lágrimas secaram, e a saliva desapareceu da boca, o que também a deixou incapaz de falar, além de andar. Não que quisesse berrar para a escuridão naquele momento, pois temia as forças que responderiam a seus apelos. Embora não pudesse ver nada, suas entranhas lhe diziam que os outros eram muito, muito piores do que

Rachel e sua filha-bicho. A polimorfia era um ato quase natural para eles, além de outras habilidades que tivessem. Lori sentia a perversidade impregnada no ar. Estava respirando aquilo, queimando seus pulmões e acelerando seu coração.

Se estivessem em posse do corpo de Boone como uma espécie de brinquedinho, não havia mais como recuperá-lo. Ela precisaria depositar suas esperanças na ideia de que o espírito dele estivesse em um lugar melhor.

Derrotada, Lori deu um passo atrás. Mas as sombras não pareciam dispostas a libertá-la. Ela as sentiu entrar por sua roupa e grudar aos seus cílios — milhares de pequenos ganchos a prendê-la, retardando sua saída.

"Eu não vou contar para ninguém", murmurou ela. "Por favor, preciso ir embora."

Mas as sombras se mantiveram inflexíveis, e seu poder deixava claro que haveria retaliação em caso de resistência.

"Eu prometo", ela insistiu. "O que mais posso fazer?"

E, de repente, as sombras cederam. Lori só percebeu a magnitude daquela força quando foi solta. Cambaleou para trás, subindo a escada na direção da luz da antecâmara. Virando as costas para a cripta, correu porta afora, para a luz do sol.

Estava tudo claro demais. Ela cobriu os olhos, mantendo o equilíbrio ao se apoiar no pórtico de pedra, acostumando-se com a violência daquele brilho. Foram necessários vários minutos apoiada ao mausoléu, alternando entre o tremor e a rigidez. Só quando conseguiu enxergar, ainda que com os olhos semicerrados, fez uma tentativa de andar, voltando para os portões principais e se perdendo em um emaranhado de ruas sem saída e caminhos errados.

Quando chegou lá, porém, já estava em alguma medida readaptada à brutalidade da luz e do céu. Mas seu corpo ainda não estava totalmente à disposição da mente. Suas pernas a carregaram apenas por alguns passos pela ladeira que levava a Midian antes de ameaçarem jogá-la no chão. Seu sistema nervoso, em meio a uma overdose de adrenalina, estava sobrecarregado. Mas pelo menos estava viva. Por um curto momento nas escadas, esteve por um fio. As sombras que a prenderam poderiam tê-la levado, não havia dúvida disso. Ela poderia ter sido arrastada para o Submundo, mas foi libertada. Por quê? Talvez porque tinha salvado a criança; talvez porque jurou silêncio e sua garantia foi aceita. Nada disso, no entanto, parecia suficiente para convencer os monstros; e aqueles que viviam embaixo do cemitério de Midian não podiam ser chamados de outra coisa que não isso. Quem além de monstros criaria sua morada entre os mortos? Eles podiam chamar a si mesmos de Raça das Trevas, mas suas palavras e seus gestos estavam longe de esconder sua verdadeira natureza.

Lori havia escapado de demônios — criaturas vis e cruéis — e teria oferecido uma prece de agradecimento ao céu caso não estivesse tão ofuscante e tão claramente desprovido de deidades para ouvir sua voz.

B

III

ERA DAS TREVAS

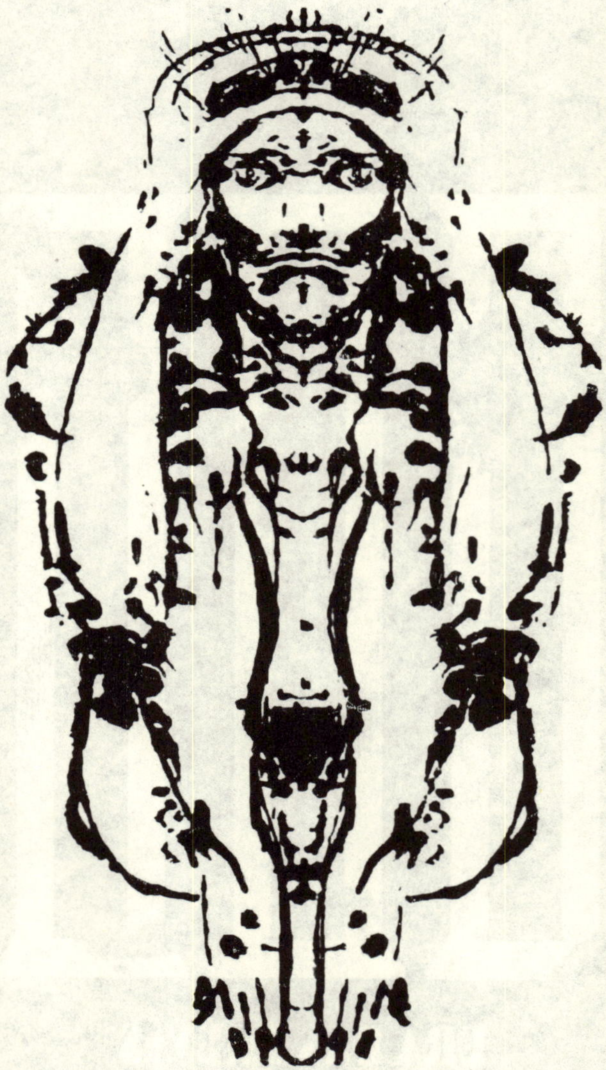

"... fora da cidade, com duas peles. O couro e a carne. Três, se contar o prepúcio. Todas expostas para serem tocadas esta noite, sim, senhor. Todas prontas para serem alisadas e esfregadas e amadas esta noite, sim, senhor."

Charles Kyd, *Por um fio*

11

SONDANDO O TERRENO

I

Enquanto ela voltava para Shere Neck, com o rádio ligado em um volume absurdo tanto para confirmar sua existência como para impedir que se distraísse e se perdesse, ela foi se convencendo a cada quilômetro de que, apesar da promessa que fez, não conseguiria esconder aquela experiência de Sheryl. Como impedir que tudo o que passou ficasse óbvio em seu rosto, sua voz? Mas seus medos se mostraram infundados. Ou ela era melhor em disfarçar as coisas do que imaginava, ou Sheryl era mais insensível do que parecia. De qualquer forma, Sheryl fez algumas perguntas superficiais sobre o retorno de Lori a Midian e logo começou a falar sobre Curtis.

"Quero que vocês se conheçam", falou ela, "só para eu ter certeza de que não estou sonhando."

"Eu vou para casa, Sheryl", disse Lori.

"Sim, mas não hoje. Já está muito tarde."

Era verdade; a hora já estava avançada demais para Lori pensar em uma viagem de volta. E não havia como recusar o convite de Sheryl sem ofendê-la.

“Você não vai ser deixada de lado, prometo”, disse Sheryl. “Ele disse que queria conhecer você. Contei toda sua história para ele. Bom... não *toda*. Mas a parte que interessa, sabe, como a gente se conheceu.” Ela fez uma cara de cão sem dono e pediu: “Diz que você vai.”

“Eu vou.”

“Que ótimo! Vou ligar para ele agora mesmo.”

Enquanto Sheryl se ocupava do telefonema, Lori foi tomar banho. Ela recebeu as informações sobre o programa daquela noite em questão de minutos.

“Ele vai encontrar nós duas em um restaurante que indicou, lá pelas 20h”, gritou Sheryl. “Vai inclusive convidar um amigo para você...”

“Não, Sheryl...”

“Acho que era só brincadeira”, foi a resposta. Sheryl apareceu na porta do banheiro. “Ele tem um senso de humor engraçado. Sabe quando você nunca tem certeza se a pessoa está falando sério ou não? Ele é assim.”

Que ótimo, pensou Lori, um comediante fracassado. Mas havia uma coisa inegavelmente reconfortante em voltar para o convívio de Sheryl e sua paixão adolescente. Seu falatório incessante sobre Curtis — que não proporcionava a Lori nada mais do que qualquer retratista de rua faria: só coisas superficiais, sem nenhuma percepção mais profunda — era a distração perfeita para desviar seus pensamentos de Midian e as revelações daquele dia. O início da noite foi marcado pelo bom humor e pelos preparativos para a noite na cidade, e inclusive, às vezes, Lori chegou a se questionar se o que aconteceu na necrópole não tinha sido uma alucinação. Mas havia uma prova para corroborar com suas lembranças: o corte sob a boca provocado pelo galho da árvore. Era pequeno, mas a dor aguda que provocava a impedia de duvidar da própria sanidade. Ela havia ido a Midian, *sim*. E segurou, *sim*, a polimorfa nos braços, e ficou naquela cripta observando um miasma tão profundo que poderia ter corroído até a fé de um santo.

Embora o profano mundo subterrâneo do cemitério fosse tão distante de Sheryl e suas tribulações românticas como o dia da noite, não era menos real por causa disso. Com o tempo, ela teria que lidar com essa realidade; encontrar um lugar para ela, ainda que desafiasse toda a lógica e a razão. Por ora, ela manteria aquilo em mente, com o corte servindo como guardião da memória, e desfrutaria da noite por vir.

II

"É brincadeira", disse Sheryl, quando elas estavam em frente ao Hudson Bay Sunset. "Eu não disse que ele tem um senso de humor peculiar?"

O restaurante onde ele marcou o encontro tinha sido destruído por um incêndio, algumas semanas antes, a julgar pelo estado do madeiramento.

"Tem certeza de que pegou o endereço certo?", perguntou Lori.

Sheryl deu risada.

"Estou dizendo, é uma brincadeira dele", ela garantiu.

"Certo, nós já demos risada", disse Sheryl. "E quando vamos comer?"

"Ele deve estar observando a gente", Sheryl falou, com um bom humor um tanto forçado.

Lori olhou ao redor em busca de algum sinal do voyeur. Embora não houvesse nada a temer nas ruas de uma cidadezinha como aquela, mesmo em um sábado à noite, aquela vizinhança estava longe de ser acolhedora. Todos os demais estabelecimentos comerciais estavam fechados — alguns em caráter permanente — e as calçadas, desertas em ambas as direções. Não era um lugar para ficar por muito tempo.

"Não estou vendo ninguém", ela comentou.

"Nem eu."

"Então, o que nós vamos fazer agora?", Lori quis saber, esforçando-se para não expressar irritação na voz. Se aquela era a ideia de diversão do tal Curtis, o conquistador, o gosto de Sheryl devia ser bem questionável; por outro lado, quem era ela para julgar, a que se apaixonou por um psicopata?

"Ele deve estar aqui perto", Sheryl falou com um tom esperançoso. "Curtis?", ela gritou, abrindo a porta calcinada pelo fogo.

"Não é melhor esperar por ele aqui fora, Sheryl?"

"Ele deve estar lá dentro."

"Esse lugar pode ser perigoso."

Seu apelo foi ignorado.

"*Sheryl.*"

"Estou ouvindo. Está tudo certo."

Ela já estava mergulhada na escuridão do interior do local. O cheiro de madeira e tecido carbonizados queimava as narinas de Lori.

"Curtis?", ela ouviu Sheryl chamar.

Um carro passou, com um motor envenenado do jeito errado. O passageiro, um jovem com calvície precoce, se inclinou para fora da janela.

"Precisa de ajuda?"

"Não, obrigada", Lori gritou de volta, sem saber se era só uma cortesia típica de cidade pequena ou uma cantada.

Provavelmente a segunda opção, concluiu, enquanto o carro ganhava velocidade e sumia de vista; as pessoas eram todas iguais em qualquer lugar. Seu estado de humor, que tinha melhorado um bocado desde que reencontrou Sheryl, estava azedando rapidamente. Ela não estava gostando nada daquela rua deserta, à medida que o pouco que restava do dia ia desaparecendo. A noite, que era sempre uma promessa, pertencia à Raça, que havia tomado até seu nome para si. E por que não? No fim das contas, a escuridão era uma coisa só. Naquele momento, em Midian, eles deviam estar arrastando as portas dos mausoléus, cientes de que a luz das estrelas não os faria definhar. Ela estremeceu só de pensar nisso.

De uma rua próxima, veio o som de um motor acelerando, e então o guinchar de freios. Os bons samaritanos estariam dando uma segunda verificada?

"Sheryl?", ela gritou. "Onde você está?"

A brincadeira — se fosse isso mesmo, e não um erro de julgamento de Sheryl — já tinha perdido a pouca graça que tinha fazia tempo. Ela queria voltar para o carro e ir *embora*, inclusive voltar ao hotel, se fosse necessário.

"Sheryl? Você está aí?"

Ela ouviu risos lá dentro; a gargalhada de Sheryl. Desconfiando que ela fosse cúmplice daquela palhaçada, Lori entrou em busca dos engraçadinhos.

De novo as risadas, que foram interrompidas quando Sheryl disse: "*Curtis*". Seu tom de indignação fingida virou uma risadinha sem graça.

Então o grande amante estava *mesmo* ali. Lori chegou a pensar em sair, voltar para o carro e deixar os dois sozinhos com suas brincadeiras bobas. Mas a ideia de passar a noite sozinha no hotel, ouvindo mais barulhos da farra nos outros quartos, a manteve seguindo em frente em meio aos móveis queimados.

Se não fosse pelo piso claro de ladrilhos, que refletia a luz da rua nas vigas do telhado, Lori não se arriscaria a continuar andando. Mas era possível ver vagamente as arcadas de onde vinha a risada de Sheryl. Ela tomou essa direção. Todo o barulho cessou. Eles estavam observando seus passos inseguros. Era possível sentir esse escrutínio.

"Qual é, pessoal", disse ela. "Já perdeu a graça. Estou com fome."

Não houve resposta. Atrás dela, na rua, ouvia os gritos dos bons samaritanos. Dar meia-volta não era aconselhável. Ela foi em frente, passando pela arcada.

Seu primeiro pensamento foi: ele não mentiu por completo; aquilo *era* um restaurante mesmo. Sua exploração a levou até a cozinha, onde provavelmente o incêndio havia começado. Os azulejos eram brancos, com as superfícies manchadas de fumaça ainda refletindo luz suficiente para conferir a todo seu interior, que não era pequeno, uma estranha luminescência. Lori ficou parada na porta, olhando ao redor. O maior dos fogões estava no centro do cômodo, com as prateleiras de utensílios ainda penduradas logo acima, truncando seu campo de visão. Os piadistas deviam estar escondidos ali atrás, no único refúgio disponível.

Apesar da preocupação, ela sentiu um eco de suas brincadeiras de esconde-esconde na infância, a primeira brincadeira que aprendeu, porque era a mais simples. Como Lori adorava ser aterrorizada por seu pai; ser perseguida e pega. Quem dera fosse ele escondido ali naquele momento, ela se surpreendeu pensando, esperando para abraçá-la. Mas o câncer o tinha pegado muito tempo antes, pela garganta.

"Sheryl?", ela chamou. "Eu desisto. Onde vocês estão?"

Enquanto falava, seu avanço trouxe para o campo de visão um dos participantes, e a brincadeira acabou.

Sheryl não estava escondida, a não ser que a morte fosse um esconderijo. Ela estava agachada junto ao fogão, com uma escuridão úmida demais ao seu redor para ser uma sombra, com a cabeça para trás e o rosto cortado.

"Deus do céu."

Atrás de si, um ruído. Alguém estava indo encontrá-la. Era tarde demais para se esconder. Lori seria pega. E não por braços amorosos; não por seu pai, fingindo que era um monstro. Por um monstro de verdade.

Ela se virou para ver o rosto de quem a capturaria, mas quem corria na sua direção parecia um boneco de pano: com um zíper no lugar da boca, olhos de botão, tudo costurado em linho branco, amarrado tão forte à cabeça do monstro que a saliva havia provocado manchas ao redor da boca. Lori não conseguiu ver o rosto, mas as presas, sim. Ele as segurava acima da cabeça, lâminas finas como folhas de relva, prontas para furar seus olhos. Ela fugiu para longe das armas, mas foi alcançada em um instante, e a boca atrás do zíper chamou seu nome.

"É melhor parar com isso, Lori."

As lâminas baixaram de novo sobre ela, que foi mais rápida. O Mascarado não parecia ter pressa; aproximava-se dela com passos firmes e uma confiança obscena.

"Sheryl entendeu a situação melhor do que você", disse ele. "Ficou paradinha e deixou rolar, como você devia fazer."

"Nem fodendo."

"Talvez fodendo, sim, só que mais tarde." Ele passou uma das lâminas nas panelas penduradas, provocando ruídos agudos e faíscas. "Mais tarde, quando você estiver um pouco mais gelada." Ele deu risada, escancarando uma abertura no zíper. "Está aí uma coisa para criar um pouco de expectativa."

Lori o deixou falar, tentando encontrar uma rota de fuga. A perspectiva não era boa. A porta de incêndio estava bloqueada por madeiramento queimado; a única saída era a arcada por onde ela havia entrado, e o Mascarado estava no caminho, afiando as presas uma na outra.

Ele voltou a andar. Sem fazer nenhuma provocação dessa vez; não era mais hora de falar. Quando ele se aproximou, Lori pensou em Midian. Ela não teria sobrevivido àqueles horrores só para morrer pelas mãos de um psicopata qualquer, certo?

Ele que se foda!

Com as facas cada vez mais perto, ela pegou uma panela da prateleira acima do fogão e a projetou na direção do rosto dele, acertando em cheio. Lori ficou surpresa com a própria força. O Mascarado perdeu o rumo, e derrubou uma das lâminas. Mas não havia nem um som por trás do tecido. Ele passou a faca que restava na mão direita para a esquerda, sacudiu a cabeça para fazer os ouvidos pararem de zunir e avançou de novo. Ela quase não teve tempo de erguer a panela para se proteger. A lâmina acertou sua mão. No primeiro momento, ela não sentiu dor, nem mesmo o sangue escorreu. Depois as duas coisas vieram em profusão, e a panela caiu aos seus pés. Agora, sim, ele emitiu um ruído, um som de satisfação. Pela maneira como inclinou a cabeça, estava olhando para o sangue que escorria da ferida que ele tinha aberto.

Ela olhou na direção da porta, calculando o tempo que levaria para chegar até lá e a velocidade de perseguição dele. Mas, antes que pudesse entrar em ação, o Mascarado deu início à sua investida derradeira. A faca não estava erguida. E a voz dele, quando falou, também não tinha um tom de ameaça.

"Lori", disse ele. "Nós precisamos conversar."

"Fica longe de mim, caralho."

Para sua surpresa, ele obedeceu. Ela aproveitou essa breve pausa para recolher a outra lâmina no chão. A mão que não estava ferida não tinha a mesma habilidade da outra, mas seu alvo era grande. Era possível provocar um belo estrago; de preferência, no coração.

"Foi com essa que matei Sheryl", falou ele. "Eu largaria isso se fosse você."

Ela sentiu uma textura viscosa sobre o aço.

"Sim, foi essa faca que cortou a pequena Sheryl de orelha a orelha", continuou ele. "E agora tem as suas impressões digitais. Você deveria ter usado luvas, como eu."

Pensar no que aquela lâmina tinha feito a deixou apavorada, mas ela não estava disposta a largá-la e ficar desarmada.

"Obviamente, você pode culpar Boone", o Mascarado falou. "Dizer para a polícia que foi ele."

"Como você sabe sobre Boone?", ela questionou. Sheryl tinha jurado que não diria nada para seu novo amado.

"Você sabe onde ele está?", o Mascarado perguntou.

"Está morto", respondeu ela.

O rosto costurado à sua frente negou isso sacudindo a cabeça.

"Não, acho que não é o caso. Ele levantou e saiu andando. Só Deus sabe como, mas a verdade é que ele levantou e saiu andando. O homem foi cravejado de balas. Você viu quanto sangue ele perdeu..."

Ele estava vigiando a gente o tempo todo, Lori pensou. *Também estava em Midian naquele primeiro dia*. Mas por quê? Era isso que ela não conseguia entender: *Por quê*?

"... todo aquele sangue, todas aquelas balas, e mesmo assim não bastou para morrer de vez."

"Alguém roubou o corpo", rebateu ela.

"Não", foi a resposta, "não foi isso o que aconteceu."

"Quem diabos é *você*?"

"Boa pergunta. E não existe motivo para você não ter uma resposta."

Ele levou a mão ao rosto e tirou a máscara. Sob o pano estava Decker, suado e sorridente.

"Queria ter trazido a minha câmera", falou ele. "O olhar no seu rosto é impagável."

Ela não conseguiu mudar a expressão do rosto, por mais que detestasse vê-lo se divertir às suas custas. O choque a deixou boquiaberta. Decker era Curtis, o novo amor de Sheryl.

"Por quê?", ela questionou.

"Por que o quê?"

"Por que você matou Sheryl?"

"Pelo mesmo motivo que matei todos os outros", falou ele com um tom despreocupado, como se aquela pergunta não significasse nada. Mas então complementou, bem sério: "Pela diversão, claro. Pelo prazer.

Nós conversávamos muito sobre o *porquê*, Boone e eu. Escavando bem fundo, sabe; tentando compreender. Mas, no fim das contas, eu faço isso porque gosto".

"Boone era inocente."

"*É* inocente, onde quer que esteja escondido. O que é um problema, porque ele conhece os fatos, e um dia desses pode encontrar alguém que acredite na verdade."

"Então é isso o que você quer, impedir que ele faça isso?"

"Você no meu lugar também não iria querer? Depois de todo o trabalho que eu tive para que ele morresse sendo considerado culpado, inclusive meti uma bala nele pessoalmente, e agora o homem levanta e sai andando..."

"Me disseram que ele estava morto. Com absoluta certeza."

"O necrotério estava fechado *por dentro*. Eles contaram isso para você? As digitais dele foram encontradas na fechadura, e as pegadas no chão. Alguém mencionou *isso*? Mas eu estou dizendo. *Boone está vivo*. E com a sua morte vai sair do esconderijo onde está, sou capaz de apostar. Ele vai ser obrigado a mostrar a cara."

Enquanto falava, ele erguia lentamente a faca.

"Nem que seja só para chorar sua perda."

De repente, ele avançou. Ela levantou a faca que havia matado Sheryl para se proteger da aproximação. Isso o tornou mais cauteloso, mas não a ponto de deter o passo.

"Você é mesmo capaz de fazer isso?", ele questionou. "Eu acho que não. E falo por experiência própria. As pessoas são cheias de *frescuras* mesmo quando estão com a vida em risco. E o fio dessa faca já está cego por causa da coitada da Sheryl, claro. Você vai ter que ser bem violenta."

Seu tom era quase brincalhão, e seu avanço não cessava.

"Eu bem que queria ver você tentar", falou ele. "De verdade. Queria ver você tentar a sorte."

Com o canto do olho, ela viu que havia uma pilha de pratos a poucos centímetros de seu cotovelo. Poderiam proporcionar distração suficiente para dar tempo para ela chegar até a porta? Uma luta de facas com aquele lunático ela não teria como vencer, com certeza. Mas talvez ainda pudesse ser mais esperta que ele.

“Vamos lá. Tenta a sorte. Vem me matar, se for capaz. Por Boone. Pelo pobre Boone...”

Enquanto as palavras se transformavam em risos, ela estendeu a mão ferida para os pratos e com um empurrão os jogou no chão diante de Decker. Uma segunda pilha caiu em seguida, e uma terceira, com lascas de porcelana voando em todas as direções. Ele deu um passo atrás, com as mãos no rosto para se proteger, e Lori aproveitou a chance para disparar na direção da arcada. Conseguiu atravessá-la e já estava no salão do restaurante antes de ouvir o início da perseguição. Dessa vez, ela contava com uma dianteira suficiente para chegar à porta da frente e correr para a rua. Na calçada, Lori se virou para a porta por onde ele viria. No entanto, Decker não tinha a menor intenção de segui-la para a claridade.

“Que espertinha, essa cadela”, falou ele da escuridão. “Eu pego você. Depois que me resolver com Boone, você é a próxima; aproveita o pouco de vida que ainda tem até lá.”

Com os olhos fixos na porta, ela foi recuando pela calçada na direção do carro. Só então percebeu que ainda estava com a arma de um assassinato na mão, segurando com tanta força que quase a sentia colada à sua pele. Não havia escolha a não ser levá-la consigo e entregar para a polícia, como evidência. Ela entrou no carro e só desviou os olhos da construção carbonizada depois de trancar as portas. Então empurrou a faca para debaixo do banco do passageiro, ligou o motor e partiu.

III

Suas escolhas eram limitadíssimas: a polícia ou Midian. Uma noite de interrogatório ou um retorno à necrópole. No caso da primeira opção, não teria como avisar Boone que Decker estava em seu encalço. Mas e se fosse uma mentira de Decker, e Boone não tivesse sobrevivido aos tiros? Além de ser uma fugitiva da cena de um crime, ela estaria ao alcance da Raça das Trevas, e sem nenhum motivo.

Se fosse no dia anterior, ela teria escolhido ficar do lado da lei. Acreditaria que os procedimentos das forças de segurança seriam capazes de esclarecer todos aqueles mistérios; que os policiais acreditariam em sua versão da história e levariam Decker à justiça. Mas no dia anterior ela também achava que bichos eram bichos, e crianças eram crianças; pensava que só os mortos ficavam embaixo da terra, em um descanso pacífico. Imaginava que os médicos apenas curavam; e que, quando a máscara do lunático fosse erguida, poderia dizer: "Mas é claro, só podia ser o rosto de um lunático".

Estava muito enganada; muito, muito enganada. Tudo em que ela acreditava tinha virado pó. Qualquer coisa poderia ser verdade.

Boone poderia estar vivo.

Ela pegou a estrada para Midian.

12

ACIMA E ABAIXO

I

As visões a acometeram na rodovia, trazidas à tona como consequência do choque e do sangramento, agora já estancado, na mão ferida. Começaram como se fossem neve no para-brisa, flocos de luz que deslizavam pelo vidro e passavam por ela com um gemido. À medida que seu estado onírico se intensificava, ela teve a impressão de ver rostos e fragmentos de vida que eram como fetos e sussurravam algo quando eram deixados para trás. Encontrar esse cenário não a abalou, muito pelo contrário — parecia confirmar a hipótese que sua mente em alucinação havia criado: que ela, assim como Boone, estava vivendo sob uma espécie de encantamento. Nada poderia lhe fazer mal, não naquela noite. Sua mão estava tão dormente por causa do corte que não conseguia mais segurar o volante, o que a fazia dirigir com apenas uma das mãos, em alta velocidade, por uma estrada de mão única e sem iluminação, mas ciente de que o destino não a faria escapar do ataque de Decker só para deixá-la morrer em um acidente de carro.

Havia um clima de reencontro no ar. Foi por isso que surgiram as visões diante de seus faróis, passando por cima do carro e se espalhando acima dela como uma chuva de luz. Estavam lá para lhe dar as boas-vindas.

A Midian.

II

Quando olhou no retrovisor e pensou ter visto um carro atrás do seu, os faróis se apagaram. No entanto, quando espiou de novo, não estava mais lá. Talvez nunca tivesse estado. Mais adiante havia a cidade, com as casas ofuscadas pelos seus faróis. Ela atravessou a rua principal até os portões do cemitério.

A intoxicação provocada pela exaustão e a perda de sangue entorpeceram todo o medo que sentia daquele lugar. Se era capaz de sobreviver à maldade dos vivos, o mesmo valeria para os mortos, ou seus companheiros. E Boone estava lá; essa esperança se tornou uma certeza enquanto ela dirigia pela estrada. Boone estava lá, e enfim ela poderia tomá-lo nos braços.

Lori saiu cambaleando e quase caiu de cara no chão.

"Levanta...", disse ela para si mesma.

As luzes continuavam vindo, mas, embora ela não estivesse mais em movimento, todos os detalhes tinham desaparecido. Havia apenas a claridade, tão intensa que ameaçava varrer o mundo todo. Ciente de que o colapso de seu corpo era iminente, ela atravessou os portões chamando o nome de Boone. A resposta foi imediata, mas não a que gostaria de ouvir.

"Ele está aqui?", disse alguém. "Boone está *aqui*!"

Agarrando-se ao portão, ela virou a cabeça, agora pesada, e em meio à luz viu Decker, a alguns metros de distância. Atrás dele, o carro com faróis apagados. Mesmo em seu estado atordoado, ela compreendeu que tinha sido manipulada. Decker havia permitido sua fuga, ciente de que Lori viria atrás de seu inimigo.

"Que burrice!", ela repreendeu a si mesma.

"Ah, sim. Mas, por outro lado, o que você poderia fazer? Sem dúvida deve ter achado que conseguiria salvá-lo."

Ela não tinha nem força, nem lucidez para resistir. Soltando as grades, entrou cambaleando no cemitério.

"*Boone!*", ela gritou. "*Boone!*"

Decker não veio atrás dela imediatamente; não era preciso. Ela era como um animal ferido indo atrás de outro nas mesmas condições. Olhando para trás, Lori o viu verificando a arma sob a luz dos faróis do carro. Então escancarou o portão e veio em sua perseguição.

Ela mal conseguia enxergar as alamedas à sua frente em meio às explosões de luz em sua cabeça. Era como uma pessoa cega, cambaleando aos soluços; não sabia sequer se Decker estava à sua frente ou atrás. A qualquer momento, ele podia despachá-la. Com uma única bala, sua encantadora vida chegaria ao fim.

III

Abaixo da superfície, com os sentidos sempre afiados para o pânico e o desespero, a Raça ouviu sua chegada. Perceberam as pegadas de seu perseguidor também, pois as tinham ouvido atrás de si com muita frequência. Ficaram à espera, lamentando pela mulher em seus últimos passos, mas eram apegados demais ao seu refúgio para colocá-lo em risco. Havia pouquíssimos esconderijos onde o que era monstruoso poderia encontrar alguma paz. Eles não arriscariam seu eremitério para salvar uma vida humana.

Mesmo assim, era sofrido ouvir aqueles apelos e chamados. E, para um entre eles, quase insuportável.

"*Me deixem ir até ela.*"

"*Você sabe que não pode. Simplesmente não pode.*"

"*Eu posso dar um fim nele. Quem iria saber que ele esteve aqui?*"

"*Ele não deve estar sozinho. Deve ter outros esperando do lado de fora dos muros. É só lembrar de quando vieram atrás de você.*"

"*Eu não posso deixá-la morrer.*"

"Boone! Pelo amor de Deus..."

Era pior do que qualquer coisa que já tivesse sofrido, ouvi-la chamando por ele e sabendo que a lei de Midian não lhe permitia responder.

"*Escutem, pelo amor de deus!*", ele apelou. "*Escutem.*"

"*Você assumiu certos compromissos quando foi acolhido aqui*", Lylesburg lembrou.

"*Eu sei. E entendo.*"

"*Será que entende mesmo? Não foram só coisas ditas da boca para fora, Boone. Se não cumprir o que prometeu, você não vai pertencer a lugar nenhum. Nem ao nosso, nem ao deles.*"

"*Você está me pedindo para ficar aqui só ouvindo enquanto ela morre.*"

"*Então tape os ouvidos. Logo acaba.*"

IV

Ela não tinha mais fôlego para continuar gritando o nome dele. Não importava. Ele não estava lá. Ou, se estivesse, seria um morto debaixo da terra, deteriorando. Incapaz de fornecer ou receber ajuda.

Lori estava sozinha, e o homem com a arma se aproximava cada vez mais.

Decker tirou a máscara do bolso; a máscara com olhos de botões atrás da qual se sentia tão seguro. Ah, quantas vezes, naqueles dias cansativos com Boone, ensinando as datas e os lugares dos assassinatos que seu paciente estava herdando, quando o orgulho de Decker quase transbordava, ele sentiu vontade de assumir a autoria dos crimes... Porém precisava mais de um bode expiatório do que da excitação de uma confissão por impulso, para se livrar das suspeitas. Boone admitir que cometeu os crimes não colocaria um ponto final na história, claro. Com o tempo, a Máscara começaria a falar com seu dono de novo, exigindo ser encharcada de sangue, e os assassinatos recomeçariam. Mas só quando Decker conseguisse mudar de nome e se estabelecesse em outra cidade. Boone havia arruinado seus planos tão meticulosos, mas não teria chance de contar o que sabia. O Cara de Botão se encarregaria disso.

Decker vestiu a máscara, que tinha o cheiro de sua excitação. Na primeira vez que respirou, a ereção apareceu. Não aquela meia-boca para o sexo, mas a ereção da morte, do assassinato. Seu membro rígido farejou o ar ao redor para ele, apesar da grossura da calça e da cueca. Sentiu o cheiro da vítima que corria à sua frente. Para o Mascarado, não fazia diferença se sua presa era uma mulher, a ereção surgia para qualquer um. Houve um tempo em que teve predileção por velhos, mijando nas calças enquanto caíam à sua frente; por garotas, às vezes; ou mulheres, em outras ocasiões; até crianças. O Cara de Botão via toda a humanidade através dos mesmos olhos costurados.

Aquela presa, a mulher mais adiante na escuridão, significava a mesma coisa para o Mascarado do que as demais. Quando começavam a entrar em pânico e sangrar, eram todas iguais. Ele as seguia com um passo firme; essa era uma das marcas registradas do Cara de Botão, o caminhar do carrasco. Enquanto ela fugia, seus apelos iam se perdendo entre ranho e arquejos. Apesar de não ter mais fôlego para chamar seu herói, sem dúvida ainda estava rezando para que viesse salvá-la. Coitada da vadia. Não sabia que eles nunca apareciam? Já tinha ouvido chamarem, implorarem e barganharem com tudo o que se pudesse imaginar, os Pais e as Mães celestiais, os defensores dos oprimidos, os interventores; nenhum deles nunca apareceu.

Mas aquela agonia acabaria em breve. Um tiro na nuca para derrubá-la, e então sacaria a faca maior, a mais pesada, para usar no rosto dela, como fez com todos os outros. Cortes cruzados, como os pontos que fixavam seus olhos, até não sobrar nada além de um amontoado de carne.

Ah! Ela estava caindo. Cansada demais para continuar correndo.

Ele abriu a boca de aço do Cara de Botão para falar com a garota caída...

"Paradinha aí", ele mandou. "É mais rápido assim."

• • •

Ela tentou levantar uma última vez, mas suas pernas cederam por completo, e a luminosidade branca cobria quase tudo. Atordoada, ela virou a cabeça na direção da voz de Decker e, entre ondas de luz ofuscante, viu que ele havia recolocado a máscara. Seu rosto era a cabeça da própria morte.

Ele ergueu a arma...

No chão sob seu corpo, Lori sentiu tremores. Seria a reverberação do tiro, talvez? Não conseguia mais ver a arma, nem mesmo Decker. Depois de uma última onda de luz, ele sumiu das vistas. Mas a terra se sacudia e, em meio aos gemidos em sua cabeça, ela ouviu alguém chamando o nome do homem que esperava encontrar lá.

Boone!

Não ouviu a resposta — talvez não houvesse uma —, mas o chamado se repetiu, como se o convocasse de volta para debaixo da terra.

Antes que ela pudesse reunir o restante de suas forças para se juntar ao chamado, seu braço bom cedeu sob o corpo, e ela se viu caída de cara no chão.

O Cara de Botão foi andando até a vítima, decepcionado com o fato de que a mulher não estaria consciente para receber a bênção final. Ele gostava de dizer algumas últimas palavras de sabedoria no penúltimo momento; nunca era um discurso planejado, mas fluía como um poema de sua boca de zíper. Às vezes riam de seu sermão, e isso incitava sua crueldade. Mas, se chorassem, o que quase sempre acontecia, então sua disposição melhorava e ele tornava o último momento, o *derradeiro*, rápido e indolor.

Ele chutou a mulher para virá-la de barriga para cima e ver se conseguia deixá-la consciente. E, de fato, os olhos dela se entreabriram um pouco.

"Ótimo", falou ele, apontando a arma para seu rosto.

Quando sentiu a sabedoria chegar aos lábios, ouviu o grunhido. Isso o fez desviar os olhos da mulher por um momento. Um vento silencioso tinha se erguido de algum lugar, sacudindo as árvores. O chão sob seus pés protestava.

O Mascarado continuou imperturbado. Perambular por cemitérios não eriçava um único cabelo de sua nuca. Ele era a Nova Morte, a aparição do rosto do amanhã no hoje; que mal um pouco de poeira poderia lhe fazer?

Ele riu do aspecto melodramático da cena. Jogou a cabeça para trás e gargalhou.

Aos seus pés, a mulher começou a gemer. Era hora de calá-la. Ele mirou em sua boca aberta.

No momento em que ele reconheceu a palavra que ela estava formando na penumbra diante de si, quem estava sendo chamado saiu de seu esconderijo.

"Boone", ela dissera.

E era mesmo.

Ele surgiu da sombra das árvores que se balançavam, vestido da mesma forma que o Mascarado se recordava, com uma camiseta suja e calça jeans. Mas havia um brilho em seus olhos que o Mascarado não reconheceu; apesar de todos os tiros que levou, andava como um homem que nunca sentira dor na vida.

Só isso já era misterioso o suficiente. Porém havia mais. Quando surgiu sob as vistas, ele começou a *mudar*, expelindo um véu de fumaça que envolveu sua carne em uma atmosfera de fantasia.

Aquele era seu bode expiatório; só que não. Não *mesmo*.

O Mascarado olhou para a mulher para verificar se também compartilhava daquela visão, mas ela estava inconsciente outra vez. Era preciso confiar no que os olhos costurados lhe mostravam, e era um cenário de terror.

Os tendões dos braços e do pescoço de Boone vibravam em meio à luz e às trevas; seus dedos estavam encompridando; no rosto, atrás da fumaça que exalava, pareciam correr filamentos que descreviam uma forma oculta dentro de sua cabeça, à qual os músculos e os ossos iam se moldando.

E, do meio daquela confusão, saiu uma voz. Não era a que o Mascarado lembrava. Não era a do bode expiatório, abafada pela culpa. Era um grito de fúria.

"*Você é um homem morto, Decker!*", gritou o monstro.

O Mascarado detestava aquele nome; aquele *Decker*. O homem era só um trapo velho que ele usava de vez em quando. Em um momento como aquele, com a ereção da morte tão pulsante, o Cara de Botão mal se lembrava se o dr. Decker estava vivo ou morto.

Mesmo assim, foi por esse nome que o monstro o chamou.

"Está me ouvindo, *Decker*", falou ele.

Desgraçado, pensou o Mascarado. Um pobre diabo, um malparido, um resto de aborto. Ele apontou a arma para o coração daquela coisa, que tinha terminado de exalar suas transformações e se mostrava por inteiro para o inimigo, como uma criatura renascida em um abatedouro, que jamais poderia ser chamada de um ser vivo completo. O cruzamento de uma loba com um palhaço, uma coisa ridícula até não mais poder. Não haveria bênção para aquilo, o Mascarado decidiu. Só catarro escarrado naquela cara híbrida quando ele estivesse estirado sem vida no chão.

Sem hesitação, ele atirou. A bala abriu um buraco no centro da camiseta de Boone e na carne transformada, mas a criatura se limitou a sorrir.

"Você já tentou fazer isso, Decker", Boone falou. "Será que não aprende nunca?"

"*Eu não sou Decker*", retrucou o Mascarado, disparando mais um tiro. Outro buraco se abriu ao lado do primeiro, mas não havia sangue em nenhum dos dois.

Boone começou a avançar na direção da arma. Não com passos moribundos e vacilantes, e sim com uma aproximação convicta que o Mascarado reconheceu como o seu próprio caminhar de carrasco. Era possível sentir o fedor do monstro, mesmo com o pano cobrindo o seu rosto. Um odor agridoce que embrulhou o estômago.

"Paradinho aí", disse o monstro. "É mais rápido assim."

A imitação do jeito de andar já era um acinte, mas ver a pureza de suas palavras saindo daquela garganta aberrante fez o Mascarado se descontrolar. Ele berrou sob o tecido, apontando a arma para a boca de Boone. Mas, antes que pudesse destroçar a boca que o ofendia, as mãos inchadas de Boone agarraram a arma. Enquanto era arrancada de seus dedos, o Mascarado ainda conseguiu puxar o gatilho mais uma vez, atirando na mão de Boone, destruindo o mindinho dele com a bala. A expressão no rosto dele se tornou sinistra de indignação. Boone tomou a arma do Mascarado e a jogou longe. Em seguida puxou seu mutilador para mais perto de si.

Diante da obliteração iminente, a Máscara e o Mascarado deixaram de ser um só. O Cara de Botão achava que jamais morreria. Decker não tinha essa certeza. Seus dentes rangeram dentro da boca quando as súplicas começaram:

"Boone... você não sabe o que está fazendo".

Ele sentiu a Máscara se apertar em torno de sua cabeça, furiosa com a covardia com que falava, tentando encontrar o tom de voz que costumava acalmar aquele homem.

"Você é doente, Boone."

Nada de súplicas, ele ouviu a Máscara dizer; *não ouse* implorar.

"E você pode me curar, certo?", rebateu o monstro.

"Ah, sim", respondeu Decker. "Ah, com certeza. Só preciso de um pouco de tempo.

A mão ferida de Boone explorou a superfície da máscara.

"Por que se esconder atrás dessa coisa?", perguntou ele.

"Ela me *obriga* a me esconder. Eu não quero, mas sou forçado."

A fúria da Máscara não tinha limites. Espremeu a cabeça de Decker ao ouvir sua traição a seu mestre. Caso sobrevivesse àquela noite, pagaria muito caro por aquelas mentiras. E ele aceitaria de bom grado, no dia seguinte. Mas primeiro precisava dar um jeito de sobreviver àquele monstro.

"Você deve se sentir como eu", continuou ele. "Por trás da pele que precisa usar."

"Como você?", questionou Boone.

"Aprisionado. Obrigado a derramar sangue. Assim como eu, você não quer fazer isso."

"Você não entendeu nada", retrucou Boone. "Eu não estou escondido *atrás* deste rosto. Eu *sou* este rosto."

Decker sacudiu a cabeça.

"Não é isso o que eu vejo. Acho que em algum lugar aí dentro ainda está Boone."

"Boone está morto. Foi baleado bem na sua frente. Lembra? Você mesmo atirou nele."

"Mas você sobreviveu."

"Não como um vivo."

O corpanzil de Decker estava estremecendo. Mas então parou. Cada músculo em seu corpo se enrijeceu à medida que a explicação para os mistérios se tornou mais clara.

"Você me levou para os braços dos monstros, Decker. E eu me tornei um. Não o seu tipo de monstro. Não do tipo sem alma." Ele puxou Decker bem para perto, ficando com o rosto a poucos centímetros da máscara. "Eu estou morto, Decker. Suas balas não significam nada para mim. Tenho Midian nas minhas veias. Isso significa que vou me curar quantas vezes forem necessárias. Mas você..."

A mão que roçava a máscara agarrou o tecido.

"... você, Decker... quando morrer, não tem volta. E eu quero olhar para a sua cara quando isso acontecer."

Boone puxou a máscara. Estava muito bem presa e não queria sair. Ele precisou cravar as garras na trama para rasgá-la e revelar a expressão suarenta mais abaixo. Quantas horas ele não tinha passado observando aquele rosto, agarrando-se a cada migalha de aprovação? Tanto tempo perdido. Essa era a verdadeira natureza daquele que se dizia capaz de curá-lo: perdido, fraco e chorão.

"Eu estava com medo", falou Decker. "Você entende isso, não? Eles iam me encontrar, me punir. Eu precisava de alguém para levar a culpa."

"Só escolheu o homem errado."

"*Homem?*", disse uma voz fraca em meio à escuridão. "Você se considera um homem?"

Boone se corrigiu.

"Monstro", falou ele.

Ouviu-se uma risada. E então:

"E você vai acabar com ele ou não?".

Boone desviou os olhos de Decker para aquele que falava, agachado na tumba. Seu rosto era uma massa indistinta de cicatrizes.

"Ele lembra de mim?", o homem perguntou para Boone.

"Não sei. Será que lembra?", Boone questionou Decker. "O nome dele é Narcisse."

Decker ficou só olhando em silêncio.

"Outro membro da tribo de Midian", continuou Boone.

"Eu nunca soube direito qual era o meu lugar", falou Narcisse. "Só descobri quando estava arrancando as balas da minha cara. Pensando que era tudo um sonho."

"Com medo", acrescentou Boone.

"Estava mesmo. Você sabe o que eles fazem com os homens naturais."

Boone assentiu.

"Então acaba com ele", disse Narcisse. "Arranca os olhos da cara dele, ou eu mesmo faço isso."

"Não antes de arrancar uma confissão."

"Confissão...", repetiu Decker, arregalando os olhos diante da possibilidade de escapar. "Se é isso o que você quer, basta me dizer."

Ele começou a remexer no paletó, em busca de uma caneta.

"Para que serve uma bosta de uma confissão?", questionou Narcisse. "Você acha que ainda pode ser perdoado? Olha só para você!"

Ele saltou para fora do túmulo.

"Escuta só", ele murmurou, "se Lylesburg souber que eu subi aqui, vai me expulsar. Me dá só os olhos, pelos velhos tempos. O resto é todinho seu."

"Não deixe que ele encoste em mim", Decker implorou para Boone. "Faço o que você quiser... uma confissão completa... qualquer coisa. Mas que ele não chegue perto de mim!"

Era tarde demais. Narcisse já estava estendendo os braços em sua direção, com ou sem a permissão de Boone, que tentou mantê-lo à distância com a mão livre, mas o homem estava ávido demais por vingança para ser contido. Ele se enfiou entre Boone e seu refém.

"Finalmente", ele sorriu, erguendo os polegares com ganchos.

Mas o pânico não tinha sido a única motivação para Decker enfiar a mão no paletó. Quando os ganchos se aproximaram de seus olhos, ele sacou a faca grande de onde estava escondida sob a roupa e enfiou na barriga de seu agressor. Ele era um estudioso metódico e de longa data de seu ofício. O corte que fez em Narcisse era uma manobra calculada com o objetivo de estripá-lo que havia aprendido com os japoneses: cravar fundo nos intestinos e subir até o umbigo, empunhando o cabo da lâmina com as duas mãos para vencer a resistência da carne. Narcisse gritou — mais da memória residual da dor do que por causa da dor em si.

Com um movimento fluido, Decker puxou de volta a faca, sabendo que, a partir do que tinha aprendido em suas pesquisas de campo, as entranhas viriam em seguida. E não estava enganado. As tripas de Narcisse saltaram para fora, caindo como um avental de carne sobre os joelhos de seu dono. O ferimento — que derrubaria qualquer homem vivo instantaneamente — provocou apenas uma reação patética em Narcisse. Gritando de nojo ao ver suas vísceras expostas, ele se agarrou a Boone.

"Me ajuda", ele gritou. "Estou me desfazendo."

Decker se aproveitou do momento. Enquanto Boone estava sendo segurado pelo outro, fugiu para os portões. Não havia muito chão a percorrer. Quando Boone conseguiu se livrar de Narcisse, seu inimigo não estava mais dentro dos limites do solo consagrado, mas ainda era possível vê-lo. Boone o perseguiu, mas, antes de chegar a meio caminho do portão, ouviu a porta do carro bater e o motor ser acionado. O médico fugiu. Ele tinha *escapado*!

"Que porra eu vou fazer com *isto*?", Boone ouviu Narcisse choramingar.

Ele deu as costas para o portão. O outro estava com as tripas enroladas nas mãos, como se fossem um bolo de fios de tricô maior do que ele conseguia segurar.

"Volta lá para baixo", Boone se limitou a dizer. Era inútil repreender Narcisse por sua interferência. "Alguém vai ajudar você."

"Não posso. Eles vão saber que eu subi aqui."

"Pensa que eles já não sabem?", retrucou Boone. "Eles sabem de tudo."

Ele não estava mais preocupado com Narcisse. Era o corpo caído no chão que dominava sua atenção. Em seu afã para aterrorizar Decker, tinha esquecido completamente de Lori.

"Nós dois vamos ser expulsos", continuou Narcisse.

“Talvez”, respondeu Boone.

“O que podemos fazer?”

“Volta lá para baixo”, Boone falou, enfastiado. “Pode falar para o sr. Lylesburg que fui eu que enganei você.”

“E enganou?”, questionou Narcisse. Então, aceitando melhor a ideia: “É, acho que sim”.

Carregando as tripas, ele se afastou, andando com dificuldades.

Boone ajoelhou ao lado de Lori. O cheiro dela o deixou atordoado; a maciez daquela pele sob as palmas de sua mão era quase mais do que ele conseguia suportar. Lori ainda estava viva, com a pulsação firme e forte, apesar dos traumas que devia ter sofrido nas mãos de Decker. Observando aquele rosto suave, a ideia de que ela pudesse acordar e vê-lo na forma que havia herdado quando sofreu a mordida de Peloquin o deixou perturbadíssimo. Na presença de Decker, teve orgulho de se referir a si mesmo como um *monstro*; de se mostrar como um membro da Raça das Trevas. Mas agora, olhando para a mulher que amava e que retribuiu seu amor, apesar de toda sua fragilidade e humanidade, ele ficou envergonhado.

Respirou fundo e conjurou a carne de fumaça, que seus pulmões puxaram de volta para dentro do corpo. Era um processo até estranho de tão fácil e natural. Ele se acostumou depressa ao que antes considerava miraculoso.

Mas ele não tinha nada de especial; não em comparação com aquela mulher. O fato de que ela acreditava nele a ponto de vir procurar por ele com a morte em seu encalço era mais do que qualquer homem natural poderia esperar; e, para alguém como ele, um verdadeiro milagre. A humanidade dela o deixou orgulhoso — do que ele tinha sido, e ainda poderia querer ser.

Portanto, foi em sua forma humana que ele a pegou no colo e a carregou cuidadosamente para o subterrâneo.

13

A CRIANÇA PROFÉTICA

Lori ouviu a fúria expressa nas vozes.

"Você nos traiu!"

O primeiro era Lylesburg.

"Eu não tive escolha!"

O segundo, Boone.

"Então Midian deve ser colocada em risco por causa dos seus nobres sentimentos?"

"Decker não vai contar para ninguém", retrucou Boone. *"O que ele vai dizer? Que estava tentando matar uma mulher e foi impedido por um morto? Fala sério."*

"Então agora você virou uma sumidade. Passou meia dúzia de dias aqui e já está reescrevendo a lei. Vá fazer isso em outro lugar, Boone. Pegue a mulher e vá embora."

Lori queria abrir os olhos e ir até Boone; acalmá-lo antes que a raiva o levasse a falar ou fazer alguma bobagem. Mas seu corpo estava entorpecido. Nem mesmo os músculos do seu rosto respondiam ao seu comando. Só o que ela conseguia fazer era ficar ali deitada e ouvir a discussão acalorada.

"*Meu lugar é aqui*", rebateu Boone. "*Eu sou da Raça das Trevas agora.*"

"*Não mais.*"

"*Eu não tenho como viver lá fora.*"

"*Nós conseguimos. Durante gerações, nós nos arriscamos no mundo natural, e isso quase foi o nosso fim. Agora você chega e quase destrói a nossa única esperança de sobrevivência. Se Midian for descoberta, a culpa vai ser sua e da mulher. Pense nisso quando estiver vagando por aí.*"

Houve um longo silêncio. Então Boone falou:

"*Vamos chegar a um entendimento*".

"*Tarde demais. A lei não abre exceções. O outro precisa ir também.*"

"*Narcisse? Não. Isso vai acabar com ele, que passou metade da vida à espera de vir para cá.*"

"*A decisão está tomada.*"

"*Por quem? Por você? Ou por Baphomet?*"

Quando ouviu esse nome, Lori sentiu um calafrio. A palavra não significava nada para ela, mas para aqueles ao seu redor claramente sim. Os murmúrios começaram a ecoar; frases repetidas como orações.

"*Eu exijo falar com ele*", falou Boone.

"*Fora de cogitação.*"

"*Está com medo de quê? De perder seu controle sobre a tribo? Quero ver Baphomet. Se quiser tentar me impedir, faça isso agora.*"

Enquanto Boone lançava seu desafio, Lori abriu os olhos. Havia um teto abobadado acima dela, onde antes estava o céu. Era pintado com estrelas; no entanto, havia mais fogos de artifício do que corpos celestiais — rodas de Catarina espalhando faíscas no firmamento de pedra.

Ela inclinou um pouco a cabeça. Estava em uma cripta, com caixões lacrados por todos os lados, apoiados nas paredes. À sua esquerda, uma profusão de tocos de vela acesos, de uma cera encardida, e chamas tão fracas quanto ela se sentia. À sua direita, Babette, sentada de pernas cruzadas no chão, a observava com atenção. A criança estava vestida toda de preto, com os olhos refletindo a luz das velas e estabilizando seu bruxulear. Ela não era bonita. Seu rosto era solene demais para expressar alguma beleza. Nem mesmo o sorriso que abriu para Lori ao vê-la acordar era capaz de aplacar a tristeza em suas feições. Lori se esforçou ao máximo para retribuir o olhar acolhedor, mas ainda não tinha certeza de que seus músculos estavam obedecendo ao seu comando.

"Ele machucou bastante a gente", disse Babette.

Lori presumiu que ela estivesse falando de Boone. Mas a fala seguinte da criança esclareceu tudo.

"Rachel limpou direitinho. Agora não arde mais."

Ela ergueu a mão direita, que tinha uma bandagem feita com tecido escuro em torno do polegar e do indicador.

"Nem a sua."

Reunindo todas as forças, Lori levantou a sua mão direita, que tinha um curativo idêntico.

"Onde... está Rachel?", perguntou Lori, com uma voz quase inaudível até para si mesma. Mas Babette ouviu perfeitamente.

"Em algum lugar perto daqui", respondeu ela.

"Você pode chamá-la para mim?"

A expressão sempre séria de Babette se fechou ainda mais.

"Você está aqui para sempre?", ela perguntou.

"Não", foi a resposta, mas não de Lori, e sim de Rachel, que tinha aparecido na porta. "Não está, não. Ela logo vai embora."

"Por quê?", Babette quis saber.

"Eu ouvi o que Lylesburg falou", murmurou Lori.

"*Senhor* Lylesburg", corrigiu Rachel, indo até onde estava Lori. "Boone quebrou sua promessa quando foi lá para cima buscar você. Colocou todos nós em perigo."

Lori só sabia uma fração da história de Midian, mas era o suficiente para saber que a máxima que tinha ouvido pela primeira vez da boca de Lylesburg — "o que é de baixo permanece embaixo" — não era só da boca para fora. Era uma lei que os habitantes de Midian haviam jurado obedecer, sob pena de exílio.

"Você pode me ajudar?", ela pediu, se sentindo extremamente vulnerável deitada ali no chão.

Mas não foi Rachel quem partiu em seu auxílio, e sim Babette, colocando a mão pequena e enfaixada sobre sua barriga. O organismo de Lori reagiu imediatamente ao toque da criança, e todos os vestígios de estupor desapareceram de seu corpo no mesmo instante. Ela se lembrou de ter experimentado essa mesma sensação, ou algo parecido, em seu encontro anterior com a menina: aquela impressão de transferência de forças que a impulsionou quando o bicho se dissolveu em seus braços.

"Ela formou um vínculo bem forte com você", comentou Rachel.

"É o que parece." Lori se sentou. "Ela está ferida?"

"Por que não pergunta para *mim*?", questionou Babette. "Eu estou bem aqui."

"Desculpa", disse Lori, sentindo-se envergonhada. "Você também se cortou."

"Não. Mas senti sua dor."

"Ela é empática", explicou Rachel. "Sente o que os outros sentem; principalmente aqueles com quem tem alguma conexão emocional."

"Eu sabia que você estava vindo para cá", disse Babette. "Enxerguei pelos seus olhos. E você pode enxergar pelos meus."

"Isso é verdade?", Lori perguntou para Rachel.

"Pode acreditar nela", foi a resposta.

Lori não sabia ao certo se estava em condições de levantar, mas decidiu testar seu corpo. Foi mais fácil do que ela esperava. Ela ficou de pé sem problemas, sentindo os membros fortalecidos e a mente desanuviada.

"Você me leva até Boone?", ela pediu.

"Se é isso que você quer."

"Ele estava aqui esse tempo todo, não é?", ela perguntou.

"Sim."

"E foi trazido por quem?"

"Trazido?"

"Para Midian."

"Por ninguém."

"Ele estava quase morto", lembrou Lori. "Deve ter sido tirado do necrotério por alguém."

"Você ainda não entendeu, não é?", disse Rachel, em tom de lamento.

"O que é Midian? Não. Na verdade, não."

"Não só Midian. Boone também, e por que está aqui."

"Ele acha que é da Raça das Trevas", respondeu Lori.

"Ele *era*, até quebrar a promessa."

"Então nós vamos embora", respondeu Lori. "É isso o que Lylesburg quer, não? E eu também não quero ficar."

"Para onde vocês vão?", questionou Rachel.

"Não sei. Voltar para Calgary, talvez. Não deve ser muito difícil provar que Decker é o culpado. Depois podemos recomeçar."

Rachel sacudiu a cabeça.

"Isso não vai ser possível", disse ela.

"Por que não? Vocês têm algum controle sobre a vida dele?"

"Ele veio para cá porque é um de nós."

"*Nós*. E o que isso significa?", Lori retrucou, irritada. Estava cansada de evasivas e insinuações. "Quem são vocês? Pessoas doentes que vivem no escuro. Boone não está doente. É um homem saudável."

"Então pergunte para ele como está sua saúde", foi a resposta de Rachel.

"Ah, sim, vou perguntar, assim que tiver a chance."

Essa interação hostil não passou despercebida por Babette.

"Você não pode ir", disse ela para Lori.

"Eu preciso."

"Não para a luz." Ela segurou com força a manga de Lori. "Eu não posso ir para lá com você."

"Ela precisa ir", disse Rachel, estendendo a mão para afastar a criança. "O lugar dela não é aqui."

Babette se agarrou com ainda mais firmeza.

"Mas *pode* ser", falou ela, olhando para Lori. "É simples."

"Ela não quer", falou Rachel.

Babette olhou para Lori.

"Isso é verdade?", ela perguntou.

"Diga para ela", falou Rachel, claramente gostando de ver o constrangimento de Lori. "Diga que ela é uma das pessoas doentes."

"Mas a gente vive para sempre", argumentou Babette, olhando para a mãe. "Não é?"

"Alguns de nós."

"*Todo mundo*. Se a gente quiser viver para sempre. E, um dia, quando o sol apagar..."

"*Já chega!*", repreendeu Rachel.

Mas Babette ainda não tinha terminado de falar.

"... quando o sol apagar e for sempre noite, a gente vai viver sobre a terra. Só a gente."

Foi a vez de Rachel ficar constrangida.

"Ela não sabe do que está falando", decretou a mulher.

"Acho que ela sabe muito bem, sim", respondeu Lori.

A proximidade de Babette e a ideia de que tinha algum vínculo com aquela criança de repente lhe provocaram um calafrio. O esforço que sua mente racional tinha feito para aceitar Midian estava ruindo por inteiro. Mais do que nunca, ela queria ir para bem longe dali, de crianças que falavam do fim do mundo, das velas, dos caixões e da vida em uma sepultura.

"Onde está Boone?", ela perguntou para Rachel.

"Foi ao Tabernáculo. Encontrar Baphomet."

"Quem ou o que é Baphomet."

Rachel fez um gesto ritualístico ao ouvir o nome de Baphomet, levando o indicador à língua e ao coração. Era tão familiar para ela, e feito tantas vezes, que Lori duvidava que Rachel se dera conta do gesto.

"Baphomet é o Concessor do Batismo", disse ela. "Aquele que Fez Midian. Que nos chamou para cá."

Com o dedo, ela tocou a língua e o coração de novo.

"Você me leva até o Tabernáculo?", Lori pediu.

A resposta de Rachel foi direta e reta:

"Não".

"Pelo menos me diga onde é."

"Eu levo você", ofereceu Babette.

"Não leva, não", disse Rachel, dessa vez arrancando a mão da menina da manga da blusa de Lori em um gesto tão rápido e repentino que Babette não teve como reagir.

"Já paguei minha dívida com você", disse Rachel, "curando sua ferida. Não temos mais nada o que discutir."

Ela segurou Babette e a pegou no colo. A criança se debateu nos braços da mãe para poder olhar para Lori de novo.

"Quero que você veja coisas lindas para mim."

"Calada", repreendeu Rachel.

"Tudo o que *você* ver, *eu* também vejo."

Lori assentiu com a cabeça.

"Certo?", perguntou Babette.

"Certo."

Antes que a criança pudesse dizer mais uma palavra em seu tom melancólico, Rachel a tirou dali, deixando Lori apenas na companhia dos caixões.

Ela jogou a cabeça para trás e expirou o ar bem lentamente. Calma, ela pensou; fica calma. Logo isto acaba.

As estrelas pintadas estavam em polvorosa lá no alto, parecendo se mover ao influxo do seu olhar. Seria esse caos só um capricho do artista, ela se perguntou, ou era assim que os membros da Raça viam o céu quando saíam de seus mausoléus para respirar o ar da noite?

Era melhor nem saber. Bastava o fato de que essas criaturas tinham crianças e arte; que tivessem também uma *visão* era uma ideia perigosa demais para contemplar.

Em seu primeiro encontro com eles, na escada para aquele submundo, Lori temeu pela própria vida. E ainda temia, no fundo. Não que fosse tirada dela, mas que fosse *transformada*; que de alguma forma eles a maculassem com seus rituais e suas visões e que nunca mais fosse possível remover as marcas de sua mente.

Quanto antes saísse dali, acompanhada de Boone, mais cedo poderia voltar para Calgary. As luzes das ruas eram fortes por lá. Escondiam as estrelas.

Tranquilizada por esse pensamento, ela saiu em busca do Concessor do Batismo.

14

TABERNÁCULO

Essa era a verdadeira Midian. Não a cidade deserta na colina; nem mesmo a necrópole mais acima, e sim a rede de túneis e câmaras subterrâneas que provavelmente se estendiam por todo o cemitério. Alguns dos túmulos eram ocupados apenas pelos mortos, cujos caixões eram deixados em paz em seus gavetões para apodrecer. Teriam sido os primeiros ocupantes do cemitério, colocados ali para seu descanso eterno antes que a Raça das Trevas se apossasse do lugar? Ou eram membros da Raça que haviam perdido sua vida incompleta, pegos pelo sol, talvez, ou definhando por não poderem viver plenamente? Fosse como fosse, esses locais eram minoria. A maioria das câmaras era ocupada por almas vivas, iluminada por lampiões ou velas, ou, em certos, casos pelo próprio residente — um ser com luz própria.

Uma única vez ela havia visto uma criatura assim, deitada em um colchão no canto de seu cômodo. Estava sem roupa, era corpulenta e de gênero indefinido, com seu corpo flácido aparentando ser uma mistura de pele oleosa com erupções de larvas que emanavam uma fosforescência e encharcavam sua rústica cama. Parecia que cada porta se abria para algum fragmento de mistério, e sua reação era tão problemática quanto a visão que a havia provocado. Seria apenas o nojo que fazia seu estômago se revirar ao ver os estigmáticos sangrando aos cântaros, enquanto parasitas de dentes afiados sugavam ruidosamente suas feridas? Ou seria excitação, por ver os lendários vampiros em carne e osso? E o que pensar do homem cujo corpo se desfez em pássaros quando se viu observado por ela? Ou do pintor com cabeça de cão que desviou a atenção de seu afresco para convidá-la a ser sua aprendiz e misturar as tintas? Ou as criaturas maquinais que subiam pelas paredes com pernas de compasso? Depois de uma dezena de corredores, ela já não era capaz de distinguir o horror do fascínio. Talvez nunca tivesse sido.

Ela poderia ter passado dias perdida e imersa naquelas visões, mas a sorte ou o instinto a levou para perto o bastante de Boone para deter seu avanço. Foi a sombra de Lylesburg que apareceu diante dela, parecendo ter saído de dentro da parede sólida.

"Você não pode ir além daqui."

"Quero encontrar Boone", falou ela.

"Nada disso é culpa sua", disse Lylesburg. "Isso está bem claro. Mas você também precisa entender uma coisa: o que Boone fez colocou todos nós em perigo..."

"Então me deixe tentar falar com ele. Assim nós vamos poder ir embora juntos."

"Isso até seria possível alguns momentos atrás", respondeu Lylesburg, com a voz emergindo de seu casaco-sombra, com a autoridade e o comedimento de sempre.

"E agora?"

"Ele está além do meu alcance. E do seu também. Apelou para uma força de outra natureza."

Enquanto ele falava, foi possível ouvir um ruído mais adiante na catacumba; um barulho que Lori nunca tinha ouvido antes. Por um momento, ela teve a certeza de que a fonte era um terremoto, pois o som parecia vir de *dentro* da terra. Mas, quando uma segunda onda começou, ela percebeu um aspecto animalesco ali: uma espécie de gemido, talvez; ou uma manifestação de êxtase... Certamente era Baphomet — que *foi quem fez Midian*, nas palavras de Rachel. Que outra voz seria capaz de abalar as estruturas do lugar?

Lylesburg confirmou sua suposição.

"É com *isso* que Boone veio aqui argumentar. Ou pelo menos é o que ele pensa."

"Me deixe ir até ele."

"Ele já foi devorado", respondeu Lylesburg. "Engolido pela chama."

"Eu quero ver com os meus próprios olhos", exigiu Lori.

Sem querer esperar nem mais um momento, ela empurrou Lylesburg de sua frente, esperando enfrentar resistência, mas suas mãos afundaram na escuridão que o envolvia e tocaram a parede logo atrás. Ele não tinha substância. Era incapaz de impedi-la de ir aonde quer que fosse.

"Você também vai ser morta", ela o ouviu alertar enquanto corria na direção do som. Embora reverberasse ao seu redor de todas as direções, Lori conseguia sentir de onde vinha. A cada passo, se tornava mais alto e mais complexo, camadas de som em estado bruto que tocavam diferentes partes de seu corpo: cabeça, coração, ventre.

Uma rápida olhada para trás comprovou o que ela já desconfiava: Lylesburg não fez a menor menção de segui-la. Depois de fazer uma curva, e mais outras, com as ondas sonoras daquela voz ainda se multiplicando, ela passou a andar como se estivesse enfrentando um vendaval, com a cabeça abaixada e os ombros encolhidos.

Naquele espaço, não havia câmaras nos corredores e, consequentemente, nenhuma luz. À distância, porém, era possível ver um brilho — instável e frio, mas com luz suficiente para iluminar o chão pelo qual ela cambaleava, que era de terra batida, e as paredes congeladas.

"Boone?", ela gritou. "Você está aí? Boone?"

Depois do que Lylesburg dissera, ela não tinha muita esperança de receber uma resposta, mas ouviu uma. A voz dele veio do cerne do acúmulo de som e luz mais adiante. Mas só o que Lori ouviu foi:

"*Não...*".

Não *o quê?*, ela se perguntou. Não se aproxime? Não me deixe aqui?

Ela desacelerou o passo e chamou o nome dele de novo, mas o barulho que o Concessor do Batismo fazia tornava praticamente impossível ouvir até sua própria voz, quanto mais uma resposta. Depois de chegar tão longe, não havia opção a não ser ir em frente, sem saber se o que ouviu foi um alerta ou não.

Mais adiante, o corredor virava uma descida — uma ladeira inclinada. Ela parou lá no alto e espremeu os olhos na direção da claridade. Aquele era o covil de Baphomet, sem dúvida nenhuma. Os ruídos que fazia erodiam as paredes, e a poeira soprava em seus olhos. Eles começaram a lacrimejar para se livrar da sujeira, que não parava de cair. Ensurdecida por aquela voz, cega pela poeira, ela se viu imobilizada no alto da ladeira, sem ter como avançar nem recuar.

De repente, o Concessor do Batismo ficou em silêncio, e todas as camadas de som foram interrompidas por completo e de imediato.

A quietude que se seguiu era ainda mais alarmante do que o ruído que a precedeu. O motivo para isso seria a percepção de que havia uma estranha por lá? Lori prendeu a respiração, com medo de emitir um som que fosse.

Mais abaixo estava um lugar sagrado, não havia a menor dúvida. Nem mesmo diante de vitrais e altares quando visitou as grandes catedrais da Europa com a mãe, anos antes, ela teve uma sensação tão clara. E, em toda sua vida — fosse em sonhos ou acordada —, nunca havia experimentado impulsos tão contraditórios quanto aqueles. Queria desesperadamente fugir daquele lugar — abandoná-lo e esquecê-lo. Mas também sentia seu *chamado*. Não era a presença de Boone que a atraía, mas o magnetismo do sagrado, ou do profano, ou as duas coisas em uma só; e não havia como resistir.

As lágrimas já tinham limpado a poeira de seus olhos àquela altura. Ela não tinha outro pretexto que não a covardia para continuar onde estava, e começou a descer. Eram quase trinta metros de declive, mas Lori só havia percorrido um terço da distância quando viu uma figura familiar cambaleando lá embaixo.

A última vez que tinha visto Boone foi na superfície, quando ele apareceu para confrontar Decker. E, poucos segundos antes de desmaiar, pôde vê-lo como nunca antes: um homem que havia superado por completo a dor e se sentia imbatível. Mas não era esse o caso naquele momento. Ele mal conseguia se manter de pé.

Lori murmurou seu nome, e seu chamado foi ganhando mais peso à medida que se aproximava.

Boone escutou e levantou a cabeça. Mesmo em seus piores momentos, quando ela o consolava e o abraçava e tentava manter seus temores sob controle, não tinha visto tanta tristeza no seu rosto como agora. As lágrimas caíam ininterruptamente, e as feições estavam contorcidas pelo choro como se fossem as de um bebê.

Ela retomou a descida, com cada passo e cada respiração se multiplicando em volume por causa da acústica do lugar.

Ao vê-la se aproximando, ele deixou de se apoiar sobre as mãos para fazer um sinal para que Lori se afastasse, mas nisso perdeu a única coisa que o impedia de cair e despencou por completo. Ela acelerou o passo, sem se preocupar com o barulho que fazia. A entidade que ocupava o fosso lá embaixo, fosse qual fosse, já sabia de sua presença. E muito provavelmente conhecia sua história. E, em certo sentido, ela até desejava isso. Não temia seu julgamento. Sua invasão daquele espaço era o amor; e ela estava desarmada e sozinha. Se Baphomet fosse mesmo o arquiteto de Midian, então seria capaz de enxergar sua vulnerabilidade, e não se voltaria contra ela. Lori estava a poucos metros de Boone. E ele tentava se virar de barriga para cima.

"Espera", falou ela, abalada ao ver o desespero dele.

Boone não olhou para ela. Foi para Baphomet que seu olhar se voltou quando conseguiu se virar, atraindo também o de Lori para uma câmara com paredes e piso de terra congelada, um chão rachado de um canto a outro, com uma fissura da qual se erguia uma coluna de chamas com quatro vezes a altura de um homem. O frio era intenso, apesar do fogo, que não tinha nada de reconfortante em seu brilho. Em vez disso, suas entranhas pareciam se revolver ao redor de algo que ela não reconheceu de início, mas que a deixou apavorada quando se deu conta do que tinha diante de si.

Havia um corpo *naquele* fogo, todo desmembrado, mas ainda humano o bastante para ela reconhecê-lo como carne, porém nada além disso. Obra de Baphomet, provavelmente; algum tormento imposto a um transgressor.

Boone continuava chamando o nome do Concessor do Batismo, e Lori se preparou para a visão de seu rosto. E de fato o viu, mas *dentro* da chama, quando a criatura que estava lá — não morta, mas viva; não um súdito de Midian, mas seu criador — virou a cabeça em meio ao turbilhão do fogo na direção dela.

Era *Baphomet*. Aquela coisa esquartejada e dividida. Ao ver o rosto da coisa, Lori soltou um berro. Nenhuma história que leu ou filme que viu, nenhum tipo de desolação ou êxtase, a haviam preparado para encarar Aquele que Fez Midian. Só podia ser sagrado, pois algo assim tão extremo não teria como não ser. Uma coisa que ia além de qualquer coisa. Além do amor ou do ódio, ou da soma dos dois; além da beleza ou da monstruosidade, ou a soma das duas. Enfim, além da capacidade de compreensão e catalogação de sua mente. Assim que desviou os olhos, tudo relacionado àquela imagem já havia desaparecido de sua memória consciente, bloqueado de tal maneira que nenhum tormento ou súplica seria capaz de obrigá-la a olhar novamente.

Lori desconhecia sua própria força até o frenesi de estar naquela presença torná-la capaz de colocar Boone de pé e arrastá-lo ladeira acima. Ele não podia fazer muita coisa para ajudá-la. O tempo passado na presença do Concessor do Batismo deixou seu corpo em frangalhos. Para Lori, a subida pareceu durar uma eternidade, enquanto a luz fria da chama projetava a sombra dos dois diante dela como profecias.

O corredor mais acima estava deserto. Ela meio que esperava encontrar Lylesburg à sua espera em algum lugar, com alguns companheiros mais sólidos, porém o silêncio da câmara mais abaixo parecia ter se espalhado pelo túnel. Quando se afastou com Boone para alguns metros do alto da ladeira, deteve o passo, sentindo os pulmões arderem por causa do esforço de suportar o peso dele, que estava emergindo do transe de tristeza ou terror em que Lori o havia encontrado.

"Você sabe como sair daqui?", ela perguntou.

"Acho que sim", Boone respondeu.

"Você vai ter que ajudar um pouco. Não vou conseguir carregar você por muito mais tempo."

Ele assentiu, olhando para trás, para a entrada do covil de Baphomet.

"O que foi que você viu?", perguntou ele.

"Nada."

"Que bom."

Ele cobriu o rosto com as mãos. Lori notou que um dos dedos estava faltando, e que a ferida era recente. Boone parecia indiferente àquilo, então ela não perguntou nada, preferindo incentivá-lo a se mover. Ele pareceu relutante, quase prostrado depois de passar por emoções tão intensas, mas Lori continuou insistindo até os dois chegarem a uma escadaria íngreme que os levaria a um dos mausoléus e depois para céu aberto.

O ar tinha um cheiro de coisa *distante* depois do confinamento do subterrâneo, mas, em vez de parar um pouco para apreciá-lo, Lori preferiu sair logo do cemitério, atravessando o labirinto de túmulos até os portões. Ao chegar lá, Boone deteve o passo.

"O carro está logo aqui em frente", falou ela.

Ele tremia, apesar de ser uma noite quente.

"Eu não posso...", disse ele.

"Não pode o quê?"

"O meu lugar é aqui."

"Não é, não", retrucou ela. "O seu lugar é do meu lado. E o meu, é ao seu."

Lori se aproximou, mas o olhar dele estava voltado para as sombras. Ela segurou o rosto dele com as mãos e o forçou a encará-la.

"O seu lugar é ao meu lado, Boone. É por isso que você ainda está vivo, entendeu? Depois de tudo isso. Depois de tudo que nós passamos. Nós sobrevivemos."

"Não é assim tão simples."

"Eu sei. Nós dois enfrentamos poucas e boas. Sei que as coisas não vão voltar a ser como antes. E nem quero que voltem."

"Você não entende...", ele começou.

"Então me explica", falou ela. "Quando chegar a hora. Mas você precisa esquecer Midian, Boone. Para você, este lugar não existe mais."

Os tremores não eram de frio, e sim os precursores de um choro que começou logo em seguida.

"Eu não posso ir embora", disse ele. "Não posso."

"Nós não temos nenhuma escolha", ela lembrou. "Só o que temos é um ao outro."

A dor daquela tristeza estava quase fazendo o corpo dele se dobrar ao meio.

"Fica de pé, Boone", ela pediu. "Apoia os braços em mim. A Raça não quer saber de você. Eles não precisam de você. Eu sim, Boone. Por favor."

Lentamente, ele se reergueu e a abraçou.

"Com força", Lori falou. "Segura firme, Boone."

O aperto dos braços dele se tornou mais forte. Quando ela soltou seu rosto para retribuir o abraço, o olhar de Boone não se voltou de novo para a necrópole. Concentrou-se apenas nela.

"Vamos voltar para o hotel e buscar minhas coisas, certo? Precisamos fazer isso. Deixei cartas, fotografias... um monte de coisas por lá que não quero que ninguém veja."

"E depois?', perguntou ele.

"Depois vamos encontrar um lugar onde ninguém vai pensar em procurar e dar um jeito de provar sua inocência."

"Eu não suporto a luz", disse ele.

"Então é só manter distância da luz", respondeu ela. "Até você deixar para trás este maldito lugar."

Ela não encontrou no rosto dele nada sequer parecido com o otimismo que estava expressando. Os olhos dele brilhavam, mas só por causa das lágrimas. O resto do corpo estava *gelado*; ainda restava nele muito das trevas de Midian. Isso não era nenhuma surpresa. Depois do que aquela noite (e dos dias que a precederam) tinha trazido, ela estranhou ter encontrado tanta esperança dentro de si. Mas estava lá, forte como sua pulsação, e Lori não deixaria que os pavores que havia aprendido a temer com a Raça a impedissem de expressá-la.

"Eu amo você, Boone", falou ela, sem esperar por nenhuma resposta.

Talvez com o tempo ele voltasse a falar — se não palavras de amor, pelo menos uma explicação. E, se não fizesse nem isso, ou não *conseguisse*, também não seria tão ruim. Lori tinha algo melhor que explicações. Tinha Boone com ela, em carne e osso, sentia a solidez do seu corpo nos braços. Fosse qual fosse o poder que Midian exercesse sobre ele, Lylesburg tinha sido claríssimo: Boone jamais poderia voltar. Em vez disso, voltaria a passar as noites ao seu lado, e a mera presença dele era mais preciosa do que qualquer manifestação apaixonada.

E, à medida que o tempo passasse, ela o convenceria a deixar para trás os tormentos de Midian, assim como havia feito com os tormentos autoinfligidos pela loucura. Nisso, ela não havia fracassado, como as palavras mentirosas de Decker a levaram a acreditar. Boone não escondia dela uma vida secreta; era inocente de qualquer crime. Assim como ela. Ambos eram inocentes, e isso lhes permitiu saírem vivos daquela noite periclitante para a segurança do dia.

A

IV

SANTOS E PECADORES

“Quer um conselho? Beije o diabo, devore o verme.”

Jan de Mooy, *Outra matéria; ou O homem recriado*

15

O PREÇO A PAGAR

I

O sol se ergueu como uma stripper, mantendo toda sua glória encoberta nas brumas até parecer que não revelaria nada, e então removendo os véus que o cobriam um a um. À medida que a luminosidade foi aumentando, o desconforto de Boone crescia. Remexendo no porta-luvas do carro, Lori encontrou óculos escuros, que ele pôs no rosto para proteger um pouco os olhos sensíveis. Mesmo assim, teve que manter a cabeça baixa, evitando se voltar para o leste, cada vez mais luminoso.

Eles não falaram quase nada. Lori estava mais preocupada em manter a mente exausta concentrada na tarefa de dirigir, e Boone não fez nenhuma tentativa de romper o silêncio. Estava imerso em seus próprios pensamentos, mas nenhum que pudesse comunicar à mulher ao seu lado. No passado, Lori teve um significado imenso para ele, verdade, mas agora não havia mais como acessar esses sentimentos. Ao longo dos anos convivendo com a doença, ele sempre se agarrava às relações de causa e efeito que via na vida: como uma ação resultava em outra; e um sentimento provocava outro. O que o fazia seguir em frente, ainda que aos tropeções, era conseguir traçar como o caminho que percorreu o havia levado ao que tinha pela frente. No entanto, já não conseguia ver nem o que havia para trás nem mais adiante, a não ser de forma turva e confusa.

O que estava mais claro em sua mente era Baphomet, o Dividido. De todos os residentes de Midian, era o mais poderoso e mais vulnerável, feito em pedaços por inimigos ancestrais, porém preservado, em eterno sofrimento, nas chamas a que Lylesburg se referia como Fogo da Provação. Boone tinha ido ao covil de Baphomet na esperança de argumentar em sua defesa; mas foi o Concessor do Batismo quem falou, em oráculos pronunciados, por uma cabeça decepada. Ele não se lembrava dos pronunciamentos, mas sabia que tinham sido sombrios.

Entre as lembranças de quando ainda estava inteiro e era humano, a mais nítida era a de Decker. Boone conseguiu juntar vários fragmentos da trajetória conjunta dos dois e, apesar de saber que isso deveria irritá-lo profundamente, não era capaz de odiar o homem que o levou a conhecer as profundezas de Midian, assim como não podia mais amar a mulher que o tirou de lá. Os dois eram parte de outra biografia, que não era exatamente a *sua*.

O que Lori pensava de sua condição ele não sabia, mas desconfiava que ela não entendia quase nada. O que quer que tenha deduzido, parecia disposta a aceitá-lo como era e, de uma forma instintiva e animalesca, Boone precisava demais da presença dela ao seu lado para correr o risco de contar a verdade, mesmo que conseguisse achar as palavras certas para isso. Ele era o que era, para o bem ou para o mal. Homem. Monstro. Morto. Vivo. Em Midian, tinha visto todos esses estados em uma única criatura: e, muito provavelmente, todos serviam para descrevê-lo. Os únicos que poderiam tê-lo ajudado a entender como esses opostos podiam se conciliar tinham ficado para trás, na necrópole. Só haviam começado o longo processo de educá-lo sobre a história de Midian quando ele resolveu desafiá-los. Agora estava exilado para sempre da presença deles, e jamais saberia.

Era uma situação *paradoxal*. Lylesburg tinha sido bem claro quando estavam nos túneis e ouviram os gritos de socorro de Lori; avisou de forma inequívoca que, caso se revelasse, seu vínculo com a Raça seria desfeito para sempre.

"Lembre do que você é agora", foram as palavras de Lylesburg. "Você não tem como salvá-la e manter nosso refúgio ao mesmo tempo. Então precisa deixá-la morrer."

Mas ele não conseguiu. Embora Lori fizesse parte de outra vida, que Boone havia deixado para sempre, ele não foi capaz de deixá-la à mercê do inimigo. O que isso significava, se é que tinha algum sentido, estava além de sua compreensão no momento. A não ser por esses poucos pensamentos de caráter circular, ele estava preso ao instante que vivenciava, e ao seguinte, e ao que viria depois desse; sem esperar nada além do próximo segundo enquanto o carro se deslocava pela estrada, sem saber de onde vinha nem para onde estava indo.

II

Estavam quase chegando ao Sweetgrass Inn quando Lori se deu conta de que, caso o corpo de Sheryl tivesse sido encontrado no Hudson Bay Sunset, havia uma grande chance de seu local de destino estar lotado de policiais.

Ela parou o carro.

"O que foi?", perguntou Boone.

Ela contou para ele.

"Pode ser mais seguro eu ir sozinha", sugeriu. "Se a barra estiver limpa, eu pego minhas coisas e volto para buscar você."

"Não", respondeu ele. "Isso não me parece uma boa ideia."

Lori não conseguia ver os olhos de Boone atrás das lentes dos óculos, mas o medo em sua voz era perceptível.

"Eu não vou demorar", ela garantiu.

"Não."

"Por que não?"

"É melhor ficarmos juntos", respondeu ele, levando as mãos ao rosto, como tinha feito nos portões de Midian. "Não me deixa sozinho", Boone disse com uma voz baixa. "Eu não sei onde estou, Lori. Não sei nem *quem* eu sou. Fica comigo."

Ela se inclinou na direção dele e beijou o dorso de sua mão. Boone as tirou da frente do rosto. Lori o beijou na bochecha, depois na boca. Os dois foram juntos para o hotel.

Na prática, os medos dela se revelaram infundados. Se o corpo de Sheryl tivesse mesmo sido localizado da noite para o dia — o que talvez fosse improvável, considerando sua localização —, nenhuma conexão tinha sido feita entre a morta e o hotel. Não só não havia policiais para barrar a entrada como mal havia sinal de vida por ali. Só um cachorro latindo em um quarto mais acima e um bebê chorando em algum lugar. Até o saguão estava deserto, e o recepcionista, ocupado demais vendo televisão para se manter no seu posto. O som dos risos e da música os seguiram pelo corredor e pela escada acima até o primeiro andar. Apesar da tranquilidade, quando chegaram ao quarto, as mãos de Lori estavam tremendo tanto que ela mal conseguia acertar a chave na fechadura. Ela se virou para Boone em busca de ajuda, mas então descobriu que ele não estava logo ali atrás, e sim parado no alto da escada, olhando de um lado a outro do corredor. Mais uma vez, Lori amaldiçoou aqueles óculos escuros, que a impediam de entender com clareza o que se passava na cabeça dele. Pelo menos até Boone se encostar à parede, buscando algo a que se agarrar com os dedos, apesar de não haver nada.

"Qual é o problema, Boone?"

"Não tem ninguém aqui", respondeu ele.

"Bom, melhor para nós, não?"

"Mas estou sentindo o cheiro de..."

"O cheiro de quê?"

Ele sacudiu negativamente a cabeça.

"*Me conta.*"

"O cheiro de *sangue*."

"Boone?"

"Muito *sangue*."

"De onde? De onde vem?"

Ele não respondeu, nem olhou para ela, apenas continuou observando o corredor.

"Eu não demoro", disse Lori. "Não sai daqui que eu já volto."

Com gestos desajeitados, Lori se agachou para conseguir pôr a chave na porta, voltando a ficar de pé logo em seguida. Não havia cheiro de sangue nenhum dentro do quarto, só o odor do ar estagnado misturado com perfume da noite anterior. Isso a fez se lembrar de Sheryl e do quanto se divertiu com ela, mesmo em meio a um momento tão ruim. Menos de 24 horas antes, ela estava rindo naquele mesmo quarto, falando de seu assassino como se fosse o homem de seus sonhos.

Ao pensar nele, Lori olhou para Boone, que ainda estava encostado junto à parede, como se fosse a única forma de garantir que o mundo não desmoronasse. Deixando-o sozinho lá, ela entrou no quarto e começou a juntar as coisas. Primeiro foi até o banheiro, para pegar seus artigos de uso pessoal, depois ao quarto, para recolher as roupas espalhadas. Foi só quando pôs a bolsa na cama para guardar as coisas que viu a rachadura na parede. Parecia ter sido atingida do lado oposto, com bastante força. Os pedaços de gesso estavam esparramados pelo chão entre as duas camas de solteiro. Ela observou a cena por um momento. A festa no quarto vizinho teria saído tanto do controle que começaram a arremessar a mobília?

Curiosa, ela foi andando até a parede. Era só uma divisória de *drywall*, e o impacto do outro lado havia aberto um buraco. Ela afastou um pedaço solto de gesso e aproximou o olho da abertura.

As cortinas ainda estavam fechadas no quarto ao lado, mas o sol já estava forte o bastante para fazer a luz entrar, conferindo ao ambiente uma luminosidade ocre. A festa da noite anterior deve ter sido uma esbórnia maior que o normal, ela pensou. Havia manchas de vinho nas paredes, e as pessoas ainda estavam dormindo pelo chão.

Mas aquele cheiro... não era de vinho.

Ela se afastou da parede, com o estômago revirando.

Fruta nenhuma espirrava um suco como aquele.

Mais um passo.

Mas a carne, sim. E, se foi sangue o que ela viu, então era de sangue aquele cheiro, e os adormecidos não estavam dormindo, afinal, quem consegue deitar e pegar no sono em um abatedouro? Só os mortos.

Ela correu até a porta. No corredor, Boone não estava mais de pé, e sim agachado junto à parede, agarrado aos joelhos. O rosto dele, quando se virou para Lori, era uma sucessão de tiques nervosos.

"Levanta daí", falou ela.

"Estou sentindo cheiro de sangue", disse ele baixinho.

"Você tem razão. Então levanta daí. Rápido. Vem me ajudar."

Mas o corpo dele estava rígido, pregado no chão. Ela conhecia aquela postura: agachado em um canto, tremendo como um cachorro que levou uma surra. No passado, Lori sempre tinha uma palavra de conforto para oferecer, mas não havia tempo para isso agora. Talvez alguém tivesse sobrevivido ao massacre no quarto ao lado. Nesse caso, ela precisava entrar lá para prestar socorro, com ou sem Boone. Lori virou a maçaneta do abatedouro e abriu a porta.

Quando o cheiro da morte a alcançou, Boone começou a gemer.

"*... sangue...*", ela o ouviu dizer.

Por toda parte, sangue. Ela ficou imóvel por um momento antes de se obrigar a cruzar a soleira em busca de algum sinal de vida. Mas bastou um olhar superficial para os corpos para constatar que o mesmo pesadelo havia ceifado todas as seis vidas. E Lori sabia seu nome. Ele tinha deixado sua marca, obliterado as feições das vítimas com suas facas da mesma forma que havia feito com Sheryl. Três dos seis mortos tinham sido pegos em flagrante. Dois homens e uma mulher, parcialmente despidos e caídos uns sobre os outros na cama em um abraço fatal. Os demais morreram enquanto estavam caídos pelo quarto de tanto beber, talvez sem mesmo acordar. Com a mão na boca para conter o cheiro e o choro, ela se retirou do quarto, sentindo o gosto de bile na garganta. Quando saiu para o corredor, sua visão periférica localizou Boone. Ele não estava mais sentado, e sim vindo em sua direção com passos firmes.

"Nós precisamos... sair... daqui", falou ela.

Boone não deu nenhum sinal de sequer ter ouvido sua voz, e entrou pela porta aberta.

"Decker...", disse ela. "... foi Decker."

Ele continuou sem responder.

"Fala comigo, Boone."

Ele murmurou alguma coisa...

"Decker pode ainda estar aqui", ela insistiu. "Precisamos ir embora logo."

... mas ele já estava entrando para ver a carnificina mais de perto. Ela não tinha a menor intenção de rever aquilo. Em vez disso, voltou ao quarto ao lado para terminar às pressas de arrumar suas coisas. Enquanto fazia isso, ouvia Boone se movimentando no quarto ao lado, com uma respiração tão alterada que parecia quase dolorosa. Com medo de deixá-lo sozinho, ela desistiu de recolher tudo e pegou só as coisas mais reveladoras — as fotografias e uma agenda de telefones, especialmente — e saiu para o corredor.

O som das sirenes da polícia estava lá para encontrá-la, e a urgência que transmitia a invadiu. Embora as viaturas ainda estivessem a alguma distância, não havia dúvidas de qual era seu destino. Com o barulho se tornando mais alto a cada momento, estavam indo para o Sweetgrass, em busca de suspeitos.

Lori chamou Boone.

"Já terminei!", ela avisou. "Vamos sair daqui!"

Não houve resposta.

"Boone?"

Ela foi até a porta, tentando não olhar para os corpos. Boone estava no canto mais distante do quarto, com sua silhueta visível diante das cortinas. Sua respiração não era mais audível.

"Está me ouvindo?", ela insistiu.

Ele não moveu um músculo. Não era possível ver a expressão no seu rosto — estava escuro demais —, mas ela viu que ele tinha tirado os óculos escuros.

"Nós não temos muito tempo", disse ela. "Vamos lá?"

Enquanto ela falava, Boone exalou o ar. Não era uma respiração normal; Lori percebeu isso antes mesmo que a fumaça começasse a sair da garganta dele. Quando isso aconteceu, ele ergueu as mãos à boca como se quisesse impedir que acontecesse, mas na altura do queixo elas pararam e começaram a convulsionar.

"*Sai daqui*", falou ele, no mesmo fôlego que tinha exalado a fumaça.

Lori não conseguiu se mover, nem tirar os olhos dele. A escuridão não era tão absoluta a ponto de ela não ver a transformação chegando, o rosto de Boone se reconfigurando atrás do véu de fumaça, com uma luz queimando em seus braços e subindo pelo pescoço em ondas para derreter os ossos da cabeça.

"*Eu não quero que você veja*", ele implorou, com a voz já se deteriorando.

Tarde demais. Ela já tinha visto um homem com fogo na carne em Midian, e o pintor com cabeça de cão, e muito mais. Boone levava todas essas aflições no sangue, perdendo a humanidade bem diante dos olhos dela. Ele virou uma coisa de pesadelo. Não foi à toa que uivou, com a cabeça jogada para trás, enquanto o rosto desaparecia.

Mas foi um som quase totalmente abafado pelas sirenes. Deviam estar a menos de um minuto do hotel. Se fosse embora naquele momento, ainda seria possível escapar.

Diante dela, Boone havia desaparecido, ou se revelado, por completo. Ele abaixou a cabeça enquanto os últimos vestígios de fumaça se desfaziam no ar. Então começou a se mover, com a nova musculatura carregando seu corpo sem dificuldades, com a força de um atleta.

Mesmo àquela altura, ela ainda torcia para que ele fosse capaz de entender o risco que corria e fugisse para se salvar. Mas não. Foi na direção dos mortos que ele se moveu, onde o *ménage à trois* tinha sido interrompido, e antes que ela desviasse o olhar, uma de suas mãos em forma de garra estava arrancando um corpo da pilha e levando à boca.

"Não, Boone!", ela gritou. "*Não!*"

Sua voz chegou até Boone, ou pelo menos à parte da criatura que ainda era ele, perdida no meio daquele caos monstruoso. Ele baixou um pouco o corpo e olhou para ela. Ainda tinha os mesmos olhos azuis, mas banhados em lágrimas.

Ela começou a se mover na direção dele.

"Não", Lori implorou.

Por um instante, ele pareceu dividido entre o amor e o apetite. Mas em seguida pareceu esquecê-la e levou a carne humana aos lábios. Ela não olhou quando os dentes dele se cravaram no cadáver, mas o som chegou até seus ouvidos e exigiu todas as suas forças para se manter consciente enquanto o ouvia rasgar e mastigar a carne.

Mais abaixo, havia o som de pneus cantando e portas batendo. Em questão de segundos, o prédio foi cercado, inviabilizando qualquer tentativa de fuga; logo em seguida, já estavam subindo as escadas. Lori não tinha escolha a não ser deixar o monstro saciar seu apetite. Boone não estava mais lá.

Ela optou por não voltar pelo caminho por onde tinha vindo e descer pela escada dos fundos. Foi uma boa decisão; no momento em que saiu do corredor, ouviu a polícia aparecer do outro lado batendo nas portas. Quase imediatamente depois, escutou uma porta sendo arrombada mais acima e exclamações de repulsa. Não devia ser porque encontraram Boone; ele não estava atrás de uma porta trancada. Ela não precisaria ouvir o noticiário da manhã para saber o que era. Seus instintos lhe diziam com toda a clareza o que Decker havia feito na noite anterior. Restava, *sim*, um cachorro vivo em algum lugar do prédio, e no meio do frenesi, um bebê tinha conseguido escapar, mas os demais não. Depois de não conseguir matá-la em Midian, Decker havia voltado e assassinado todos os que estavam ali.

De cima a baixo do prédio, os policiais estavam fazendo essa descoberta por si mesmos, e o choque provocado pela situação os tornou incompetentes. Lori não teve dificuldade para sair do prédio e se afastar pelo matagal nos fundos. Só quando chegou à cobertura do meio das árvores um deles apareceu contornando um dos cantos da construção, mas estava ocupado com outra coisa. Longe dos olhos dos colegas, ele vomitou o café da manhã no chão de terra, limpou bem a boca com um lenço e voltou para continuar seu trabalho.

Certa de que não seria feita uma busca pelo perímetro enquanto eles não terminassem de determinar qual era a situação no interior do hotel, ela ficou à espera. O que fariam com Boone quando o encontrassem? O mais provável era que o enchessem de tiros. Não havia nada que ela pudesse fazer para impedir. Mas os minutos se passaram e, apesar dos gritos que vinham lá de dentro, ela não ouviu sons de tiros. Já deviam tê-lo encontrado a essa altura. Talvez fosse possível observar tudo com mais clareza da frente do prédio.

O hotel era cercado de árvores e arbustos por três lados. Não foi difícil abrir caminho pela vegetação até a lateral, passando pelos policiais que vinham na direção oposta, com fuzis na mão para se posicionar nos fundos. Mais dois veículos estavam chegando à cena do crime. Um trazia mais homens armados; o outro, algumas partes interessadas. Duas ambulâncias vinham logo atrás.

Eles vão precisar de mais, ela pensou, desolada. *Muito mais*.

Embora a reunião de tantas viaturas e homens armados tivesse atraído uma plateia, a atmosfera em frente ao hotel era tranquila, beirava o casual. Havia o mesmo número de homens parados olhando para o prédio quanto dos outros entrando para trabalhar na cena do crime. Já haviam compreendido a essa altura. Aquele lugar era um caixão dividido em patamares. Era provável que mais pessoas tivessem morrido de forma violenta lá dentro em uma noite do que em toda a história de Shere Neck. E todos os presentes naquela manhã ensolarada faziam parte dessa história. Essa percepção deixava as pessoas sem palavras.

Ela desviou o olhar das testemunhas para algumas pessoas aglomeradas em torno da viatura principal. Uma brecha na roda de debatedores permitiu que ela tivesse um vislumbre do homem no centro da ação. Com um terno de cores sóbrias, óculos escuros de lentes reluzentes brilhando ao sol, Decker monopolizava as atenções. O que ele queria? Uma chance para atrair seu paciente lá para fora? Se era esse seu argumento, foi rejeitado pela única pessoa na conversa que usava um uniforme, provavelmente o chefe de polícia de Shere Neck, que recusou seu apelo com um gesto, virou as costas e se afastou. À distância, era impossível determinar a resposta de Decker, mas ele parecia absolutamente sob controle, inclinando-se para falar alguma coisa no ouvido de um dos outros, que assentiu com a cabeça ao ouvir o comentário sussurrado.

Na noite anterior, Lori tinha visto Decker como um maníaco desmascarado. E agora queria desmascará-lo de novo. Destruir aquela fachada de cidadão civilizado e preocupado. Mas como? Se saísse de seu esconderijo e o desafiasse — se tentasse explicar tudo o que tinha visto e vivido nas 24 horas anteriores —, seria colocada em uma camisa de força em dois tempos.

Era *ele* que estava com o terno de belo corte, tinha formação em medicina e amigos influentes; era *ele* o *homem*, a voz da razão e da análise. E Lori — uma simples mulher! —, que credenciais tinha a apresentar? Namorada de um lunático que às vezes virava monstro? A face secreta de Decker estava perfeitamente segura.

Houve uma súbita erupção de gritos no prédio. Por ordem do chefe, os homens fortemente armados do lado de fora apontaram as armas para a porta da frente; os demais se afastaram alguns metros. Dois policiais, com as pistolas em punho apontadas para alguém do lado de dentro, saíram pela porta. Um instante depois, Boone, com as mãos algemadas à sua frente, foi empurrado para a luz, que quase o cegou. Ele tentou virar os olhos para se proteger da luminosidade e voltar para as sombras, porém era seguido por mais dois homens armados, que o empurravam para a frente.

Não havia mais nenhum sinal da criatura em que Lori o tinha visto se transformar, mas os sinais de seu apetite, sim. O sangue colava a camiseta ao peito e manchava seu rosto e seus braços.

Ao notarem o assassino acorrentado, alguns civis e policiais presentes aplaudiram. Decker se juntou à celebração, balançando a cabeça e sorrindo, enquanto Boone era levado, escondendo o rosto do sol, e colocado na traseira de uma viatura.

Lori assistiu à cena com vários sentimentos conflitantes dentro de si. Alívio por Boone não ter sido morto ali mesmo, misturado com o horror de saber em que ele havia se transformado, raiva da encenação de Decker, e nojo daqueles que se deixaram enganar de bom grado.

Eram tantas máscaras. Seria ela a única que não tinha uma vida secreta, um outro eu escondido em seu corpo ou sua mente? Nesse caso, talvez não houvesse espaço para ela naquele jogo de *aparências*; talvez Boone e Decker fossem os verdadeiros amantes ali, atacando um ao outro e mudando de rosto, mas, ainda assim, *necessários* um para o outro.

E Lori havia abraçado aquele homem, pedido para ser abraçada de volta, beijado aquele rosto. Nunca mais poderia fazer isso, sabendo o que estava por trás daquele rosto e daqueles olhos. Ela jamais seria capaz de *beijar o monstro*.

Mas então por que essa ideia deixou seu coração tão acelerado?

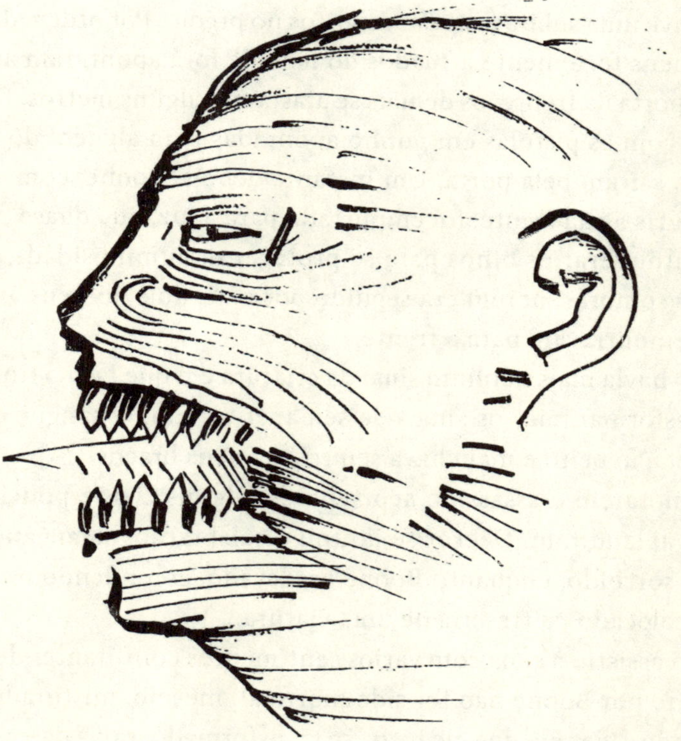

16

AGORA OU NUNCA

I

"O que você está me dizendo? Existem mais dessas pessoas envolvidas? Algum tipo de seita?"

Decker respirou fundo para repetir seu alerta sobre Midian. Os policiais chamavam seu chefe de tudo quanto era coisa, menos por seu nome, pelas costas dele. Cinco minutos na presença do homem foram suficientes para Decker saber o motivo; em dez, já estava tramando seu esquartejamento. Mas não naquele dia. Decker ainda precisava de Irwin Eigerman; e Eigerman, apesar de não saber, precisava de Decker. Enquanto ainda houvesse luz do dia, Midian estava vulnerável, mas eles precisavam ser rápidos. Já era uma da tarde. Montar uma força-tarefa para desmantelar o lugar demoraria várias horas, e cada minuto perdido em discussões era um minuto a menos de ação.

"Embaixo do cemitério", disse Decker, recomeçando de onde havia partido meia hora antes.

Eigerman mal fingia prestar atenção. Sua euforia crescia proporcionalmente ao número de corpos retirados do Sweetgrass Inn, uma conta que naquele momento estava em dezesseis. Ele tinha esperança de que houvesse mais. O único sobrevivente humano era uma bebê de um ano encontrada no meio de um bolo de lençóis encharcados de sangue. Ele mesmo a retirou de lá, diante das câmeras. No dia seguinte, o país inteiro saberia o nome dele.

Nada disso seria possível sem a denúncia de Decker, claro, e era por isso que ainda estava dando ouvidos ao sujeito, mas, naquele estágio dos procedimentos, com repórteres e flashes à sua espera, de jeito nenhum ele perderia tempo indo atrás de meia dúzia de aberrações que viviam no meio dos defuntos, como o outro estava sugerindo que fizesse.

Ele pegou o pente e começou a passar nos cabelos ralos, na esperança de enganar as câmeras. Não tinha nada de bonito, e sabia disso. Annie estava sempre lá para lembrá-lo. *Você parece um leitão*, ela gostava de comentar, geralmente antes de ir para a cama no sábado à noite. Mas as pessoas viam o que queriam ver. Depois daquele dia, ele pareceria um herói.

"Está me ouvindo?", perguntou Decker.

"Sim. Tem um pessoal roubando túmulos. Estou ouvindo."

"Não estão roubando túmulos. E não são um *pessoal*."

"São aberrações", disse Eigerman. "Eu já vi isso antes."

"Não como esses."

"Não está me dizendo que tinha um deles no Sweetgrass, não é?"

"Não."

"Nós pegamos o cara certo aqui, não é?"

"Sim."

"Ele já está atrás das grades."

"Sim, mas existem outros em Midian."

"Assassinos?"

"Provavelmente."

"Você não tem certeza?"

"Só estou dizendo para mandar alguns homens até lá."

"Qual é a pressa?"

"Eu já disse uma porção de vezes."

“Então diga de novo.”

“Eles precisam ser surpreendidos durante o dia.”

“Eles são o quê? Algum tipo de bebedores de sangue?” Ele deu uma risadinha. “É isso o que eles são?”

“Em certo sentido”, respondeu Decker.

“Enfim, eu sou obrigado a dizer que isso vai ter que esperar. Tem gente querendo me entrevistar, doutor. Eles não podem ficar sem resposta. Isso é falta de educação.”

“Foda-se a educação. Você tem outros homens para isso, não? Ou não tem nenhum outro policial na cidade?”

Eigerman claramente se irritou com isso.

“Claro que eu tenho outros homens.”

“Então posso sugerir que você mande alguns deles para Midian?”

“Para quê?”

“Para investigar.”

“Você está falando de um solo sagrado, doutor”, respondeu Eigerman. “Isso é profanação.”

“O que existe no subterrâneo não é sagrado”, retrucou Decker, com uma seriedade que fez Eigerman se calar. “Você confiou em mim mais cedo, Irwin, e por isso capturou um assassino. Pode confiar em mim de novo. É preciso virar Midian do avesso.”

II

Os terrores tinham sido muitos, verdade, mas os imperativos continuavam os mesmos: o corpo precisava de alimento e de sono. Depois de sair do Sweetgrass Inn, Lori cumpriu o primeiro deles quando, circulando pelas ruas, encontrou um mercado movimentado, onde pôde entrar anonimamente e comprar alimentos que traziam gratificação imediata: donuts de creme inglês e de maçã, leite achocolatado, queijo. Ela sentou ao sol para comer, com sua mente entorpecida incapaz de pensar em qualquer coisa que não fosse morder, mastigar e engolir. Comer a deixou com tanto sono que ela não conseguiria manter os olhos abertos nem se tentasse. Quando acordou, o lado da rua onde estava, antes banhado pelo sol, já havia mergulhado na sombra. O degrau de pedra estava gelado, e seu corpo todo doía. Mas o alimento e o descanso, por mais improvisados que tivessem sido, fizeram algum bem. Seus pensamentos estavam um pouco mais organizados.

Não havia muito motivo para otimismo, isso era certeza, mas a situação era ainda menos promissora quando ela chegou à cidade, a caminho do lugar onde Boone havia sido baleado. Antes, ela acreditava que o homem que amava estava morto; era a peregrinação de uma viúva. Agora pelo menos ele estava vivo — ainda que só Deus soubesse o que havia acontecido nas catacumbas de Midian. Diante disso, talvez fosse até bom que estivesse em segurança nas mãos da polícia, e o sempre lento processo legal lhe daria tempo para pensar em como lidar com seus problemas. O mais urgente era desmascarar Decker. Ninguém conseguiria matar tanta gente sem deixar nem um vestígio de provas — inclusive, talvez, no restaurante onde tinha matado Sheryl. Lori duvidava que ele fosse levar a polícia até lá, como havia feito no hotel. Isso pareceria suspeito, uma cumplicidade excessiva com o acusado, conhecer todas as cenas de crime. Ele esperaria que o outro cadáver fosse encontrado por acaso, ciente de que o homicídio seria atribuído a Boone. Isso significava que *talvez* o local estivesse intocado, e que ainda seria possível encontrar alguma pista que o incriminasse, ou pelo menos abrir uma brecha em sua fachada intocada.

Voltar ao local onde Sheryl morreu, e onde Lori foi atacada por Decker, não seria fácil, mas era a única alternativa que não significava sucumbir à derrota.

Resolveu se apressar. À luz do dia, Lori tinha a esperança de conseguir criar coragem para passar por aquela porta carbonizada. À noite, a situação era outra.

III

Decker ficou observando enquanto Eigerman instruía seus homens, quatro policiais que, assim como seu chefe, pareciam um bando de valentões que tinham conseguido encontrar uma ocupação.

"Enfim, eu confio na nossa fonte", falou ele em um tom magnânimo, olhando para Decker, "e se a informação é que tem alguma coisa podre acontecendo em Midian, então acho que vale a pena ouvir. Quero que vocês investiguem um pouco, para ver o que encontram."

"O que exatamente a gente vai procurar?", um deles quis saber.

Seu nome era Pettine. Um sujeito de uns quarenta anos, com o rosto largo e sem expressão de alguém que é alvo de piadas de um comediante, além de uma voz exageradamente alta e uma barriga protuberante.

"Qualquer coisa estranha", respondeu Eigerman.

"Tipo pessoas mexendo com os mortos?", o mais jovem dos quatro perguntou.

"Pode ser, Tommy", disse o chefe.

"É mais que isso", interveio Decker. "Acho que Boone tem amigos no cemitério."

"Um animal que nem aquele tem amigos?", Pettine questionou. "Porra, não consigo nem *imaginar* como são."

"Tratem de trazer todos para cá, rapazes."

"E se eles não quiserem vir?"

"O que você quer saber, Tommy?"

"Nós podemos usar a força?"

"É melhor derrubar os outros antes que derrubem você, rapaz."

"Eles são bons policiais", Eigerman disse para Decker quando o quarteto foi despachado. "Se tiver alguma coisa lá, eles vão encontrar."

"Muito bem."

"Eu vou falar com o prisioneiro. Quer vir?"

"Já falei com Boone até mais do que gostaria."

"Sem problemas", Eigerman respondeu, deixando Decker sozinho com seus pensamentos.

Ele quase decidiu acompanhar os policiais até Midian, mas havia muito trabalho a ser feito para preparar o terreno para as revelações que viriam. E *certamente* haveria revelações. Embora até então Boone viesse se recusando a responder mesmo as perguntas mais elementares, em algum momento quebraria o silêncio, e quando fizesse isso, Decker teria novas sugestões. Não havia nenhuma chance de que as acusações de Boone fossem levadas a sério — o homem tinha sido encontrado com carne humana na boca, coberto de sangue dos pés à cabeça —, mas havia alguns elementos relacionados a acontecimentos recentes que deixavam até Decker perplexo, e enquanto não desse conta de entender cada variável, ele não ficaria tranquilo.

Por exemplo, o que tinha acontecido com Boone? Como seu bode expiatório crivado de balas e declarado morto se transformou no monstro faminto que quase o matou na noite anterior? Até o *próprio* Boone admitiu que estava morto, ora — e naquele momento apavorante, Decker quase foi arrastado também para aquele delírio psicótico. Mas agora sua mente estava mais clara. Eigerman estava certo. Eles eram *mesmo* aberrações, ainda que de um tipo diferente do que se costumava ver por aí. Eram criaturas que contrariavam as leis da natureza, que precisavam ser desentocadas de debaixo das pedras e encharcadas de gasolina. Ele ficaria feliz de riscar o fósforo pessoalmente.

"Decker?"

Arrancado de seus pensamentos, deparou com Eigerman fechando a porta e o falatório dos jornalistas do lado de fora. Toda a confiança que demonstrava antes havia sumido por completo. Ele suava em bicas.

"Certo. Que caralhos está acontecendo?"

"Algum problema, Irwin?"

"Porra, se tem."

"Boone."

"Claro que é Boone."

"O que foi?"

"Ele foi examinado pelos médicos. Procedimento padrão."

"E?"

"Quantos tiros você deu nele? Três, quatro?"

"Sim, mais ou menos isso."

"Bom, as balas ainda estão no corpo dele."

"Isso não é surpresa nenhuma", disse Decker. "Eu avisei que não estávamos lidando com pessoas comuns. O que os médicos disseram? Que ele deveria estar morto?"

"Ele *está* morto."

"Quando isso aconteceu?"

"Eu não estou dizendo que ele morreu agora, imbecil", retrucou Eigerman. "Ele está lá na porra da cela, só que morto. O coração dele não está batendo."

"Isso é impossível."

"Eu acabei de ouvir de dois filhos de uma puta que o homem é um morto-vivo, e me chamaram para escutar o peito dele também. O que você me diz sobre isso, *doutor*?"

Clive Barker
CABAL
RAÇA DAS TREVAS

17

DELÍRIO

Lori estava do outro lado da rua, em frente ao restaurante incendiado, observando o local por cinco minutos para ver se havia algum sinal de atividade por perto. Não havia nenhum. Só agora, em plena luz do dia, ela percebeu que era uma vizinhança extremamente degradada. Decker tinha escolhido muito bem o local. A chance de alguém vê--lo entrando ou saindo dali na noite anterior era praticamente nula. Mesmo no meio da tarde, nenhum pedestre caminhava por lá, e os poucos veículos passavam acelerados para chegar logo a um lugar mais agradável.

Alguma coisa naquele cenário — talvez o calor do sol, em contraste com o túmulo anônimo de Sheryl — a fez lembrar de sua aventura solitária em Midian; ou, mais especificamente, seu encontro com Babette. Não foi apenas com a imaginação que conjurou a presença da menina. Era como se seu corpo todo estivesse relembrando aquele primeiro contato. Lori conseguia sentir no peito o peso da criatura que pegou embaixo da árvore. A respiração ofegante dela voltou aos seus ouvidos, e o cheiro agridoce pinicava suas narinas.

As sensações vieram com tamanha força que eram quase uma *evocação*: um risco do passado assinalando o perigo no presente. Lori sentia que estava *vendo* a criança em seu colo encarando-a de volta, embora nunca tivesse carregado Babette na forma humana. A boca da criança se abria e se fechava, em um apelo que Lori não entendia apenas com a leitura labial.

Então, como uma tela de cinema que fica em branco no meio do filme, as imagens desapareceram, e só o que restou foram sensações: a rua, o sol, a construção incendiada mais à frente.

Não havia motivo para adiar ainda mais aquele sofrimento. Ela atravessou a rua, subiu na calçada e, sem hesitação, passou pela entrada carbonizada para a escuridão mais adiante. Que breu! Que frio! Bastou um passo para longe do sol para se sentir em outro mundo. Diminuindo um pouco o passo, foi navegando pelo labirinto de detritos entre a porta da frente e a cozinha. Sua mente estava voltada para seu único objetivo: encontrar alguma prova capaz de condenar Decker. Era preciso silenciar todos os demais pensamentos — de repulsa, de tristeza, de medo. Era preciso ter calma e sangue frio. Derrotar Decker em seu próprio jogo.

Preparando-se para o que encontraria, ela atravessou a arcada.

Mas não chegou à cozinha, e sim a *Midian*.

Lori soube onde estava imediatamente — o frio e a escuridão dos túmulos eram inconfundíveis. A cozinha tinha sumido, até o último azulejo.

Do outro lado da câmara estava Rachel, olhando para o teto, com a aflição estampada no rosto. Por um momento se voltou para Lori, mas não demonstrou nenhuma surpresa com sua presença. Logo em seguida, voltou a vigiar e ouvir o que acontecia ao redor.

"O que aconteceu?", perguntou Lori.

"Shh", fez Rachel, irritada, mas então percebeu o quanto foi áspera e abriu os braços. "Venha cá, criança."

Criança. Então era isso. Ela não estava em Midian, estava em Babette, enxergando pelos olhos da criança. As lembranças que havia sentido com tanta força na rua foi um prelúdio para a união das duas mentes.

"Isso é real?", ela quis saber.

"Real?", murmurou Rachel. "Claro que é..."

Ela se interrompeu e encarou a filha com uma expressão de interrogação.

"Babette?", disse ela.

"Não...", respondeu Lori.

"Babette. O que foi que você fez?"

Ela se moveu na direção da criança, que se afastou. Sua visão através daqueles olhos roubados trouxe de volta uma sensação do passado. Rachel parecia inacreditavelmente alta, e sua aproximação era intimidadora.

"O que foi que você fez?", ela voltou a perguntar.

"Eu trouxe ela para cá", a menina respondeu. "Para ver."

Rachel ficou furiosa e estendeu a mão para agarrar a criança pelo braço. Só que a criança era bem mais rápida. Antes de ser pega, fugiu para longe do alcance dela. Lori a acompanhou em sua mente, atordoada pela movimentação.

"Volte já aqui", murmurou Rachel.

Babette ignorou a ordem e saiu pelos túneis, contornando curva após curva com a facilidade de quem conhecia o labirinto como a palma da mão. O caminho levou a corredora e a transportada das passagens principais para corredores mais escuros e estreitos, até a menina ter certeza de que não estava sendo perseguida. Elas chegaram a uma abertura na parede, pequena demais para permitir a passagem de uma pessoa adulta. Babette a atravessou para chegar a um espaço não muito maior que uma geladeira, e tão gelado quanto, que era seu esconderijo. Ela ficou sentada ali para recuperar o fôlego, e com os olhos sensíveis era capaz de esquadrinhar toda a escuridão que a cercava. Seus poucos tesouros estavam reunidos ao seu redor. Uma boneca de palha, coroada com flores primaveris; dois crânios de aves; uma pequena coleção de pedras. Apesar de todas as suas peculiaridades, nesse sentido Babette era como qualquer outra criança: intuitiva, ritualística. Aquele era seu mundo. O fato de permitir que Lori o visse era uma demonstração de confiança bastante significativa.

Mas ela não tinha levado Lori até lá só para ver o que guardava. Havia vozes mais acima, perto o bastante para serem ouvidas claramente.

"*Uau!* Dá uma olhada nessa merda toda. Dava para esconder um exército inteiro aqui, caralho!"

"Nem me fale, Cas."

"Está se cagando aí, Tommy?"

"Não."

"Pelo cheiro parece que sim."

"Vai se foder."

"Parem com isso, vocês dois. A gente está aqui a trabalho."

"E vamos começar por onde?"

"Procurando algum sinal de vida."

"Tem gente aqui. Dá para sentir. Decker estava certo."

"Então vamos desentocar os filhos da puta."

"Como assim... *descer*? Eu não vou descer, não."

"Não precisa."

"Então como a gente vai desentocar os caras, porra?"

A resposta não veio com uma palavra, e sim com um tiro, ricocheteando na pedra.

"É como pescar com dinamite", disse alguém. "Se não vierem à tona, vão ficar lá embaixo para sempre."

"E não vão nem precisar cavar uma cova!"

Quem é essa gente?, Lori pensou. Assim que fez esse questionamento, Babette começou a subir um duto estreito com acesso por seu cantinho secreto. Só tinha largura para acomodar seu corpo pequenino, o que era um tanto claustrofóbico para Lori. Mas compensou. A luz do dia estava logo acima, assim como o cheiro do ar livre que, ao esquentar a pele de Babette, aqueceu a de Lori também.

A passagem, ao que parecia, era parte de algum tipo de sistema de drenagem. A criança se esgueirou em meio a um acúmulo de sujeira, parando apenas para afastar o cadáver de um musaranho que tinha morrido dentro do duto. As vozes mais acima estavam preocupantemente próximas.

"O que estou dizendo é para a gente começar aqui por cima e abrir todos os túmulos até encontrar alguma coisa que dê para levar de volta."

"Eu é que não quero levar nada daqui."

"Porra, Pettine, eu quero levar *presos*! O máximo que a gente puder encontrar desses filhos da puta."

"Não é melhor passar um rádio primeiro?", um quarto homem perguntou. Sua voz dissonante não havia se manifestado ainda na conversa. "Pode ser que o chefe tenha novas instruções para a gente."

"Pau no cu do chefe", retrucou o Pettine.

"Mas só se ele pedir *com jeitinho*", foi a resposta de Cas.

Entre os risos que se seguiram, foram trocados vários outros comentários, muitos deles bem obscenos. Foi Pettine quem interrompeu a palhaçada.

"Certo. Vamos logo com essa merda."

"Quanto antes melhor", concordou Cas. "Está pronto, Tommy?"

"Eu estou sempre pronto."

A fonte de luz na direção da qual Babette subia se tornou aparente: uma grade em xadrez na lateral do túnel.

Fica longe do céu, Lori se pegou pensando.

Está tudo certo, os pensamentos de Babette responderam. Claramente não era a primeira vez que ela usava aquela abertura para espiar o lado de fora. Como uma prisioneira sem esperança de libertação, ela se agarrava a qualquer forma de entretenimento possível para matar o tempo. Observar o mundo era uma dessas distrações, e ela escolheu bem seu local para isso. A grade oferecia uma visão das alamedas, mas estava posicionada de uma forma que a parede do mausoléu a deixava na sombra. Babette aproximou a cabeça da grade para ver melhor a cena do lado de fora.

Lori conseguiu ver quem eram três dos quatro. Estavam todos uniformizados; apesar de toda a bravata, pareciam dispostos a estar em qualquer lugar que não ali. Mesmo em plena luz do dia, armados até os dentes e em segurança sob o sol, estavam tensos. Não era difícil adivinhar por quê. Nem se tivessem ido prender alguém em um conjunto habitacional de uma grande cidade haveria tantos olhares de soslaios e tiques nervosos como naquele momento. Aquele era o território da morte, e eles estavam se sentindo como invasores.

Em qualquer outra circunstância, Lori teria adorado ver aquele constrangimento. Mas não ali, nem naquele momento. Ela sabia o que o medo era capaz de provocar nos homens.

Eles vão encontrar a gente, Lori ouviu Babette pensar.

Vamos torcer que não encontrem, seus pensamentos responderam.

Mas vão, insistiu a criança. *O Profético disse.*

Quem?

A resposta de Babette foi uma imagem, a da criatura que Lori tinha visto quando saiu à procura de Boone pelos túneis: o monstro com ferimentos infestados de larvas, deitado em um colchão em um cômodo vazio. Agora ela o via em circunstâncias diferentes, erguido acima de uma congregação por dois membros da Raça, por cujos braços suados escorria o sangue inflamado da criatura. Estava falando, mas Lori não conseguia ouvir as palavras. Profecias, presumiu; e, entre elas, estava aquela cena.

Eles vão encontrar a gente e tentar matar tudo mundo, a criança pensou.

E vão conseguir?

A menina ficou em silêncio.

Vão conseguir, Babette?

O Profético não tem como ver, porque ele é um dos que vão morrer. Pode ser que eu morra também.

O pensamento não encontrou voz, então veio como sentimento em estado bruto, uma onda de tristeza irresistível e irreparável.

Lori percebeu que um dos policiais tinha puxado um colega de lado e apontava discretamente para um mausoléu à sua direita, que estava com a porta entreaberta. Havia movimento lá dentro. Ela entendeu o que aconteceria; Babette também. Lori sentiu um calafrio percorrer a espinha da menina e seus dedos se agarrarem à grade diante da expectativa do horror que viria. De repente, os dois homens estavam na porta do túmulo, escancarando-a com um pontapé. Foi possível ouvir um grito vindo lá de dentro; alguém caiu. O policial que liderava o grupo entrou em questão de segundos, seguido pelo parceiro, e o barulho deu o alerta para o terceiro e o quarto irem até lá.

"Saiam da frente!", gritou o policial lá de dentro. O outro deu um passo atrás com um sorriso no rosto enquanto um oficial tirou o prisioneiro do esconderijo, com o colega chutando-o na retaguarda.

Lori só teve um vislumbre da vítima, mas Babette, sempre alerta, informou o nome dele em um pensamento.

Ohnaka.

"De joelhos, imbecil", o policial que fazia a retaguarda ordenou, dando uma rasteira no prisioneiro. O homem foi ao chão, abaixando a cabeça para impedir que o sol rompesse a barreira de seu chapéu de aba larga.

"Bom trabalho, Gibbs", Pettine falou com um sorriso.

"Então, onde está o resto?", perguntou o mais jovem dos quatro, um rapaz magrelo cheio de pose.

"Debaixo da terra, Tommy", falou o quarto homem. "Foi isso o que Eigerman falou."

Gibbs se aproximou de Ohnaka.

"Vamos fazer o feioso aqui mostrar para nós." Ele olhou para o companheiro de Tommy, um homem baixinho e atarracado. "Você é bom em fazer perguntas, Cas."

"Ninguém nunca disse não para mim", respondeu ele. "Estou certo ou estou errado?"

"Está certo", disse Gibbs.

"Vai querer esse cara acossando você?", Pettine perguntou para Ohnaka.

O prisioneiro não disse nada.

"Acho que ele não ouviu", Gibbs falou. "Pergunta você, Cas."

"Claro."

"Pergunta *a sério*."

Cas se aproximou de Ohnaka, estendendo a mão e arrancando o chapéu de sua cabeça. Imediatamente, o prisioneiro começou a gritar.

"Cala essa boca, caralho!", Cas gritou para ele, dando um chute em sua barriga.

Ohnaka continuou berrando, com os braços cruzados em cima da cabeça calva para se proteger do sol enquanto ficava de pé. Desesperado pelo refúgio da escuridão, ele foi recuando para a porta aberta, mas Tommy já estava posicionado para bloquear a passagem.

"Muito bem, Tommy!", gritou Pettine. "Agora vai lá, Cas!"

Forçado a voltar para o sol, Ohnaka começou a tremer como se estivesse tendo uma convulsão.

"Que porra é essa?", disse Gibbs.

Os braços do prisioneiro não tinham mais força para proteger a cabeça. Caíram para o lado do corpo, fumegando, permitindo que Tommy olhasse bem para seu rosto. O jovem policial não disse nada. Só deu dois passos cambaleantes para trás, derrubando o fuzil ao fazer isso.

"O que você está fazendo, imbecil?", gritou Pettine.

Ele segurou o braço de Ohnaka, para impedir que o prisioneiro pegasse a arma caída. Na confusão do momento, foi difícil para Lori ver o que aconteceu em seguida, mas, ao que parecia, a carne de Ohnaka tinha cedido. Houve um grito de nojo de Cas, e um de fúria de Pettine ao afastar a mão, derrubando um punhado de tecido e poeira.

"*Como assim, caralho?*", berrou Tommy. "*Que porra é essa? Que porra é essa?*"

"Cala essa boca", mandou Gibbs, mas o jovem estava descontrolado. Fazia sem parar a mesma pergunta:

"*Que porra é essa?*".

Sem se deixar abalar pelo pânico de Tommy, Cas bateu em Ohnaka até deixá-lo de joelhos de novo. O golpe produziu um efeito mais sério do que o esperado. Quebrou o braço de Ohnaka na altura do cotovelo, e o membro caiu aos pés de Tommy, cujos gritos deram lugar ao vômito. Até mesmo Cas se afastou, sacudindo a cabeça, incrédulo.

Ohnaka estava em uma condição que não tinha mais volta. Suas pernas cederam, e o corpo foi se tornando cada vez mais frágil sob o sol. Mas foi o rosto — àquela altura virado para Pettine — que provocou os berros mais altos, à medida que a carne se esfarelava e a fumaça saía pelas órbitas dos olhos como se seu cérebro estivesse em chamas.

Ele tinha parado de uivar. Não havia mais forças em seu corpo para isso. Ohnaka se deixou cair no chão, jogando a cabeça para trás como se convidasse o sol a agir mais depressa e acabar logo com sua agonia. Antes de atingir o calçamento, alguma coisa dentro dele estalou alto como um tiro. Seus restos mortais em decadência se espalharam em uma explosão de poeira de sangue e ossos.

Lori desejou que Babette virasse a cabeça para o outro lado, tanto para seu próprio bem como da menina. Mas ela se recusava a desviar os olhos. Mesmo quando o horror terminou — com o corpo de Ohnaka em pedaços na alameda —, ela continuava com o rosto colado à grade, como se quisesse observar em todos os detalhes aquela morte pela luz do sol. Lori também não conseguia desviar os olhos enquanto a criança continuava sua observação. Ela compartilhava cada mínimo movimento de Babette; sentia o gosto das lágrimas que estavam sendo contidas para não borrar sua visão. Ohnaka estava morto, mas seus carrascos ainda não tinham terminado seus assuntos. Enquanto ainda havia o que ver, a criança continuou de olho.

Tommy estava tentando limpar o vômito do uniforme. Pettine chutava um pedaço do cadáver de Ohnaka; Cas pegava um cigarro do bolso da camisa de Gibbs.

"Você me empresta o fogo?", ele pediu.

Trêmulo, Gibbs enfiou a mão no bolso da calça para pegar os fósforos, sem tirar os olhos dos restos mortais fumegantes.

"Nunca vi uma coisa dessas antes", Pettine comentou, de uma forma quase casual.

"Você cagou nas calças desta vez, Tommy?", perguntou Gibbs.

"Vai se foder", foi a resposta. A pele branca de Tommy ficou toda vermelha. "Cas falou que era melhor ligar para o chefe", disse ele. "E estava certo."

"Que porra o Eigerman ia dizer?", Pettine retrucou, cuspindo na poeira vermelha aos seus pés.

"Você viu a cara desse filho da puta?", Tommy questionou. "Viu como ele olhou para mim? Eu quase morri de susto, porra. Ele teria acabado comigo."

"Que bizarrice é essa que aconteceu aqui?", perguntou Cas.

Gibbs quase acertou a resposta.

"Foi a luz do sol", ele explicou. "Já ouvi falar de doenças assim. Foi o sol que deu um fim nele."

"Impossível, cara", rebateu Cas. "Eu nunca ouvi falar de nada desse tipo."

"Bom, agora a gente já ouviu e *viu*", falou Pettine, com uma satisfação indisfarçável. "Não foi uma alucinação."

"E agora, o que a gente faz?", Gibbs quis saber. Estava com dificuldade para levar o palito de fósforo ao cigarro na boca com os dedos trêmulos.

"A gente procura mais deles", disse Pettine, "e *continua* procurando até encontrar."

"Eu não vou fazer isso", retrucou Tommy. "Vou é ligar para o chefe. A gente não sabe nem quantas aberrações tem por aqui. Podem ser centenas. Você mesmo disse. Dá para esconder um exército inteiro nessa porra."

"Do que você tem tanto medo?", questionou Gibbs. "Você viu o que o sol fez com aquela coisa."

"Pois é. Mas e depois que anoitecer, espertão?", foi a resposta pronta de Tommy.

A chama do palito queimou os dedos de Gibbs, que o jogou no chão com um palavrão.

"Eu já vi isso no cinema", falou Tommy. "As criaturas bizarras saem todas à noite."

A julgar pela expressão no rosto de Gibbs, ele tinha visto esses mesmos filmes.

"Pode ser *melhor* mesmo chamar ajuda", falou ele. "Só para garantir."

Os pensamentos de Rachel se apressaram em alertar a criança.

Você precisa avisar Rachel. Contar o que nós vimos.

Eles já sabem, foi a resposta da criança.

Avisa mesmo assim. Não se preocupa comigo! Vai falar para eles, Babette, antes que seja tarde demais.

Eu não quero abandonar você.

Eu não tenho como ajudar, Babette. Meu lugar não é com vocês. Eu...

Ela tentou impedir que o pensamento se formasse, mas percebeu que era tarde demais.

... sou normal. O sol não vai me matar do jeito que faz com vocês. Estou viva. Sou humana. Meu lugar não é com vocês.

Não houve tempo para explicar melhor sua resposta apressada. O contato foi rompido imediatamente, fazendo desaparecer a visão dos olhos de Babette. Lori estava na entrada da cozinha.

O zumbido das moscas reverberava na sua cabeça. Não era um eco de Midian, e sim o que ela de fato estava ouvindo. As moscas circulavam pelo cômodo a sua frente. Lori sabia muito bem qual cheiro as havia atraído para lá, carregadas de ovos e famintas; e, depois de tudo o que viu em Midian, também tinha certeza de que não conseguiria dar nem mais um passo na direção do cadáver no chão. Já havia morte demais em seu mundo, dentro e fora de sua mente. Se não fosse embora dali, acabaria enlouquecendo. Precisava sair ao ar livre, onde podia respirar livremente. Talvez encontrar alguma vendedora de loja para conversar sobre o tempo, sobre o preço das toalhas higiênicas; qualquer coisa que fosse trivial, previsível.

Mas as moscas insistiam em zumbir nos seus ouvidos. Ela tentou espantá-las, mas continuaram vindo *para cima* dela, com as asas lambuzadas de morte e as patas vermelhas de sangue.

"Me deixem em paz", falou ela, aos prantos.

Mas sua agitação só as atraiu em um número ainda maior, levantando voo ao som de sua voz de cima da mesa e de trás dos fornos. Sua mente se esforçou para dar conta da realidade em que foi arremessada, e seu corpo, para dar meia-volta e sair da cozinha.

Ambos falharam, seu corpo e sua mente. A nuvem de moscas veio em sua direção, em um contingente tão imenso que formavam uma escuridão só delas. Aos poucos, ela foi percebendo que um número tão alto de insetos era uma impossibilidade, e que sua mente confusa estava criando aquele terror. Mas esse pensamento nem de longe foi suficiente para conter a loucura; sua razão procurava se impor, mas a nuvem já estava em cima dela. Lori sentiu as patas das moscas em seus braços e seu rosto, deixando rastros do que quer que estivessem comendo; o sangue de Sheryl, a bile de Sheryl, o suor e as lágrimas de Sheryl. Eram tantas que nem todas encontraram um lugar para pousar, então começaram a se enfiar entre seus lábios e subir por suas narinas e entrar em seus olhos.

Uma vez, em um sonho com Midian, os mortos não tinham aparecido na forma de pó, de todos os cantos do mundo? E ela não ficou no meio da tempestade — se sentindo acariciada, erodida — e feliz por saber que os mortos estavam no vento? Havia chegado o sonho seguinte, trazendo horror no lugar do esplendor do primeiro. Um mundo de moscas em vez de um mundo de poeira; um mundo de incompreensão e cegueira, de mortos insepultos, e sem o vento para carregá-los para longe. Só moscas para se refestelarem com eles, para pousarem em seus corpos e se reproduzirem.

E, ao comparar o pó às moscas, se deu conta do que preferia; Lori soube, à medida que sua consciência a abandonava, que se Midian morresse, se ela permitisse isso, se Pettine, Gibbs e companhia descobrissem o refúgio da Raça das Trevas, então *ela* — que um dia seria pó, e sofrendo da mesma condição dos habitantes de Midian — não teria para onde ser carregada e seria entregue, de corpo e alma, às moscas.

Ela desabou sobre os ladrilhos do chão.

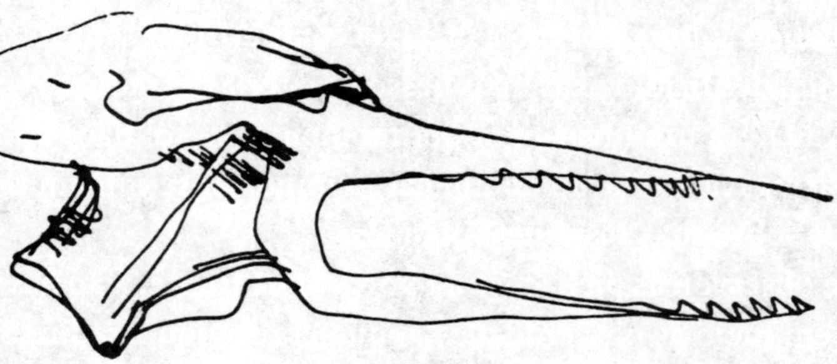

18

A FÚRIA DOS JUSTOS

I

Para Eigerman, ideias brilhantes e excreções eram intimamente relacionados; ele pensava melhor com as calças arriadas. Mais de uma vez, quando bebia umas e outras, já tinha falado que a paz mundial e uma cura para o câncer podiam ser obtidas facilmente se os sábios e os bons se sentassem para cagar todos juntos.

Quando sóbrio, porém, a ideia de compartilhar seus momentos de necessidades fisiológicas mais pessoais o teria deixado desconcertado. A privada era um lugar para um momento de solidão, onde aqueles que carregavam o fardo de um cargo importante tinham tempo para refletir sobre suas responsabilidades.

Ele observou as pichações na porta à sua frente. Não havia nada de novo em meio às obscenidades, o que era tranquilizador. Só os mesmos incômodos de sempre, que precisavam ser colocados para fora. Isso o encorajava a encarar seus problemas.

Eram basicamente dois. Primeiro, ele tinha um homem morto sob custódia. Isso, assim como as pichações, era uma velha história. Mas o lugar dos zumbis era nos filmes da sessão da meia-noite, assim como o da sodomia era na parede dos sanitários. Não havia lugar para isso no mundo real. O que levava ao segundo problema: a ligação em estado de pânico de Tommy Caan, informando que tinha alguma coisa bem feia acontecendo em Midian. Ao pensar nisso, acrescentou um terceiro motivo de incômodo: o dr. Decker. O homem usava um terno bacana e falava bonito, mas tinha alguma coisa nele que transmitia uma impressão bem suspeita. Eigerman só admitiu essa desconfiança para si mesmo naquele momento, sentado no trono, mas estava na cara o tempo todo. O desgraçado sabia muito mais do que estava dizendo, e não só sobre Boone, o morto, mas sobre Midian e o que quer que estivesse acontecendo por lá. Se estivesse mandando a polícia de Shere Neck para alguma arapuca, isso não ficaria barato, nem fodendo, e ele iria se arrepender.

Nesse meio-tempo, o chefe de polícia tinha decisões a tomar. Havia começado o dia como herói, comandando a operação que resultou na prisão do Matador de Calgary, mas seu instinto lhe dizia que a coisa estava saindo rapidamente do controle. Eram muitos os fatores imponderáveis ali, as perguntas sem respostas. Sempre havia uma saída fácil, claro. Ele poderia ligar para seus superiores em Edmonton e passar a bomba para as mãos deles. Mas, caso se desvencilhasse do problema, também abriria mão de toda a glória. A alternativa era agir imediatamente — antes que anoitecesse, Tommy dizia sem parar, e quanto tempo faltava para isso? Três, quatro horas para trazer à tona todas as abominações de Midian. Se fosse bem-sucedido, dobraria as honrarias a receber. Em um único dia, não só tinha levado à justiça um monstro humano, mas também limpado a fossa onde buscavam refúgio. Era uma ideia tentadora.

Por outro lado, as perguntas que já tinham sido respondidas chamaram a atenção de todos, e não de uma forma positiva. Se os médicos que examinaram Boone e os relatos que vinham de Midian estivessem certos, então coisas que ele pensava que fossem apenas histórias viraram verdade naquele dia. Ele queria mesmo bater de frente com mortos que perambulavam por aí e monstros que morriam sob a luz do sol?

Enquanto cagava, ele analisava as alternativas. Levou meia hora, mas enfim tomou uma decisão. Como sempre, passada a parte do maior esforço, a questão parecia bem simples. Talvez o mundo naquele dia não fosse o mesmo que no anterior. E, no dia seguinte, se Deus quisesse, voltaria ao normal: com os mortos ainda mortos e a sodomia nas paredes, onde era seu lugar. Se não aproveitasse essa chance para cumprir seu destino, não haveria outra, pelo menos não até que ele estivesse velho demais para fazer qualquer outra coisa que não fosse cuidar das hemorroidas. Aquela era uma oportunidade dada por Deus para ele mostrar seu valor.

Com essa nova convicção devidamente entranhada, ele limpou a bunda, levantou as calças, deu descarga e saiu para encarar aquele desafio de peito aberto.

II

"Eu quero voluntários, Cormack, para ir até Midian comigo e começar a investigar."

"Para quando você precisa?"

"*Agora*. Nós não temos muito tempo. Comece pelos bares. Leve Holliday junto."

"E eu digo o que para eles?"

Eigerman pensou a respeito por um instante — sobre o que *dizer*.

"Pode falar que nós estamos procurando violadores de túmulos. Assim você vai conseguir bastante gente. Qualquer um que tenha uma arma e uma pá pode ir. Quero todo mundo reunido em uma hora. A não ser que você não seja capaz."

Decker sorriu quando Cormack saiu para seguir as instruções.

"Está feliz agora?", perguntou Eigerman.

"Estou satisfeito por você ter aceitado meu conselho."

"Conselho... até parece."

Decker se limitou a sorrir.

"Agora some daqui", complementou Eigerman. "Eu tenho trabalho a fazer. Pode voltar quando conseguir uma arma."

"Acho que vou fazer isso mesmo."

Eigerman esperou que ele saísse antes de pegar o telefone. Estava pensando em ligar para um determinado número desde que tomou a decisão de ir a Midian; o número de alguém com quem não tinha motivo para falar fazia tempo. Ele fez o telefonema. Em questão de segundos, o padre Ashbery estava do outro lado da linha.

"Você parece meio ofegante, padre."

Ashbery sabia quem tinha ligado sem que ele precisasse se apresentar.

"Eigerman."

"Acertou de primeira. O que você anda aprontando?"

"Estava correndo."

"Boa ideia. Suar para purgar os pensamentos obscenos."

"O que você quer?"

"O que você acha que eu quero? Um padre."

"Eu não fiz nada."

"Não foi isso que eu ouvi dizer."

"Eu não devo nada para você, Eigerman. Deus perdoou os meus pecados."

"Isso não está em questão."

"Então me deixa em paz."

"Espera, não desliga!"

A súbita ansiedade no tom de voz de Eigerman não passou despercebida por Ashbery.

"Ora, ora", falou ele.

"O quê?"

"Você está com um problema."

"Acho que isso vale para nós dois."

"Como assim?"

"Você precisa vir aqui agora mesmo, com todos os crucifixos e água benta que encontrar."

"Para quê?"

"Confia em mim."

Ashbery deu risada

"Eu não estou mais ao seu dispor, Eigerman. Tenho uma congregação de paroquianos para cuidar."

"Então faça isso por eles."

"Do que você está falando?"

"Você vive falando sobre o Juízo Final, não é mesmo? Pois então, eles estão fazendo um ensaio lá em Midian."

"Quem?"

"Não sei quem nem por quê. Só sei que estamos precisando de uma ajuda do sagrado, e você é o único padre que eu conheço."

"Você vai ter que se virar sozinho, Eigerman."

"Acho que você não me entendeu. Estou falando de uma puta coisa séria aqui."

"Eu não vou mais entrar nos seus joguinhos."

"Estou falando sério, Ashbery. Se você não quiser vir por bem, vai vir por mal."

"Eu queimei os negativos, Eigerman. Sou um homem livre."

"Eu tenho cópias."

Houve um silêncio do outro lado da linha. E então:

"Você me deu sua palavra".

"Eu menti."

"Você é um desgraçado, Eigerman."

"E você usa calcinha de renda. Em quanto tempo você consegue chegar aqui?"

Silêncio.

"Ashbery, eu fiz uma pergunta."

"Em uma hora."

"Você tem quarenta e cinco minutos."

"Vai se foder."

"É assim que eu gosto: uma mocinha temente a Deus."

III

Deve ser o calor, pensou Eigerman quando viu quantos homens Cormack e Holliday tinham reunido em apenas sessenta minutos. O tempo quente sempre deixava as pessoas inquietas: para fornicar, talvez, ou matar. E, por Shere Neck ser como era, e a fornicação não ser tão fácil assim de conseguir sempre que se queria, o apetite para disparar armas estava em alta naquele dia. Havia vinte homens reunidos embaixo do sol, e três ou quatro mulheres; além de Ashbery e sua água benta.

Na hora anterior, ele tinha recebido mais dois chamados de Midian. Um de Tommy, que ele mandou de volta ao cemitério para ajudar Pettine a conter os inimigos até que os reforços chegassem, e o segundo do próprio Pettine, avisando Eigerman sobre a fuga de um dos habitantes de Midian, que tinha escapulido pelo portão principal enquanto seus cúmplices criavam uma distração. A natureza dessa distração explicava não só a tosse de Pettine ao fazer seu relato, mas também o motivo para não ter perseguido o fugitivo. Alguém tinha incendiado os pneus dos carros, e o fogo estava se espalhando rapidamente por todos os veículos, inclusive a viatura onde estava o rádio usado para dar o alerta. Pettine estava tentando avisar que não conseguiria mais entrar em contato quando a transmissão foi cortada.

Eigerman manteve essa informação só para si, com medo de que isso esfriasse o ânimo das pessoas para a aventura que teriam. Matar era fácil, mas ele não sabia quantos ainda estariam dispostos a encarar a briga se soubessem que alguns dos desgraçados estavam resistindo.

Enquanto o comboio partia, ele olhou no relógio. Eles tinham no máximo duas horas e meia de luz do dia antes que o sol começasse a se pôr. Descontando os 45 minutos de viagem até Midian, restava uma hora e 45 minutos para lidar com os filhos da puta antes que tivessem a cobertura da noite ao seu lado. Era tempo suficiente, caso se organizassem direito. O melhor a fazer era tratar aquilo como uma operação policial como qualquer outra, concluiu Eigerman. Desentocar os desgraçados, obrigá-los a sair e ver o que acontecia. Se eles começassem a se despedaçar, como dizia Tommy, aquele cagão, seria uma prova que qualquer juiz aceitaria de que aquelas criaturas eram profanas como o próprio inferno. Caso contrário — se Decker estivesse mentindo, Pettine estivesse se drogando de novo e aquilo se revelasse um desperdício de tempo e energia, ele encontraria alguém para meter bala, só para não perder a viagem. Ou então poderia voltar e dar um tiro na testa do zumbi da cela cinco, o homem sem pulsação e com a cara ensanguentada.

De qualquer forma, ele não deixaria aquele dia terminar sem lágrimas.

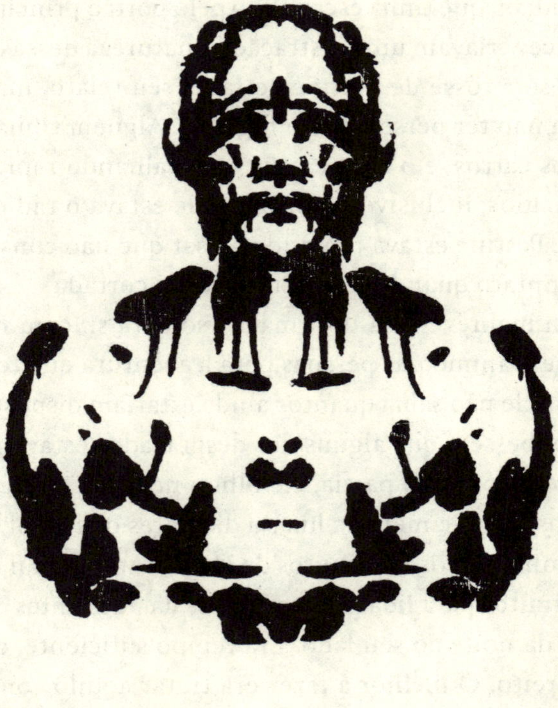

L

V

A BOA NOITE

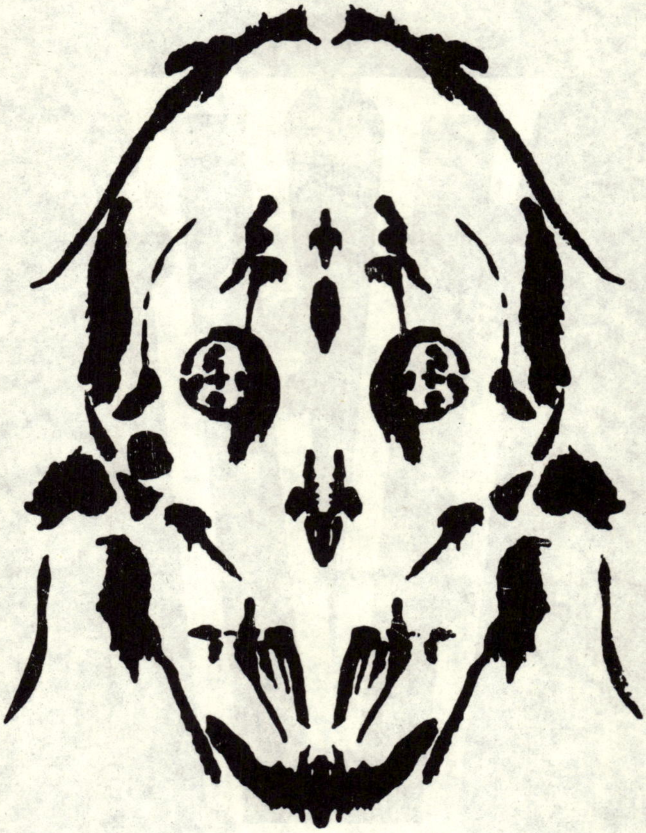

"Nenhuma espada há de tocar você. A não ser que seja a minha."

Juramento dos amantes (Autoria desconhecida)

19

UM ROSTO INDESEJADO

I

Por que ela precisava acordar? Por que recuperar a consciência? Não era possível continuar afundando cada vez mais no nada em que ela se refugiou? Mas o vazio não queria saber dela. A contragosto, Lori voltou para o velho e conhecido sofrimento do viver e morrer.

As moscas tinham desaparecido. Pelo menos isso. Ela levantou, sentindo seu corpo como um fardo, um incômodo. Enquanto tentava tirar a poeira das roupas, ouviu a voz chamar seu nome. Então não tinha acordado sozinha, ao que parecia. Por um momento apavorante, pensou que a voz fosse de Sheryl; que as moscas tinham sido bem-sucedidas em sua ambição e a enlouquecido. Mas, ao ouvir de novo, a associou a outro nome: o de Babette. A criança estava chamando. Virando as costas para a cozinha, ela pegou a bolsa e saiu andando em meio aos detritos na direção da rua. A luminosidade tinha mudado; horas haviam se passado desde que ela pegou no sono. Seu relógio, que se quebrou na queda, não era capaz de informar quantas.

Ainda estava calor, mas o sol do meio-dia não estava mais lá. A tarde já terminava. Em pouco tempo, anoiteceria.

Ela saiu sem olhar uma única vez para o restaurante. Fosse qual fosse a crise de realidade que a afligiu lá dentro, a voz de Babette a trouxe de volta, e Lori se sentia estranhamente animada, como se algo que não soubesse a respeito do funcionamento do mundo tivesse vindo à tona.

Ela soube o que era sem precisar pensar muito. Alguma parte vital sua — o coração, ou a mente, ou ambos — tinha se reconciliado com a existência de Midian e tudo o que havia por lá. Nada naquelas câmaras era tão agoniante quanto o que confrontou dentro da construção incendiada; o estado de abandono do corpo de Sheryl, o mau cheiro da carne em decomposição, a inevitabilidade de tudo aquilo. Em comparação, os monstros de Midian — transformando-se, recriando-se, como arautos da vida do amanhã e lembretes da humanidade de ontem — pareciam trazer consigo inúmeras possibilidades. Por acaso não havia entre aquelas criaturas faculdades que ela invejava? O poder de voar, de se transformar, de assumir sua condição de monstros, de desafiar a morte?

Tudo o que ela cobiçava ou invejava nos outros de sua espécie passou a parecer frívolo. Sonhar com a anatomia perfeita — o rosto de atriz de novela, o corpo da capa de revista — só distraía sua mente com suas promessas de felicidade verdadeira. Promessas vazias. A carne era incapaz de manter seu glamour, assim como os olhos não permaneciam para sempre. Em pouco tempo, desapareceriam no nada.

Mas os monstros eram eternos. E se relacionavam com uma parte sua que era um tabu. Seu eu sombrio, que se transformava à meia-noite. Seu desejo passou a ser estar entre as fileiras deles.

Ainda havia muito o que entender; por exemplo, aquele apetite por carne humana, que ela testemunhou em primeira mão no Sweetgrass Inn. Mas era possível aprender a compreender. Sendo realista, não havia outra escolha. Lori tinha entrado em contato com um conhecimento que transformou sua paisagem interior de maneira total e irreversível. Não havia como voltar ao panorama ameno da adolescência e juventude. Era preciso seguir em frente. E, naquela noite, isso significava seguir por aquela rua vazia para ver o que a escuridão traria.

O motor ligado em ponto morto de um carro do outro lado da rua chamou sua atenção. Ela lançou um olhar para lá. As janelas estavam todas fechadas — apesar do calor —, o que lhe pareceu estranho. Lori não conseguia ver quem estava ao volante; as janelas e o para-brisa estavam sujos demais. No entanto, uma desconfiança incômoda crescia dentro dela. Claramente, aquela pessoa estava à espera de alguém. E, como não havia mais ninguém na rua, era mais do que provável que fosse ela.

Nesse caso, a pessoa ao volante só poderia ser um homem, o único que sabia que havia um motivo para ela estar ali: Decker.

Lori começou a correr.

O motor acelerou. Ela olhou para trás. O carro estava arrancando lentamente de onde estava estacionado. Ele não tinha por que ter pressa. Não havia nenhum sinal de vida naquela rua. Com certeza haveria *algum lugar* para pedir socorro, mas Lori não sabia onde. O veículo já tinha percorrido metade da distância até ela. Embora soubesse que não conseguiria fugir correndo, Lori continuou mesmo assim, ouvindo o ronco do motor cada vez mais alto atrás de si. Ouviu as laterais dos pneus se arrastarem no meio-fio. Em seguida, o carro apareceu ao seu lado, acompanhando seu ritmo metro a metro.

A porta se abriu. Ela continuou correndo. O carro ainda a acompanhava, com a porta se arrastando no cimento da calçada.

De lá de dentro, veio o convite.

"Entra."

Desgraçado, como conseguia ficar tão *calmo*?

"Entra logo, ou vamos acabar sendo presos."

Não era Decker. Essa percepção não chegou aos poucos, aconteceu como uma explosão súbita de compreensão: *não* era Decker dentro do carro. Lori parou de correr, com o corpo inteiro tremendo enquanto tentava recobrar o fôlego.

O carro também parou.

"Entra", insistiu o motorista.

"Quem...?", ela tentou perguntar, mas seus pulmões estavam agarrados demais ao ar para deixá-lo sair para formar palavras.

A resposta veio mesmo assim.

"Sou um amigo do Boone."

Mesmo assim, ela manteve distância da porta aberta.

"Babette me pediu para buscar você", explicou o homem.

"Babette?"

"Que tal entrar *logo*? Nós temos um trabalho a fazer." Ela se aproximou da porta. Nisso, o homem alertou: "Não grita".

Lori não tinha fôlego para isso, mas *vontade* não faltou quando bateu os olhos no rosto que se escondia na semipenumbra dentro do carro. Era uma das criaturas de Midian, sem dúvida, mas não uma das coisas fantásticas que tinha visto nos túneis. O homem tinha uma aparência horrenda, com a cara em carne viva, como fígado cru. Se a situação fosse outra, ela jamais confiaria nele, sabendo o que sabia sobre aparências enganosas. Mas aquela criatura não tinha como enganar ninguém: sua chaga era de uma honestidade brutal.

"Meu nome é Narcisse", ele se apresentou. "Você pode fechar a porta, por favor? Para manter a luz do lado de fora. E as moscas também."

II

A história dele, ou pelo menos a parte principal, pôde ser contada em dois quarteirões e meio. Como havia conhecido Boone no hospital; sua ida posterior a Boone, onde novamente o encontrou; os dois infringindo as leis de Midian e subindo à superfície. Ele contou que tinha um suvenir daquela aventura — uma ferida na barriga do tipo que mulher nenhuma no mundo deveria precisar ver.

"Você foi exilado, como Boone?", ela perguntou.

"Eles tentaram", contou ele. "Mas eu fiquei por perto, na esperança de ganhar um perdão. Então, quando a polícia chegou, pensei: bom, fomos nós que trouxemos esse pessoal até aqui. Acho melhor encontrar Boone. Para deter isso que nós começamos."

"O sol não mata você?"

"Pode ser porque não estou morto há tanto tempo, mas não... eu consigo aguentar."

"Você sabe que Boone está preso."

"Pois é, sei, sim. Foi por isso que pedi para a menina me ajudar a encontrar você. Acho que pensando juntos nós podemos arrumar um jeito de tirar Boone de lá."

"E como é que nós vamos conseguir isso?"

"Sei lá", confessou Narcisse. "Mas precisamos tentar. E depressa. O pessoal que eles juntaram já deve ter chegado a Midian, para escavar tudo por lá."

"Mesmo se der certo, não sei o que Boone pode fazer."

"Ele foi até a câmara do Concessor do Batismo", respondeu Narcisse, levando o dedo ao lábio e ao coração. "Falou com Baphomet. Pelo que eu sei, ninguém além de Lylesburg já fez isso e viveu para contar. Imagino que o Concessor do Batismo tenha algumas cartas na manga. Alguma coisa que possa ajudar a impedir nossa destruição."

Lori lembrou do rosto apavorado de Boone enquanto saía cambaleando daquela câmara.

"Acho que Baphomet não contou nada para Boone", disse Lori. "Ele mal conseguiu escapar de lá."

Narcisse deu risada.

"Mas *escapou*, não é mesmo? Você acha que o Concessor do Batismo teria permitido isso se não tivesse um bom motivo?"

"Certo... então como vamos chegar até onde ele está? Deve estar sendo vigiado a cada segundo."

Narcisse sorriu.

"Qual é a graça?"

"Você está esquecendo do que Boone é agora", lembrou Narcisse. "Ele tem poderes."

"Eu não *esqueci* de nada", retrucou Lori. "Simplesmente *não sei*."

"Ele não contou?"

"Não."

"Ele foi para Midian porque pensou que tinha derramado sangue..."

"Essa parte eu já imaginava."

"Ele não tinha feito nada disso, claro. Era inocente. E por isso virou alvo."

"Está falando de quando ele foi atacado?"

"E quase assassinado. Mas conseguiu escapar, pelo menos até chegar à cidade."

"Onde Decker esperava por ele", disse Lori, concluindo a história; ou começando. "Ele teve muita sorte de não ter morrido depois de todos aqueles tiros."

O sorriso de Narcisse, que continuava em seu rosto mais ou menos desde quando Lori contou que Boone deveria estar sendo vigiado a cada segundo, desapareceu.

"Como assim, não ter morrido depois de todos aqueles tiros?", perguntou ele. "Por que você acha que ele voltou para Midian? E na segunda vez abriram os túmulos para ele?"

Lori o encarou inexpressiva.

"Não entendi", falou ela, desejando que fosse verdade. "O que você está querendo me dizer?"

"Ele foi mordido por Peloquin", contou Narcisse. "Mordido e infectado. O bálsamo chegou ao sangue..." Ele se interrompeu. "Quer que eu continue?"

"Quero."

"O bálsamo chegou ao sangue dele. E com isso ele ganhou poderes. E também o apetite. E com isso conseguiu levantar da mesa de autópsia e ir embora..."

As palavras de Narcisse ficaram mais baixas depois disso, em reação à expressão de choque de Lori.

"Boone está morto?", ela murmurou.

Ele assentiu.

"Pensei que você soubesse", falou ele. "Pensei que estivesse só brincando antes... sobre ele estar..." Seu comentário terminou em hesitação e silêncio.

"Isso é demais para a minha cabeça", Lori declarou. Ela levou a mão à maçaneta da porta, mas estava sem forças para puxá-la. "... inacreditável."

"Estar morto não é uma coisa ruim", Narcisse garantiu. "Nem muito diferente. É só... inesperado."

"Está falando por experiência própria?"

"Estou."

Sua mão caiu sobre a perna. O que lhe restava de energias se foi de vez.

"Não desiste de mim por isso", Narcisse pediu.

Mortos; todos mortos. Em seus braços, em sua mente.

"Lori. Fala comigo. Diz alguma coisa, mesmo se for só um tchau."

"Como é que você... consegue fazer *piada* com isso?", ela questionou.

"Se não pode ser engraçado, sobra o quê? Triste. Eu não quero ser triste. Que tal você sorrir também? Nós vamos salvar o seu namoradinho, eu e você."

Ela não respondeu.

"Posso presumir que quem cala consente?"

Ela continuou em silêncio.

"Então vou entender isso como um sim."

20

MOTIVAÇÕES

I

Eigerman só tinha ido a Midian uma vez, quando atendeu um pedido de reforços da polícia de Calgary na perseguição a Boone. Foi quando conheceu Decker — que nessa ocasião foi o candidato a herói, arriscando a vida para tentar atrair seu paciente para fora do esconderijo. Mas não conseguiu, claro. A coisa toda terminou com a execução sumária de Boone assim que deu as caras. Se algum homem já caiu indiscutivelmente morto neste mundo, foi *aquele*. Eigerman nunca tinha visto tantas balas atingindo um único pedaço de carne. Mas Boone não tombou. Ou pelo menos não continuou no chão. Saiu andando por aí, sem pulsação e com um corpo da cor de peixe cru.

Era doentio. Eigerman sentia sua pele se arrepiar só de pensar nisso. Mas ele jamais admitiria isso a ninguém. Nem mesmo para os passageiros do banco traseiro, o padre e o médico, que também tinham seus segredos. O de Ashbery ele sabia. O homem gostava de vestir roupas íntimas femininas, o que o chefe de polícia descobriu por acaso e passou a usar em seu benefício quando precisava da santificação de um ou outro de seus pecados. Mas os de Decker continuavam um mistério.

O rosto dele não deixava entrever nada, nem mesmo a um olho experiente em detectar culpas como o de Eigerman.

Ajustando o retrovisor, o chefe de polícia olhou para Ashbery, que o encarou com um rosto emburrado.

"Já exorcizou alguém?", perguntou ele ao padre.

"Não."

"Já presenciou um exorcismo?"

"Não."

"Mas você *acredita*", insistiu Eigerman.

"Em *quê*?"

"No Céu e no Inferno, ora."

"Defina esses termos."

"Hã?"

"O que *você* entende como Céu e Inferno?"

"Pelo amor de Deus, eu não quero entrar em um debate sobre isso, porra. Você é um padre, Ashbery, então deveria acreditar no Diabo. Não é mesmo, Decker?"

O médico soltou um grunhido. Eigerman insistiu um pouco mais.

"Todo mundo já viu coisas que não sabe explicar, não é? Principalmente os médicos, certo? Pacientes falando em línguas desconhecidas..."

"Isso eu nunca vi", respondeu Decker.

"É mesmo? Mas tudo tem uma explicação científica, não é?"

"Eu diria que sim."

"Você diria que sim. E o que diria sobre Boone?", pressionou Eigerman. "Ser uma porra de um zumbi também tem explicação científica?"

"Eu sinceramente não sei", murmurou Decker.

"Ora, vejam só. Eu tenho um padre que não acredita no Diabo, e um médico que não sabe bosta nenhuma de ciência. Isso é bem reconfortante."

Decker não respondeu. Ashbery, sim.

"Você acha mesmo que vai encontrar alguma coisa lá, não?", perguntou ele. "Está suando em bicas."

"Não abusa da sorte, queridinha", retrucou Eigerman. "Só encontra seu livrinho de exorcismo aí. Eu quero mandar essas aberrações de volta para onde vieram, seja lá onde for. E você deveria saber como fazer isso."

"Existem outros tipos de explicação hoje em dia, Eigerman", respondeu Ashbery. "Aqui não é Salem. Não vamos acender uma fogueira."

Eigerman voltou a concentrar sua atenção em Decker, fazendo sua pergunta seguinte de forma bem casual.

"O que você acha, doutor? Que seria uma boa levar o zumbi para o divã? Perguntar se algum dia já teve vontade de trepar com a própria irmã?" Eigerman lançou um olhar para Ashbery. "Ou vestir a lingerie dela?"

"Acho que estamos indo para Salem, *sim*", respondeu Decker, transmitindo uma espécie de subtexto na voz que Eigerman nunca tinha detectado antes. "E acho que você está pouco se fodendo com o que eu acredito ou deixo de acreditar. Vai pôr fogo neles do mesmo jeito."

"É isso aí", Eigerman confirmou, com uma gargalhada.

"E *também* acho que Ashbery tem razão. Você está morrendo de *medo*."

Isso silenciou seu riso.

"Babaca", Eigerman murmurou.

Eles fizeram o restante do trajeto em silêncio, com Eigerman ditando o ritmo do comboio, Decker vendo a luz do dia ficar mais fraca a cada momento, e Ashbery, depois de alguns minutos de introspecção, folheando apressadamente seu Livro de Orações à procura dos Ritos de Expulsão.

II

Pettine os esperava a uns cinquenta metros do portão da necrópole, com o rosto sujo por causa da fuligem expelida pelos carros, que ainda queimavam.

"Qual é a situação?", Eigerman quis saber.

Pettine olhou para o cemitério.

"Não tem nenhum sinal de movimentação desde a fuga. Mas nós *ouvimos* umas coisas."

"Por exemplo?"

"Parece que estamos em cima de um cupinzeiro", descreveu Pettine. "Tem alguma coisa se deslocando embaixo da terra. Com certeza. Dá para sentir, além de ouvir."

Decker veio se juntar à discussão, interrompendo Pettine para abordar Eigerman.

"Falta uma hora e vinte minutos para o pôr do sol."

"Eu sei contar", retrucou Eigerman.

"Então vamos começar a cavar?"

"Quando *eu* der a ordem, Decker."

"O doutor tem razão, chefe", disse Pettine. "É do sol que esses desgraçados estão com medo. Vou dizer uma coisa para você: acho melhor não ficar aqui depois que anoitecer. Tem um monte deles lá embaixo."

"Vamos ficar aqui pelo tempo que for necessário para limpar essa sujeirada toda", afirmou Eigerman. "Quantos portões tem o cemitério?"

"Dois. Esse maior e um outro mais para nordeste."

"Certo. Então não deve ser difícil fazer a contenção. Estaciona uma picape na frente do portão principal, e vamos espalhar homens através das muralhas para não deixar ninguém escapar. Quando assegurarmos o perímetro, poderemos fazer a abordagem."

"Estou vendo que você se garantiu em várias frentes", Pettine comentou, olhando para Ashbery.

"Pode apostar."

Eigerman se virou para o sacerdote.

"Você sabe abençoar a água? Fazer água benta?"

"Sei."

"Então faz isso. Com toda a água que encontrar. E distribui entre os homens. Pode ter serventia para eles, se as balas não derem conta do recado. E você, Decker, trata de ficar fora do caminho, porra. Isso é um assunto policial agora."

Dadas as ordens, Eigerman caminhou até os portões do cemitério. Atravessando o trecho de chão de terra, ele logo entendeu o que Pettine quis dizer com *cupinzeiro*. Havia alguma coisa abaixo do solo. Sua impressão era de ouvir vozes que traziam à mente uma ideia de sepultamento prematuro. Ele já tinha visto isso uma vez — ou pelo menos as consequências. Cavou para desenterrar uma mulher que ouviram gritar debaixo do chão. E com razão: tinha dado à luz e morrido no caixão. A criança, uma aberração, conseguiu sobreviver. Acabou em um manicômio qualquer, provavelmente. Ou aqui mesmo, talvez, com o resto daqueles filhos da puta.

Nesse caso, ele estava contando os minutos para tirar o que sobrou de uma vida doentia daquela mão de seis dedos. Assim que colocassem a cabeça para fora, Eigerman os mandaria de volta para onde vieram com a cabeça crivada de balas. Então, que viessem. Ele não estava com medo. Que viessem. Que tentassem voltar cavando ali para cima.

A sola de sua bota estava à espera.

III

Decker observou a organização das tropas até começar a se sentir inquieto, o que o levou a subir um pouco a ladeira para ficar a sós. Detestava ficar só olhando enquanto os outros trabalhavam. Isso o fazia se sentir impotente. Estava ansioso para mostrar a *sua* força. E isso era sempre um desejo perigoso. Os únicos olhos que podiam contemplar sua fúria assassina eram aqueles prestes a ficar vidrados e sem vida, e mesmo esses ele precisava obliterar, por medo de que revelassem o que tinham visto.

Ele virou as costas para o cemitério e se distraiu com os seus planos para o futuro. Quando o julgamento de Boone terminasse, estaria livre para retomar a obra da Máscara. Estava ansioso para fazer isso com todo o ardor. Iria mais longe desta vez, para encontrar abatedouros em Manitoba e Saskatchewan; ou talvez até em Vancouver. Ficou excitado só de pensar a respeito. Na maleta que carregava, quase conseguia ouvir o suspiro do Cara de Botão escapando pelos dentes metálicos.

"*Silêncio*", ele se pegou dizendo para a Máscara.

"Como é que é?"

Decker se virou. Pettine estava a um metro de distância dele.

"Você disse alguma coisa?", o policial quis saber.

Esse vai para a parede, a Máscara disse.

"Sim", respondeu Decker.

"Eu não ouvi."

"Estava só falando sozinho."

Pettine deu de ombros.

"Tenho um recado do chefe. Ele disse que já vamos entrar. Podemos contar com a sua ajuda?"

"*Estou à disposição*", disse a Máscara.

"Não", falou Decker.

"Eu entendo. Você só é médico da cabeça mesmo?"

"Sim, por quê?"

"Acho que vamos precisar de atendimento médico em breve. Eles não vão desistir sem lutar."

"Não posso fazer nada. Não gosto nem de ver sangue."

Houve risos vindos da maleta, tão altos que Decker teve a certeza de que Pettine ouviria também. Mas não.

"É melhor manter distância, então", falou ele, dando as costas para voltar ao local da ação.

Decker segurou a maleta perto do peito e com força nos braços. Do lado de dentro, ouvia o zíper abrindo e fechando, abrindo e fechando.

"Cala essa porra dessa boca", ele murmurou.

"*Não me tranca aqui*", reclamou a Máscara. "*Não logo nesta noite. Se não gosta de sangue, eu posso ver por você.*"

"Não posso."

"*Você me deve isso*", a Máscara insistiu. "*Já me negou Midian uma vez, lembra?*"

"Eu não tive escolha."

"*Agora tem. Pode me dar um pouco de espaço para agir. Você sabe que iria gostar.*"

"Eu seria visto."

"*Daqui a pouco, então.*"

Decker não respondeu.

"*Daqui a pouco!*", gritou a Máscara.

"Silêncio."

"*Então diga.*"

"... por favor..."

"*Diga.*"

"Certo. *Daqui a pouco.*"

21

AQUELE DESEJO

I

Dois homens tinham sido deixados de plantão na delegacia para vigiar o prisioneiro da cela cinco. Eigerman dera instruções bastante claras. Eles não deveriam em circunstância nenhuma abrir a cela, não importava que tipo de barulhos ouvissem lá dentro. E também não poderiam permitir a ninguém de fora — fosse juiz, médico ou o próprio Deus Salvador — o acesso ao prisioneiro. E, para cumprir as ordens, caso precisassem usar a força, os policiais Cormack e Koestenbaum estavam de posse das chaves do arsenal e tinham carta branca para tomar medidas extremas caso a segurança do local fosse colocada em risco. Isso não foi surpresa para eles. Shere Neck provavelmente nunca teve um prisioneiro que, como Boone, certamente entraria para os anais dos crimes mais atrozes da história. Se ele escapasse, a reputação de Eigerman ficaria manchada em todo o país.

Mas a história não se resumia a isso, e os dois sabiam muito bem. Embora o chefe não tenha sido explícito quanto à condição do prisioneiro, boatos não faltavam. O homem era uma espécie de *aberração*;

tinha poderes que o tornavam perigosíssimo, mesmo atrás de uma porta fechada a chave e trinco.

Cormack se sentiu grato, portanto, por ter sido deixado para vigiar a delegacia, enquanto Koestenbaum se encarregava da cela em si. O lugar era uma fortaleza. Todas as portas e janelas estavam trancadas. Era só uma questão de esperar, com a escopeta sempre à mão, até a tropa voltar de Midian.

Não demoraria muito. O tipo de lixo humano que provavelmente encontrariam em Midian — viciados, tarados, radicais — se entregaria em questão de horas, e o comboio estaria de volta para liberar as sentinelas. No dia seguinte, um destacamento chegaria de Calgary para tomar o prisioneiro sob sua custódia, e as coisas voltariam ao normal. Cormack não tinha virado policial para coisas como a que estava fazendo naquele momento — seu maior interesse era transitar tranquilamente em uma noite de verão, quando poderia ir até a esquina da South com a Emmett e coagir uma profissional das ruas a passar meia hora com a cabeça subindo e descendo em seu colo. Era isso que o atraía em estar a serviço da lei. Não essas bobagens de fortaleza e cerco.

"Socorro", alguém falou.

Ele ouviu o pedido claramente. A pessoa que falava — uma mulher — estava logo ali na porta da frente.

"Me ajudem, *por favor*."

Foi um apelo tão desesperado que não dava para ignorar. Com a escopeta engatilhada em mãos, ele foi até a porta, que não tinha vidro, nem sequer uma janelinha, o que o impedia de ver a pessoa do outro lado. Mas a ouviu de novo. Primeiro um soluço; depois uma leve batida, de alguém sem forças.

"Você vai precisar ir para outro lugar", ele avisou. "Não tenho como ajudar agora."

"Eu estou ferida", foi o que ela pareceu dizer, mas Cormack não tinha certeza. Ele aproximou o ouvido da porta.

"Está me ouvindo?", perguntou. "Eu não tenho como ajudar. Vai até a farmácia."

Não houve nem mesmo um soluço como resposta. Só uma respiração fraca.

Cormack gostava de mulheres; e de bancar o machão e o provedor. Até mesmo o herói, se isso não exigisse muito esforço. Era contrário a seu instinto não abrir a porta para uma mulher implorando ajuda. Parecia jovem e desesperada. Não foi seu coração que endureceu ao pensar no quanto ela devia estar vulnerável. Verificando se Koestenbaum não estava por perto para vê-lo desobedecer às ordens de Eigerman, ele murmurou:

"Espera um pouco."

Ele abriu os trincos de cima e de baixo.

Quando abriu apenas uma pequena fresta, a mão apareceu, com um polegar afiado que rasgou seu rosto, não acertando seu olho por questão de um centímetro, mas o sangue que espirrou fez metade de seu campo de visão ficar vermelho. Quase cego, ele foi lançado para trás quando a porta foi aberta por inteiro pela força que vinha de fora. Mas não largou a escopeta. Atirou primeiro contra a mulher (errando feio o alvo), e então no acompanhante dela, que corria semiagachado em sua direção para evitar as balas. O segundo tiro, apesar de ter sido disparado a esmo como o primeiro, arrancou sangue. Mas não de seu alvo. Acertou sua própria bota, e a carne e os ossos que havia por baixo, que se espalharam pelo chão.

"*Puta que pariu!*"

Horrorizado, ele deixou a escopeta escorregar de seus dedos. Sabendo que não conseguiria abaixar e pegá-la de volta sem perder o equilíbrio, virou de costas e começou a saltitar na direção da mesa, onde estava seu revólver.

Mas o sujeito dos polegares prateados já estava lá, engolindo balas como se fossem comprimidos de vitaminas.

Sem ter como se defender, e sabendo que não conseguiria se manter de pé por mais de alguns poucos segundos, começou a berrar.

II

Em frente à cela cinco, Koestenbaum se manteve em seu posto, obedecendo às ordens que recebeu. Não importava o que acontecesse da porta da delegacia para fora, ele precisava continuar vigiando a cela, defendendo-a contra todo e qualquer ataque. E era isso que estava determinado a fazer, não importava o quanto Cormack berrasse.

Apagando o cigarro, ele abriu a portinhola da cela e espiou lá dentro. O assassino tinha se mexido alguns minutos antes, aproximando-se da parede, como se estivesse sendo caçado pela pouca luz do sol que entrava pela janela minúscula acima dele. A partir dali, não havia mais como escapar. Ele estava encolhido no canto, dobrado sobre si mesmo. Fora a movimentação, tinha a mesma aparência de sempre: um farrapo humano, que não representava perigo para ninguém.

Era uma aparência enganosa, claro; Koestenbaum estava na polícia havia tempo demais para se deixar enganar assim. Mas sabia reconhecer um homem derrotado quando via um. Boone sequer levantou a cabeça quando Cormack deu outro grito. Só deu uma espiada de canto de olho na luz do sol que o alcançava e estremeceu.

Koestenbaum bateu a portinhola e se virou para a porta por onde aqueles que atacavam Cormack — fossem quem fossem — tinham entrado. Eles o encontrariam preparado e à espera, cuspindo chumbo.

Ele não teve muito tempo para pensar nisso, pois uma explosão arrebentou a fechadura e metade da porta, impregnando o ar de fumaça e faíscas. Koestenbaum disparou a esmo quando viu alguém caminhando em sua direção. O homem descartou a escopeta usada para destruir a porta e estava erguendo as mãos, que reluziram ao se aproximar dos seus olhos. O policial hesitou por tempo suficiente para olhar o rosto do invasor — uma coisa que deveria estar envolta em bandagens e a sete palmos do chão — e então atirou. A bala acertou o alvo, mas não serviu de nada para deter o avanço do homem, e antes que pudesse atirar de novo, ele estava imprensado contra a parede, com o rosto em carne viva a centímetros do seu. Nesse momento ele pôde ver claramente o que brilhava nas mãos do homem. Um gancho pairava a milímetros de seu olho esquerdo. E outro na região de sua virilha.

"Com qual dos dois você prefere viver sem?", o homem perguntou.

"Não precisa fazer isso", disse uma voz de mulher, antes que Koestenbaum tivesse a chance de escolher entre a visão e o sexo.

"Me deixa", retrucou Narcisse.

"Não deixa ele fazer isso", Koestenbaum murmurou. "Por favor... não deixa."

A mulher apareceu. As partes dela que estavam à vista pareciam normais, mas ele não queria pagar para ver o que se escondia sob aquela camisa. Mais tetas que uma cadela, provavelmente. Ele estava à mercê de aberrações.

"Onde está Boone?", ela perguntou.

Não havia por que arriscar suas bolas, seu olho ou qualquer outra coisa. Eles encontrariam o prisioneiro com ou sem sua ajuda.

"Aqui", falou ele, olhando para a cela cinco.

"E a chave?"

"No meu cinto."

A mulher estendeu a mão e pegou as chaves.

"Qual é?", ela perguntou.

"A do chaveiro azul", respondeu ele.

"Obrigada."

Ela foi até a porta.

"Espera...", Koestenbaum pediu.

"Que foi?"

"... fala para ele me deixar em paz."

"Narcisse", disse ela.

O gancho foi afastado do seu olho, mas o da virilha continuou lá, espetando-o.

"Precisamos ser rápidos", avisou Narcisse.

"Eu sei", respondeu a mulher.

Koestenbaum ouviu a porta se abrindo e se virou para vê-la entrar na cela. Quando virou a cabeça de volta, um punho o atingiu no rosto e o derrubou no chão com o maxilar quebrado em três lugares.

III

Cormack tinha sofrido o mesmo golpe demolidor, mas já estava cambaleando quando o recebeu e, em vez de ser nocauteado e perder os sentidos, só ficou atordoado, e logo recobrou a consciência. Ele foi se arrastando até a porta e se levantou, apoiando a mão e depois os pés. Em seguida, saiu trôpego para a rua. A hora do rush já tinha terminado, mas ainda havia veículos trafegando em ambas as direções, e a visão de um policial sem os dedos dos pés no meio da rua, com os braços erguidos, foi suficiente para fazer o trânsito parar.

Mas, mesmo recebendo a ajuda dos motoristas e passageiros dos carros e caminhões que vieram socorrê-lo, Cormack sentiu o estado de choque tardio do ferimento autoinfligido fazer seu organismo entrar em colapso. As palavras que as pessoas lhe dirigiam pareciam uma algaravia sem sentido.

Ele achava (ou esperava) que alguém tivesse dito:

"*Vou pegar uma arma*".

Mas não dava para ter certeza.

Ele torcia (rezava) para que sua língua enrolada tivesse explicado onde encontrar os criminosos, mas nem isso sabia.

No entanto, quando os rostos ao seu redor começavam a se tornar indistintos, ele percebeu que seu pé jorrando sangue havia deixado uma trilha que os levava diretamente aos invasores. Reconfortado, ele desmaiou.

IV

"Boone", ela chamou.

O corpo pesado dele, nu da cintura para cima — marcado de cicatrizes e com um mamilo faltando — estremeceu quando ela o chamou. Mas ele não ergueu os olhos.

"Fala para ele levantar logo!"

Narcisse estava parado à porta, olhando para o prisioneiro.

"Com você aí gritando, não vou conseguir falar nada", ela retrucou. "Me deixa sozinha um pouco com ele, tá bom?"

"Agora não é hora de trepar."

"*Sai daqui.*"

"Ok." Ele ergueu os braços, fingindo uma rendição. "Já estou indo."

Ele fechou a porta. Agora, eram só ela e Boone. A viva e o morto.

"Levanta daí", ela pediu.

Ele se limitou a estremecer de novo.

"Que tal levantar logo? Nós não temos muito tempo."

"Então me deixa aqui", respondeu ele.

Lori ignorou as palavras, mas não o fato de ele ter rompido o silêncio.

"Fala comigo", ela pediu.

"Você não deveria ter voltado", falou ele, deixando seu derrotismo bem claro. "Está se arriscando por nada."

Por isso ela não esperava. Talvez esperasse por uma reação de raiva, por ter deixado que ele fosse capturado no Sweetgrass Inn, e até de desconfiança, por ter chegado ali com alguém de Midian. Mas não aquela figura resmungona e alquebrada, caída em um canto como um boxeador que fez muito mais lutas do que deveria. Onde estava o homem que viu no hotel, que transformou a natureza do próprio corpo diante de seus olhos? E aquela força que ela viu, o apetite? Ele mal parecia capaz de erguer a cabeça, o que dizer de levar carne humana à boca.

Era essa a questão, Lori de repente se deu conta. A carne proibida.

"Ainda estou com o gosto na boca", falou ele.

A vergonha era perceptível na voz dele; o humano que foi estava com nojo da criatura na qual tinha se transformado.

"Você estava fora de si", ela contou. "Não estava no controle dos seus próprios atos."

"Mas agora estou", respondeu ele, cravando as unhas na musculatura do antebraço, como se estivesse se segurando. "Eu vou desistir de tudo. Vou ficar aqui esperando eles me enforcarem."

"Isso não vai ajudar em nada, Boone", ela lembrou.

"*Meu Deus...*" As palavras dele foram interrompidas pelas lágrimas. "Você sabe de tudo?"

"Sei, Narcisse me contou. Você está morto. Então por que querer ser enforcado? Eles não têm como matar você."

"Eles dão um jeito", disse ele. "Podem arrancar a minha cabeça. Arrebentar os meus miolos."

"Não fala assim!"

"Eles precisam acabar comigo, Lori. Colocar um fim neste meu sofrimento."

"Não é isso o que eu quero", disse ela.

"Mas eu, sim!", respondeu ele, erguendo os olhos pela primeira vez.

Ao ver seu rosto, Lori se lembrou de quantas mulheres haviam se apaixonado por ele antes, e entendeu por quê. A dor não conseguia falar mais alto que aquelas feições, aqueles olhos.

"Eu quero *sumir*", falou ele. "Sair deste corpo. Desta vida."

"Você não pode fazer isso. Midian precisa de você. Está sendo destruída, Boone."

"Que seja! Que tudo seja destruído. Midian é só um buraco no chão, cheio de criaturas que ficariam melhor se morressem logo de uma vez. E eles sabem disso, todos eles. Só não têm coragem de fazer o que é certo."

"Não existe *o certo*", ela se surpreendeu dizendo (como havia mudado, para relativizar as coisas dessa forma), "só aquilo que você sente e sabe."

A raiva não muito convicta dele se aplacou.

"Eu *me sinto* morto", disse ele. "E não *sei* de nada."

"Isso não é verdade", Lori retrucou, dando os primeiros passos na direção dele desde que tinha entrado na cela. Ele se encolheu todo, como se esperasse ser atacado.

"Você *sabe* quem eu sou", disse ela. "E *sente* isso também."

Lori segurou o braço dele e o puxou para si. Ele não teve tempo para cerrar o punho. Ela colocou a mão dele espalmada sobre a barriga.

"Você acha que me dá nojo, Boone? Que me deixa horrorizada? Está muito enganado."

Em seguida, subiu a mão dele para os seios.

"Eu ainda quero você, Boone. Midian também, mas eu quero mais. Quero você frio, se é assim que você agora é. Quero você morto, se é assim que você agora está. E *eu* vou até você se você não vier a mim. Eles podem me matar se quiserem."

"*Não*", falou ele.

Lori segurava a mão dele de leve agora. Se quisesse, Boone poderia se soltar. Mas decidiu continuar a tocá-la, com apenas o tecido fino da camisa entre os dois, que ela desejou que se dissolvesse com a força do pensamento, para ter a pele dele a acariciando nos seios.

"Eles vão vir atrás de nós mais cedo ou mais tarde", Lori disse.

E não estava só blefando. Havia vozes do lado de fora. Uma multidão se juntando para um linchamento. Talvez os monstros fossem existir *mesmo* para sempre. Só que isso também valia para seus perseguidores.

"Eles vão acabar comigo e com você, Boone. Com você por ser o que é. E comigo por amar você. E nunca vou poder abraçar você de novo. Não é isso que eu quero, Boone. Não quero que o vento carregue as nossas cinzas. Quero nós dois em *carne e osso*."

A boca dela externou um desejo que ela nem pretendia afirmar tão diretamente. Mas agora já estava dito, e era verdade. Não havia por que sentir vergonha.

"Não vou deixar você me renegar, Boone", falou ela. Suas palavras impulsionavam umas às outras, e levaram sua mão à cabeça gelada de Boone, para segurar seus cabelos grossos.

Ele não resistiu. Em vez disso, fechou a mão sobre sua camisa, ficou de joelhos e afundou o rosto na virilha dela, como se quisesse despi-la com a língua e entrar nela com o corpo e a alma ao mesmo tempo.

Lori estava molhada sob a calça. Ele sentiu seu cheiro. Sabia que ela não estava mentindo, e a beijou na boceta, ou no pano que a cobria, várias e várias vezes.

"Você precisa se perdoar, Boone", disse ela.

Ele assentiu.

Ela agarrou com mais força os cabelos dele e o afastou do prazer de sentir seu cheiro.

"*Então fala*", ela exigiu. "*Me diz que você se perdoa.*"

Ele se distraiu de seu prazer, e Lori pôde ver antes mesmo de Boone abrir a boca que o peso da vergonha havia desaparecido do rosto dele. Por trás do sorriso súbito, ela viu os olhos do monstro, cada vez mais *obscuros*, e obscurecendo mais enquanto ele continuava sorrindo.

Aquele olhar provocou um aperto em seu peito.

"Por favor...", ela murmurou, "... faz amor comigo agora."

Ele puxou a camisa dela, que rasgou. Com um movimento rápido, enfiou a mão por baixo do sutiã, agarrando o seio. Era loucura, claro. A turba os pegaria se não fossem embora imediatamente. Mas a loucura foi o que a atraiu para o meio daquele turbilhão de poeira e moscas, para começo de conversa. Por que a surpresa, se sua jornada a levava a *mais uma* insanidade? Era melhor isso do que uma vida sem ele. Era melhor isso do que praticamente qualquer outra coisa.

Ele estava ficando de pé, colocando seu peito para fora e abocanhando o mamilo quente com a boca fria, mordiscando, lambendo e os dentes trabalhando em perfeita sintonia. A morte o havia transformado em um amante, feito com que se tornasse consciente da carne, e como deixá-la à flor da pele, o deixando mais à vontade com os mistérios do corpo. Boone a pegava de todas as formas, esfregando os quadris contra os seus em movimentos circulares e lentos, passando a língua em seus seios e seus ombros, subindo pelo pescoço e o queixo até encontrar sua boca.

Só uma vez na vida Lori havia ficado assim tão excitada. Em Nova York, vários anos antes, tinha conhecido e trepado com um homem cujo nome nunca saberia, mas cujas mãos e boca pareciam conhecê-la melhor até do que ela mesma.

"Quer beber alguma coisa comigo?", ela perguntara na ocasião, quando os dois se desgrudaram. Ele dissera um *não* à queima-roupa. Alguém assim tão transgressor não poderia mesmo oferecer mais nada no fim além de tristeza. Então ela o observara se vestir e ir embora, irritada consigo mesma por ter convidado, e com ele por ser tão frio. Mas sonhou com aquele homem mais de uma dezena de vezes nas semanas seguintes, revivendo os poucos momentos que estiveram juntos, sedenta por mais.

E era isso que estava sentindo ali. Boone era o amante desse canto obscuro de sua memória, só que aperfeiçoado. Gelado e febril, comedido e cheio de urgência ao mesmo tempo. E desta vez ela sabia o nome dele; mas ainda era como se estivesse com um estranho. No calor do momento, e em seu desejo por ele, sentindo esse outro amante e todos os que vieram e se foram antes dele, ela se incendiou. Só restavam as cinzas deles dentro dela agora — onde passaram a língua e o pau —, e Lori tinha absoluto poder sobre todos.

Boone estava abrindo a calça. Ela o segurou inteiro na mão. Foi a vez dele de suspirar, enquanto Lori passava os dedos pela parte inferior de sua ereção, do saco até onde a cicatriz da circuncisão demarcava o lugar onde a carne era mais sensível. Ela o acariciou ali, com movimentos curtos que imitavam o da língua dele em sua boca. E então, com a mesma impulsividade com que começaram, as preliminares acabaram. Ele levantou a saia dela, rasgando a calcinha e enfiando os dedos onde só os dela se enfiaram por muito tempo. Lori o empurrou contra a parede e abaixou a calça dele até os joelhos. Com um braço enganchado nos ombros de Boone e a outra mão apreciando a maciez daquele pau antes que ele sumisse das vistas, ela o colocou para dentro. Ele tentou resistir à sua pressa, em uma deliciosa disputa de desejos que a fez começar a gritar em questão de segundos. Lori nunca tinha feito tudo assim tão abertamente, nem sentido tanta vontade. Boone a preencheu até ela se sentir prestes a transbordar.

E então começou de verdade. Depois das promessas, a prova concreta. Apoiando as costas na parede, ele se ajeitou para mergulhar por inteiro dentro dela, tendo o peso de Lori como propulsão. Ela o lambeu no rosto. Ele sorriu. Ela cuspiu. Ele riu e cuspiu de volta.

"*Isso*", disse ela. "*Isso. Assim mesmo. Continua.*"

Só o que ela conseguia fazer era emitir afirmativas. Sim às cuspidas; sim ao pau dele; sim à vida na morte, e à alegria nessa vida na morte para todo o sempre.

A resposta dele foi com os quadris; um esforço silencioso, com os dentes cerrados e a testa franzida. A expressão no rosto de Boone provocou um espasmo em sua boceta. E vê-lo fechar os olhos diante do prazer dela; saber que a visão de sua excitação o levava ao limite. Eles tinham um tremendo poder um sobre o outro. Ela fez com que os movimentos dele sincronizassem com os seus, com uma das mãos apoiadas na parede atrás da cabeça dele para que pudesse se levantar até quase tirá-lo de dentro de si e senti-lo entrando de novo. Não havia dor mais gostosa. Ela desejava que nunca parasse.

Mas havia uma voz à porta. Era possível ouvir por cima dos gemidos dele.

"*Depressa.*"

Era Narcisse.

"*Depressa.*" Boone o ouviu também; e o barulho além de sua voz, enquanto os linchadores se juntavam. Ele se adaptou ao novo ritmo de Lori, para alcançá-la indo mais devagar.

"Abre os olhos", falou ela.

Ele obedeceu, sorrindo ao ouvir o comando. Era uma sensação forte demais para ele, olhá-la nos olhos assim. E também para ela. O pacto se manteve, e eles se afastaram até a boceta dela engolir apenas a cabeça do pau — tão melada que ele quase escorregou para fora — e então se aproximaram para uma última estocada.

O êxtase a fez gritar, mas ele abafou o berro com a língua, absorvendo aqueles rompantes em sua boca. Porém, mais abaixo, ele não teve o mesmo controle. Depois de tantos meses, jorrou tanto que até escorreu pela perna dela, deixando um rastro gelado como sua cabeça e seus beijos.

Foi Narcisse quem os trouxe de volta do mundo exclusivo dos dois. A porta estava aberta. Ele os observava sem o menor constrangimento.

"Terminaram?", ele quis saber.

Boone esfregou os lábios nos de Lori, espalhando a saliva dos dois pelo rosto dela todo.

"Por enquanto", disse ele, olhando apenas para ela.

"Então podemos ir?", perguntou Narcisse.

"Quando quiserem. Para onde for."

"Midian", foi a resposta imediata.

"Midian, então."

Os amantes se afastaram. Lori subiu a calcinha. Boone tentou guardar o pau, ainda duro, dentro da calça.

"Tem uma bela turba lá fora", Narcisse avisou. "Como é que vamos passar por esse pessoal todo?"

"Eles são todos iguais...", Boone falou, "... todos têm medo."

Com as costas viradas para Boone, Lori sentiu uma mudança no ar ao seu redor. Uma sombra subia pelas paredes à direita e à esquerda, espalhando-se por trás dela, roçando sua nuca, suas costas, suas nádegas e tudo o que havia no caminho. Era a escuridão de Boone. Ele estava se expandindo em comprimento e largura.

Até mesmo Narcisse ficou aflito.

"Puta merda", ele murmurou, e em seguida abriu a porta para deixar a noite sair.

V

A turba estava ansiosa por um pouco de diversão. Os que tinham revólveres e espingardas haviam trazido as armas em seus carros; os que por acaso estavam levando cordas no porta-malas já preparavam os laços; e os que estavam sem armas e cordas pegaram pedras. Para justificar suas atitudes, não precisavam de nada além dos restos ensanguentados do pé de Cormack, espalhados pelo chão da delegacia. Os líderes do grupo — que se estabeleceram imediatamente e por seleção natural (gritavam mais alto e tinham armas de calibre mais grosso) — estavam atravessando esse chão tingido de vermelho quando um som vindo das celas chamou sua atenção.

Alguém atrás da multidão começou a gritar:

"*Matem esses desgraçados!*".

Não foi na sombra de Boone que os olhos dos líderes, sedentos por um alvo, pousaram primeiro. Foi em Narcisse. Seu rosto destruído provocou um suspiro de susto em várias pessoas da turba, e os gritos pedindo sua morte se intensificaram.

"Atirem nesse filho da puta!"

"Bem no coração!"

Os líderes não hesitaram. Três deles atiraram. Uma das balas varou um ombro de Narcisse. Gritos de comemoração se ergueram da plateia. Encorajados pelo primeiro ferimento provocado, os homens começaram a entrar na delegacia em números cada vez maiores, com os que vinham atrás sedentos para ver o derramamento de sangue, e os da frente sem reparar que nem uma gota havia escorrido de seu alvo. Ele também não caiu; mas isso eles *viram*. E um ou dois agiram para corrigir isso, disparando uma saraivada de tiros na direção de Narcisse. A maioria passou longe, mas não todos.

Quando a terceira bala acertou o alvo, um rugido de fúria reverberou alto, explodindo a lâmpada da luminária sobre a mesa e fazendo cair poeira do teto.

Ao ouvir isso, um ou dois que tinham acabado de passar pela porta mudaram de ideia. Sem se importar mais com o que os demais poderiam pensar, começaram a abrir caminho para a rua, onde ainda era dia e havia calor suficiente para fazer passar o calafrio que aquele berro produziu em cada espinha humana. Mas os que encabeçavam a turba não tinham como recuar. A porta estava bloqueada. Só o que podiam fazer era se manterem firmes e erguerem as armas enquanto o autor do rugido surgia da escuridão dos fundos da delegacia.

Um dos homens havia testemunhado a operação policial no Sweetgrass Inn naquela manhã, e sabia que quem estava diante deles era o assassino preso pela chacina. E sabia seu nome também.

"É ele!", começou a gritar. "Esse é o Boone!"

O que tinha disparado o primeiro tiro para acertar Narcisse fez pontaria com a espingarda.

"*Acaba logo com ele!*", berrou alguém.

O homem atirou.

Boone já tinha sido baleado antes; várias e várias vezes. Mais um projétil entrando em seu peito e acertando seu coração silencioso não era grande coisa. Ele deu risada e continuou avançando, sentindo a transformação tomar conta de seu corpo. Sua matéria era fluida. Desfez-se em gotículas e se tornou algo novo; em parte uma fera herdada de Peloquin, em parte um guerreiro das sombras, como Lylesburg; e em parte também Boone, o lunático, enfim satisfeito com suas visões. E, ah, o prazer que sentia com isto; de viver essa possibilidade livre e aceito, e encarar aquela horda humana e vê-la se desfazer diante de sua presença.

Ele farejou o calor que vinha daqueles corpos e sentiu fome. Viu o terror deles, e isso o fortaleceu. Aqueles homens se achavam muito poderosos, uma instância acima do bem e do mal, árbitros do que era natural e antinatural, e justificavam sua crueldade com leis espúrias. Agora estavam vendo uma lei mais simples em ação, e sentiram nas entranhas seu mais antigo medo: o de virar *presas*.

Eles começaram a fugir, com o pânico se espalhando em suas fileiras desordenadas. As espingardas e as pedras foram largadas em meio ao caos, e os gritos que clamavam por sangue se transformaram em gritos de fuga. Pisoteando uns aos outros, brigavam com unhas e dentes entre si para chegar primeiro à rua.

Um dos atiradores manteve sua posição, ou então estava paralisado de choque. Fosse como fosse, a arma foi arrancada das mãos dele pelas mãos cada vez maiores de Boone, e o homem se arremessou contra a turba que tentava escapar do confronto.

A luz do dia ainda predominava na rua, e Boone não podia pisar lá, mas para Narcisse isso era indiferente. Com a rota liberada, ele saiu se esgueirando por entre a multidão em fuga, e chegou despercebido até o carro.

Boone reparou que havia um reagrupamento de forças em andamento. Um grupo de pessoas na calçada do outro lado da rua — encorajadas pela luz do sol e pela distância da fera — conversavam nervosamente entre si, como se estivessem planejando um novo ataque. Armas derrubadas estavam sendo recolhidas do chão. Seria uma questão de tempo até que o choque da transformação de Boone passasse e partissem para a ofensiva de novo.

Mas Narcisse foi rápido. Já estava com o carro ligado quando Lori chegou à porta. Boone a protegeu, e o toque da sombra dele (que esticava pelo ar como fumaça) era mais do que suficiente para eliminar qualquer medo que ela pudesse sentir daquele corpo reordenado. Na verdade, ela se pegou imaginando como seria trepar com ele naquela configuração; abrir-se para a sombra e a própria substância do monstro.

O carro estava diante da delegacia, freando ruidosamente em meio a seus próprios vapores.

"*Vai!*", Boone falou, ajudando-a a sair, com sua sombra cobrindo a calçada para confundir a visão dos inimigos. E com razão. Um tiro estourou a janela traseira no momento em que ela se jogou dentro do carro, seguido por uma chuva de pedras.

Boone já estava ao seu lado, batendo a porta.

"Eles vão vir atrás de nós!", Narcisse avisou.

"Que venham", foi a resposta de Boone.

"Até Midian?"

"Isso já não é mais segredo para ninguém."

"Verdade."

Narcisse pisou fundo, e o carro arrancou.

"Vamos levar esse pessoal para o Inferno", disse Boone quando um quarteto de veículos começou a persegui-los, "se é isso o que eles querem."

Sua voz gutural vinha da garganta da criatura em que havia se transformado, mas a risada que veio em seguida era a de Boone, como se na verdade sempre tivesse sido da fera; um estado de humor mais extasiado do que sua humanidade permitia e que, enfim, encontrava seu propósito e seu verdadeiro rosto.

22

O TRIUNFO DA MÁSCARA

I

Mesmo se nunca vivesse outro dia como aquele, Eigerman não teria do que reclamar a Deus quando sua hora chegasse. Primeiro a visão de Boone acorrentado. Depois, carregando o bebê diante das câmeras, ciente de que seu rosto estaria estampado na capa de todos os jornais na manhã seguinte. E agora aquilo: Midian em chamas.

Foi uma ideia de Pettine — e muito boa, aliás — despejar gasolina pela abertura dos túmulos para obrigar o que estivesse lá embaixo a vir à tona. O resultado superou até suas melhores expectativas. Quando a fumaça engrossou e as chamas se espalharam, os inimigos não tiveram escolha a não ser sair de sua fossa imunda para o ar livre, onde o sol enviado por Deus fulminou muitos deles de imediato.

Mas não todos. Alguns tiveram tempo para se preparar para a saída e se protegiam da luz com qualquer coisa que encontrassem. Mas toda essa engenhosidade foi em vão. A pira estava cercada: havia homens no portão e ao redor dos muros. Incapazes de fugir voando e com a cabeça coberta contra o sol, foram empurrados de volta para a conflagração.

Em outras circunstâncias, Eigerman não teria demonstrado tão abertamente o quanto apreciava aquilo. Mas aquelas criaturas não eram humanas, o que ficava claro mesmo a uma distância segura. Eram aberrações bizarras, e não havia uma que fosse igual à outra. Ele tinha certeza de que até mesmo os santos sorririam ao vê-las destruídas. Derrotar o Diabo era o esporte favorito de Deus.

No entanto, o espetáculo não duraria para sempre. Logo a noite cairia. Quando sua maior defesa contra os inimigos sumisse das vistas, a maré poderia virar. Eles teriam que deixar a fogueira arder durante a noite e voltar pela manhã para desentocar e liquidar os sobreviventes. Com as cruzes e a água benta protegendo os muros e os portões, haveria poucas chances de fuga durante a madrugada. Ele não sabia ao certo que tipo de força estava subjugando os monstros — se era o fogo, a água, a luz do dia, a fé ou uma combinação disso tudo. Não fazia diferença. Só o que importava era que ele tinha o poder de destruí-los.

Um grito vindo do pé do morro interrompeu abruptamente os pensamentos de Eigerman.

"*Você precisa acabar com isso!*"

Era Ashbery. Parecia que havia se aproximado demais das chamas, com o rosto vermelho e todo suado.

"*Acabar com quê?*", Eigerman gritou de volta.

"Com esse massacre."

"Não estou vendo massacre nenhum."

Ashbery estava a poucos passos de Eigerman, e mesmo assim era preciso gritar por causa do barulho que vinha lá de baixo: a algaravia das aberrações e das chamas, pontuada de vez em quando por ruídos mais altos quando o calor fazia uma placa de granito se partir, ou derrubava um mausoléu.

"*Eles não têm a menor chance de se salvar!*", berrou Ashbery.

"E não é para ter mesmo", retrucou Eigerman.

"Mas você não sabe quem está lá embaixo! Eigerman... *Você não sabe nem quem está matando*!"

O chefe de polícia abriu um sorriso.

"Eu sei muito bem", respondeu, com um olhar que Ashbery só tinha visto antes em cães raivosos. "Estou matando os mortos, e como isso pode ser errado? Hein? *Responde, Ashbery*. Como pode ser errado fazer defuntos *continuarem mortos*?"

"Tem crianças lá embaixo, Eigerman", rebateu Ashbery, apontando o dedo para Midian.

"Ah, sim. Com olhos do tamanho de lâmpadas! E presas! Você viu os dentes desses filhos da puta? São filhos do Diabo, Ashbery."

"Você enlouqueceu."

"Você é bundão demais para admitir, não é? Não tem coragem de encarar a verdade."

Ele deu um passo na direção do padre e o segurou pela batina.

"Talvez você seja um *deles*, e não um dos nossos", falou ele. "É isso, Ashbery? Está sentindo o chamado selvagem, é?"

Ashbery arrancou suas vestes das mãos de Eigerman. O tecido se rasgou.

"Muito bem...", disse o padre, "eu tentei conversar civilizadamente com você. Já que seus homens são assim tão tementes a Deus, então é um homem de Deus que vai detê-los!"

"Deixe os meus homens em paz!", gritou Eigerman.

Mas Ashbery já estava descendo o morro, e a voz do chefe de polícia se perdeu em meio ao tumulto.

"*Parem!*", gritou Ashbery. "*Abaixem as armas!*"

Parado diante dos portões, ele era uma presença visível para boa parte dos homens de Eigerman e, apesar de apenas uma meia dúzia, se tanto, ter colocado os pés na igreja desde o casamento ou o batismo, eles deram ouvidos ao padre naquele momento. Afinal, queriam uma explicação para o que estavam vendo — um cenário de onde fugiriam de bom grado, mas alguma coisa dentro deles que não sabiam nem nomear os mantinha a postos diante dos muros, murmurando preces infantis.

Eigerman sabia que essa lealdade toda era apenas instintiva. Eles não obedeciam por amor à lei, e sim porque tinham mais medo de serem vistos recuando na frente dos companheiros do que de cumprir sua obrigação. Obedeciam porque eram incapazes de virar as costas para o fascínio de ver criaturas indefesas morrendo. Obedeciam porque era mais fácil do que desobedecer.

Ashbery poderia fazê-los mudar de ideia. Usava uma batina e tinha o dom da retórica. Se não fosse impedido, poderia arruinar seu dia.

O chefe de polícia tirou a arma do coldre e seguiu o padre morro abaixo. Ashbery o viu chegando, com o revólver em punho.

E elevou ainda mais o tom de voz.

"Não é isso o que Deus quer!", gritou ele. "Nem o que vocês querem. Vocês não querem ter o sangue de inocentes nas mãos."

Um padre nunca deixava de apelar para a culpa, pensou Eigerman.

"Cala essa boca, seu viado", ele berrou.

Ashbery não tinha a menor intenção de se calar, não quando tinha a plateia na palma da mão daquela maneira.

"Eles não são animais!", continuou. "São pessoas, que vocês estão matando só porque esse lunático mandou."

Eram palavras impactantes mesmo se fossem ditas para um bando de ateus. O padre estava expondo uma dúvida que grassava na cabeça de todos, mas ninguém ousava expressar. Um punhado de civis começou a se retirar para os carros, perdendo todo o entusiasmo pelo extermínio. Um dos homens de Eigerman também abandonou seu posto e se afastou do portão, com uma retirada lenta que se tornou uma carreira desabalada quando o chefe de polícia atirou em sua direção.

"*Não saiam dos seus postos!*", ele berrou, mas o homem já tinha desaparecido no meio da fumaça.

Eigerman direcionou toda a fúria para Ashbery.

"Tenho más notícias", disse ele, avançando na direção do padre.

Ashbery olhou ao redor em busca de alguém disposto a defendê-lo, mas ninguém moveu uma palha.

"Vão ficar só olhando enquanto ele me mata?", o padre gritou. "Pelo amor de Deus, alguém me ajude!"

Eigerman apontou a arma. Ashbery sabia que não adiantava tentar fugir de uma bala. Ele caiu de joelhos.

"Pai nosso...", começou.

"Você está sozinho nessa, chupador de rola", disse Eigerman. "Ninguém vai escutar os seus apelos."

"Não é verdade", retrucou alguém.

"Hã?"

A prece foi interrompida.

"*Eu* estou escutando."

Eigerman deu as costas para o padre. Uma silhueta surgiu na fumaça a uns dez metros dele. O chefe de polícia apontou o revólver na direção do recém-chegado.

"E quem é você?"

"Está quase anoitecendo", falou o outro.

"Se der mais um passo, eu atiro."

"Pode atirar", respondeu o homem, desafiando-o ao dar um passo na direção da arma.

A nuvem de fumaça que o escondia se dissipou, e o prisioneiro da cela cinco apareceu diante de Eigerman, com a pele mais corada e os olhos cheios de brilho. Totalmente nu, com um buraco de bala no meio do peito e mais feridas nos flancos decorando seu corpo.

"Você está morto", disse Eigerman.

"Pode apostar."

"Deus do céu."

Eigerman deu um passo para trás; depois mais um.

"Devem faltar uns dez minutos para o sol se pôr", falou Boone. "Depois disso, o mundo é nosso."

Eigerman sacudiu negativamente a cabeça.

"Você não vai pôr as mãos mim", disse ele. "Eu não vou permitir!"

Seu recuo com passos para trás virou uma corrida. Ele nem sequer arriscou uma espiada por cima do ombro. Se fizesse isso, veria que Boone não estava interessado em persegui-lo. Estava indo na direção contrária, para os portões sob cerco de Midian. Ashbery ainda estava lá.

"*Levanta daí*", disse Boone para ele.

"Se vai me matar, faça isso logo, está bem?", respondeu o padre. "Não precisa ficar enrolando."

"Por que eu mataria você?", perguntou Boone.

"Eu sou um padre."

"E daí?"

"Você é um monstro."

"E você não?"

Ashbery ergueu os olhos para Boone.

"Eu?"

"Tem uma lingerie de renda por baixo da sua batina", retrucou Boone.

O padre fechou com as mãos o rasgo em suas vestes.

"Por que esconder?"

"Me deixe em paz."

"Você precisa se perdoar", disse Boone. "Foi isso o que eu fiz."

Ele passou por Ashbery e seguiu na direção dos portões.

"Espere!", pediu o padre.

"Eu sairia daqui se fosse você. O pessoal de Midian não gosta de batinas. Trazem más lembranças."

"Eu quero ver", insistiu Ashbery.

"Por quê?"

"Por favor. Me leve com você."

"O risco é todo seu."

"Eu não me importo."

II

À distância, era difícil ter certeza do que estava acontecendo diante dos portões do cemitério, mas de duas coisas o médico tinha certeza: Boone estava de volta, e de alguma forma havia acuado Eigerman. Assim que viu sua chegada, Decker foi se abrigar em uma das viaturas, onde estava naquele momento, com a maleta nas mãos, tentando pensar no que fazer a seguir.

Era difícil, com duas vozes em sua mente dando conselhos conflitantes. Sua persona pública mandava que sumisse dali, antes que as coisas ficassem ainda mais perigosas.

Vá embora agora. Entre no carro e desapareça. Eles que morram todos juntos.

Era um conselho sábio. Com a noite chegando e a presença de Boone para liderá-las, as hostes de Midian poderiam sair vencedoras. Caso isso acontecesse e o encontrassem ali, seu coração seria arrancado do peito ainda batendo.

Mas havia outra voz clamando por sua atenção.

Fique, era sua exigência.

Era a voz da Máscara, que vinha da maleta em seu colo.

Você já me impediu de aparecer aqui uma vez, era sua queixa.

De fato, tinha, mas sabendo que ainda chegaria a hora certa de pagar essa dívida.

"Agora não", ele murmurou.

Agora, insistiu a voz.

Decker sabia que nenhum argumento racional teria peso contra aquele apetite; e que não era um simples pedido.

Olhe direito para o que está acontecendo. Eu tenho um trabalho a fazer.

O que a Máscara estava vendo que ele não conseguia enxergar? Decker olhou pela janela.

Não está vendo que ela está aqui?

Então ele viu. Em seu fascínio por Boone, nu diante dos portões, não havia reparado na outra recém-chegada: a mulher.

Não está vendo a vadia?, insistiu a Máscara.

"Estou, sim."

É o momento perfeito, não? No meio do caos, quem vai dar falta se eu acabar com ela? Ninguém. E, com ela fora do caminho, não vai sobrar ninguém que saiba do nosso segredo.

"Ainda restaria Boone."

Ele não tem como denunciar nada, riu-se a Máscara. *É um homem morto, ora. De que vale a palavra de um zumbi?*

"Nada", respondeu Decker.

Exatamente. Ele não representa perigo. Mas a mulher, sim. Me deixe calar a boca dela de uma vez por todas.

"Vamos supor que alguém veja."

Sim, vamos supor, disse a Máscara. *O que vão pensar é que é só mais um membro do clã de Midian em ação.*

"Não você", retrucou Decker.

A ideia de que seu precioso Outro pudesse ser confundido com os degenerados de Midian era repugnante.

"Você não é como eles", complementou.

Me deixe provar, insistiu a Máscara.

"Só a mulher?"

Só a mulher. Depois vamos embora.

Ele sabia que o conselho fazia sentido. Jamais haveria uma ocasião melhor para matar a vadia.

Decker começou a destrancar a maleta. Lá dentro, a máscara se agitou.

Depressa, para ela não sumir de vista.

Seus dedos deslizavam pelos números da combinação que liberava a fechadura.

Maldição, vamos logo com isso.

O último dígito foi posicionado. Com um clique, a fechadura se abriu.

O Cara de Botão nunca pareceu tão belo.

III

Apesar de Boone ter aconselhado Lori a ficar com Narcisse, a visão de Midian em chamas fez com que seu companheiro abandonasse a segurança do morro e descesse até os portões do cemitério. Lori o acompanhou por algum tempo, mas sua presença parecia uma intrusão no processo de luto dele, então ficou alguns passos para trás, observando-o sumir em meio à fumaça e à luminosidade cada vez menor do crepúsculo.

O cenário diante dela era de confusão absoluta. Qualquer tentativa de concluir o ataque à necrópole estava descartada desde que Boone colocou Eigerman para correr. Os policiais e seus apoiadores civis tinham recuado das muralhas. Alguns já tinham inclusive ido embora, provavelmente temendo o que aconteceria quando o sol mergulhasse de vez no horizonte. Mas a maioria ainda estava lá, planejando uma batida em retirada, se fosse necessário, e hipnotizados por aquele espetáculo de destruição. O olhar de Lori se alternava entre uns e outros, tentando identificar algum sinal de como estavam se sentindo, mas as fisionomias eram todas inexpressivas. Parecia máscaras mortuárias, ela pensou, sem nenhum tipo de reação. Só que ela agora *conhecia* os mortos. Andou no meio deles, falou com eles, os viu sentir as coisas e chorar. Então quem eram os *verdadeiros* mortos? Os de coração silencioso, que ainda tinham sentimentos, ou seus torturadores de olhos vidrados?

Uma brecha na fumaça revelou o sol, em queda para a borda do mundo. Aquela luz avermelhada a atordoou. Ela fechou os olhos para se proteger.

Na escuridão, ouviu uma respiração pouco atrás de onde estava. Lori abriu os olhos e começou a se virar, ciente de que um perigo se aproximava. Era tarde demais para fugir. O Mascarado estava a menos de um metro dela, e se aproximando cada vez mais.

Era questão de segundos até que a faca a atingisse, mas foi o suficiente para que enxergasse o Mascarado como nunca antes. Tinha a mesma expressão vazia dos rostos que ela havia observado, mas aperfeiçoada à perfeição; o vilão humano transformado em mito. Não fazia sentido chamá-lo de *Decker*. Aquele não era Decker. Não adiantava chamá-lo assim. Não havia como nomeá-lo, assim como não havia como detê-lo.

Ele cortou seu braço. Uma, duas vezes.

Não houve provocações verbais desta vez. Ele estava lá apenas para despachá-la.

As feridas ardiam. Instintivamente, ela levou a mão aos cortes, e esse movimento deu a ele a oportunidade de derrubá-la com uma rasteira. Não houve tempo de amortecer a queda. O impacto expulsou o ar de seus pulmões. Lutando para respirar, Lori virou o rosto para o chão para não o deixar na mira da faca. O chão parecia tremer sob seu corpo. Uma ilusão, claro. Mas aconteceu de novo.

Ela olhou para o Mascarado. Ele também tinha sentido o tremor, e olhava na direção do cemitério. Essa distração seria sua única chance; era preciso aproveitá-la. Rolando para longe da sombra dele, Lori ficou de pé.

Não havia sinal de Narcisse, nem de Rachel; muito menos esperança de conseguir ajuda com as máscaras mortuárias, que tinham deixado a vigília e fugiram à medida que a fumaça e os tremores se intensificavam. Fixando os olhos nos portões por onde Boone entrou, ela foi cambaleando morro abaixo, sentindo o chão de terra dançar sob seus pés.

A fonte dos tremores era Midian. A deixa era o desaparecimento do sol, e com isso, a luz que aprisionava a Raça no subterrâneo. Eram eles que faziam o chão tremer enquanto seu refúgio era destruído. O que era de baixo não podia mais permanecer embaixo.

A Raça das Trevas estava emergindo.

Saber disso não a desviou do caminho que tinha tomado. Ela já havia aprendido a aceitar o que quer que estivesse à solta do outro lado dos portões, onde poderia esperar um tratamento misericordioso. Do horror às suas costas, no seu encalço, sabia que não teria perdão.

Apenas o fogo que saía dos túmulos iluminava seus passos a essa altura, um caminho apinhado pelos destroços do cerco: latões de gasolina, pás, armas abandonadas. Ela estava quase nos portões quando viu Babette perto do muro, com o terror estampado no rosto.

"*Foge daqui!*", ela gritou, com medo de que o Mascarado ferisse a criança.

Babette obedeceu, e seu corpo pareceu se fundir ao da fera quando ela se transformou e disparou para dentro dos portões. Lori ia alguns passos atrás dela, mas, assim que entrou no cemitério, a menina desapareceu, perdendo-se entre as alamedas cobertas de fumaça. Os tremores eram tão fortes que moviam as pedras do calçamento, como se alguma força subterrânea — Baphomet, talvez, Aquele que Fez Midian — estivesse abalando suas estruturas para reduzir tudo a ruínas. Ela não esperava tamanha violência; sua chance de sobreviver ao cataclismo eram mínimas.

Mas era melhor ficar enterrada nos escombros do que sucumbir ao Mascarado. No fim, era uma dádiva o Destino lhe ter concedido uma chance de escolher como sua vida terminaria.

Clive Barker
CABAL
RAÇA DAS TREVAS

23

O TORMENTO

I

Em Shere Neck, enquanto estava preso, as lembranças do labirinto de Midian atormentaram Boone. Fechando os olhos para se proteger do sol, ele se perdia por ali, e quando os reabria encontrava imagens residuais dos túneis em suas impressões digitais e nas veias dos braços. Veias em que não corria nenhum calor; assim como Midian, eram lembretes de sua vergonha.

Lori tinha quebrado o feitiço do desespero, vindo até ele e *exigindo* que se perdoasse.

De volta às alamedas de onde vinha sua condição monstruosa, sentiu que o amor dela era a vida que seu corpo não tinha mais.

Ele precisava desse conforto em meio ao pandemônio. A Raça das Trevas não só estava destruindo Midian como destruindo todas as pistas de sua existência e as marcas de sua passagem por ali. Boone os via em ação por onde passava, trabalhando para terminar o que o bando liderado por Eigerman havia começado. Juntando os pedaços dos mortos e jogando nas chamas; queimando suas camas, suas roupas e tudo o que não pudessem levar consigo.

Não eram apenas preparativos para uma fuga. Ele pôde contemplar os membros da Raça de formas que nunca haviam sido possíveis antes: abrindo asas, desdobrando pernas e braços. Um se tornando vários (um homem, um bando); vários se tornando um (três amantes, uma nuvem). Por toda parte, os ritos de partida.

Ashbery estava ao lado de Boone, agitadíssimo.

"Para onde eles estão indo?"

"Cheguei tarde demais", lamentou Boone. "Eles estão indo embora de Midian."

A tampa de um túmulo mais adiante havia voado, e uma forma espectral se elevou como um foguete para o céu noturno.

"Que lindo", comentou Ashbery. "O que eles são? Por que eu nunca os vi antes?"

Boone sacudiu a cabeça. Não sabia descrever a Raça com palavras que não remetessem às velhas formas de pensar. O lugar deles não era o Inferno; nem o Céu. Eram aquilo que a espécie a que ele havia pertencido não conseguia suportar. Não pessoas; uma não tribo; o tecido da humanidade picotado e costurado de novo com a lua dentro.

E, antes que sequer tivesse a chance de conhecê-los — e dessa forma conhecer *a si mesmo* —, Boone os perdia. Eles estavam encontrando em suas células formas de se transportar e subindo noite adentro.

"É tarde demais", repetiu, e a dor de testemunhar aquela partida encheu seus olhos de lágrimas.

A fuga estava se tornando generalizada. Por todo lado portas eram abertas, e lajes de pedras viradas, enquanto os espíritos ascendiam de inúmeras formas. Nem todos voavam. Alguns saíam como bodes ou tigres, correndo pelo meio das chamas e portões afora. A maioria ia sozinha, mas alguns — cuja fertilidade não foi afetada nem pela morte, nem por Midian — seguiam com famílias de seis ou mais, com os pequenos nos braços. Boone sabia que estava testemunhando o fim de uma era, decretado no momento em que ele pisou no solo de Midian. Era ele o responsável por aquela devastação, apesar de não ter acendido o fogo nem aberto nenhum túmulo. Foi ele quem trouxe os homens para Midian e, com isso, a destruição. Nem mesmo Lori conseguiria convencê-lo a se perdoar por isso. Esse pensamento poderia tê-lo atraído para as chamas, caso não tivesse ouvido a criança chamar seu nome.

Ela só era humana na parte que necessitava para articular as palavras; o restante era fera.

"*Lori*", a menina falou.

"O que tem ela?"

"Foi pega pelo Mascarado."

O Mascarado? Só podia ser Decker.

"*Onde?*"

II

Perto, e então ainda mais.

Ciente de que não tinha como correr mais depressa, tentou *desafiá-lo* em vez disso, indo para um lugar onde achava que ele não ousaria ir. Mas ele estava determinado demais a matá-la para deixá-la escapar, e a seguiu pelo território onde o chão se levantava sob seus pés e a fumaça os cercava.

Mas não era a voz dele que a chamava naquele momento.

"Lori! Por aqui!"

Ela arriscou um olhar desesperado, e lá estava Narcisse — *Deus o abençoe!* — a chamando. Lori se desviou do caminho, ou do que restava da alameda pavimentada, na direção dele, esgueirando-se entre dois mausoléus enquanto, depois do estouro dos vitrais, uma sombra com olhos partia de seu esconderijo para as estrelas. Era como um pedaço da própria noite, ela observou, maravilhada. Seu lugar era no céu.

Aquela visão desacelerou seu ritmo em uma, mas fatal, passada. O Mascarado a alcançou e a puxou pela camisa. Ela se jogou para a frente para evitar a facada que sabia que viria, sentindo o tecido rasgar ao cair. Dessa vez ele a pegou. Enquanto ela estendia os braços para a parede em uma tentativa de se levantar, sentiu a mão enluvada em sua nuca.

"*Ei, imbecil!*", alguém gritou.

Ela ergueu os olhos e viu Narcisse do outro lado da passagem entre os mausoléus. Claramente conseguiu chamar a atenção de Decker. O aperto em seu pescoço estava afrouxando. Não o suficiente para deixá-la escapar, mas, se Narcisse conseguisse manter a distração, talvez fosse possível.

"*Tenho uma coisa aqui para você*", falou ele, tirando as mãos dos bolsos para mostrar os ganchos prateados nos polegares.

Ele bateu um no outro. Os ganchos faiscaram.

Decker deixou o pescoço de Lori escapar entre os dedos, e ela saiu cambaleando na direção de Narcisse. Ele vinha pela passagem na direção dela — ou melhor, na de *Decker*, em quem seus olhos estavam cravados.

"Não...", falou ela, ofegante. "Ele é perigoso."

Narcisse a ouviu — e *sorriu* ao escutar seu alerta —, mas não respondeu. Apenas passou por ela para interceptar o assassino.

Lori olhou para trás. Quando os dois estavam a menos de um metro um do outro, o Mascarado sacou uma segunda faca, com a lâmina da largura de um machete, de dentro do paletó. Antes que Narcisse tivesse a chance de se defender, o açougueiro deu um golpe rápido de cima para baixo que separou a mão esquerda dele do punho em um único corte. Sacudindo a cabeça, Narcisse deu um passo atrás, mas o Mascarado continuou avançando, erguendo o machete uma segunda vez e golpeando o crânio da vítima. O impacto dividiu ao meio a cabeça de Narcisse do couro cabeludo ao pescoço. Era o tipo de ferimento a que nem um morto conseguiria sobreviver. O corpo de Narcisse começou a tremer e — como Ohnaka, exposto à luz do sol — ele se desfez com um estalo e, em meio a um coro de uivos e suspiros, saiu voando.

Lori soltou um soluço, mas logo se forçou a se calar. Não havia tempo para chorar. Se esperasse cair uma lágrima que fosse, o Mascarado a pegaria, e o sacrifício de Narcisse teria sido em vão. Ela começou a se afastar de costas, sentindo as paredes tremerem ao seu lado, ciente de que não poderia fazer nada além de correr, mas sem conseguir se libertar da visão depravada do Mascarado. Em meio à carnificina que promoveu, ele espetou uma das metades da cabeça de Narcisse em sua lâmina mais fina e apoiou a faca no ombro, como um troféu, antes de recomeçar a perseguição.

Nesse momento ela correu, para longe das sombras dos mausoléus e de volta para a alameda principal. Mesmo se sua memória lhe proporcionasse alguma orientação sobre os arredores, todos os monumentos haviam desaparecido e virado detritos; ela não sabia nem diferenciar o norte do sul. No fim, dava no mesmo. Qualquer que fosse a direção que tomasse, só encontraria ruínas e seu perseguidor. Se o Mascarado continuasse tentando pegá-la para sempre — sem dúvida faria isso —, adiantaria alguma coisa viver com medo dele? Era melhor deixá-lo conseguir logo o que queria. Seu coração já estava extenuado demais para ser submetido a ainda mais pressão.

Mas, no momento em que ela se resignou a se entregar à faca, o pedaço de chão que a separava de seu agressor rachou, e uma coluna de fumaça a escondeu do Mascarado. Um instante depois, a alameda inteira se abriu. Ela caiu. Mas não para o chão, que já não existia. Para as profundezas da terra...

III

"... caindo!", exclamou a criança.

O susto quase a derrubou dos ombros de Boone. Ele levantou as mãos para apoiá-la. Ela segurou os cabelos dele com ainda mais força.

"Está firme aí?", ele perguntou.

"Estou."

Ela não admitia a presença de Ashbery os acompanhando. Ele foi deixado à própria sorte no meio do caos, enquanto os dois procuravam por Lori.

"Mais adiante", disse a menina, direcionando sua montaria. "Não muito longe daqui."

O fogo estava se apagando, depois de devorar tudo o que podia. Confrontado com os tijolos frios, só o que podia fazer era torná-los escuros antes de se extinguir. Mas os tremores mais abaixo não tinham cessado. As movimentações ainda continuavam provocando atritos de pedra contra pedra. E, além das reverberações, havia outro som, que Boone não exatamente ouvia, mas *sentia*, nas entranhas e nos dentes.

A criança virou sua cabeça, usando o cabelo dele como rédeas.

"Por ali", disse ela.

As chamas enfraquecidas tornaram o avanço mais fácil — seu brilho não fazia bem para os olhos de Boone. Ele pôde andar mais depressa, embora as alamedas tivessem sido abaladas pelo sismo e afundado no chão.

"Ainda falta muito?", ele quis saber.

"*Shh*", ela fez para ele.

"Que foi?"

"Para um pouco."

"Você também ouviu?", perguntou ele.

"Sim."

"O que é isso?"

A princípio, ela não respondeu, continuou só escutando.

Então falou:

"*Baphomet*".

Durante as horas que passou preso, ele pensou mais de uma vez na câmara do Concessor do Batismo; do tempo arrepiante que passou diante do Deus dividido. Baphomet não havia feito profecias para ele, murmurando em sua cabeça e exigindo que ouvisse? Aquela ruína estava prevista, assim como a ideia de que o fim de Midian se aproximava. Porém não fez acusações, apesar de estar falando com o responsável por tudo aquilo. Em vez disso, adotou um tom quase *íntimo*, que o apavorou mais do que qualquer ataque poderia ter feito. Boone não estava preparado para ser confidente de potestades. Tinha procurado Baphomet como um recém-falecido clamando por um lugar na terra. Mas foi recebido como o protagonista de um futuro drama. Chamado por outro nome, inclusive. Só que não queria nada disso. Nem os vaticínios, nem o nome. Ele resistiu, deu as costas ao Concessor do Batismo; se afastou cambaleando, tentando silenciar aqueles sussurros da mente.

Isso ele não conseguiu. Bastava pensar em Baphomet que as palavras dele, e aquele nome, reapareciam como Fúrias.

"Você é Cabal", tinha dito o Concessor do Batismo.

Ele renegou o nome na ocasião; e continuava renegando. Por mais que lamentasse a tragédia de Baphomet, que não tinha como escapar de sua condição despedaçada, havia questões mais urgentes com que ocupar sua atenção.

Ele não tinha como salvar o Concessor do Batismo. Mas poderia salvar Lori.

"Ela está lá!", avisou a criança.

"Onde?"

"Lá na frente! Olha!"

Apenas o caos era visível. A alameda diante deles havia desmoronado; luz e fumaça subiam do chão partido. Não havia nem sinal de alguém vivo.

"Não estou vendo", disse Boone.

"Ela está lá embaixo", respondeu a criança. "No fosso."

"Então me leva até lá."

"Eu não posso ir além daqui."

"Por que não?"

"Me põe no chão. Eu já vim até onde podia." Um tom inconfundível de pânico surgiu na voz dela. "*Me põe no chão*", repetiu a menina.

Boone agachou, e a criança saiu de cima dos seus ombros.

"Qual é o problema?", perguntou ele.

"Eu não posso ir com você. É proibido."

Depois do pandemônio que tinham atravessado, aquele desespero era surpreendente.

"Você está com medo do quê?", ele quis saber.

"Eu não posso olhar", respondeu ela. "Para o Concessor do Batismo."

"Ele está aqui?"

Ela fez que sim com a cabeça, afastando-se dele depois que uma nova sacudida violenta abriu ainda mais a fissura.

"Vai buscar Lori", a menina disse. "Ela precisa vir aqui para cima. E você é a única chance dela."

Em seguida, a criança desapareceu, com as duas pernas se transformando em quatro enquanto fugia, deixando Boone sozinho diante do fosso.

IV

Lori ficou inconsciente por alguns momentos durante a queda. Quando voltou a si, segundos depois, estava no meio de uma superfície inclinada. O teto acima dela ainda estava intacto, mas com várias rachaduras, que continuavam se abrindo enquanto ela observava, avisando sobre um colapso iminente. Ela olhou para cima da elevação. O túnel mais próximo estava aberto para a luz do céu. Começou a engatinhar naquela direção, com a terra caindo sobre sua cabeça e as paredes estalando, prestes a ceder.

"*Agora não...*", ela murmurou. "*Por favor, agora não...*"

Foi só quando chegou a menos de dois metros do cume que seus sentidos desorientados reconheceram o local. Ela havia carregado Boone por aquela mesma rampa, para longe da entidade que habitava a câmara mais abaixo. Estaria por ali ainda, observando sua fuga? Ou aquele cataclismo era um sinal de sua partida, o adeus do arquiteto? Ela não se sentia observada, mas talvez estivesse sendo. Seu corpo e sua mente estavam funcionando só na base do instinto. Havia vida no alto da rampa. Centímetro a centímetro, com um esforço agoniante, ela estava indo em sua direção.

Depois de mais um minuto ela chegou ao túnel, ou aos seus restos desmoronados. Deitou-se um pouco, olhando para o céu. Recuperando o fôlego, ficou de pé e examinou o braço ferido. Os cortes estavam cobertos de terra, mas pelo menos tinham parado de sangrar.

Quando esticou a perna para se mover, algo caiu perto de seus pés, provocando um baque molhado sobre a poeira. Narcisse surgiu diante dela, com a metade que lhe restava do rosto virada para Lori. Ela disse seu nome com um soluço, e então se virou para o Mascarado, que vinha agachado por cima do túnel como um coveiro e então pulou para onde estavam os dois.

A ponta da lâmina estava apontada para o coração dela. Se Lori estivesse mais firme sobre os pés, teria sido atingida, mas a terra no alto da rampa cedeu quando deu um passo para trás, e ela não teve forças para impedir a queda, rolando pela rampa abaixo...

O grito deu a Boone uma indicação de seu paradeiro. Ele passou por cima dos pedaços caídos do pavimento e entrou nos túneis expostos. Em seguida, atravessou o labirinto de paredes desmoronadas e chamas quase apagadas na direção dela. Mas não foi a imagem dela que viu mais adiante, virando-se para ele com as lâminas em punho.

Era o médico, finalmente.

Em seu local de precária segurança da rampa, Lori viu o Mascarado lhe dar as costas, desviando-se de seu propósito. Tinha conseguido deter a queda se agarrando a uma fresta na parede com a mão boa, que cumpriu sua função por tempo suficiente para que ela visse Boone no corredor mais acima. Ela viu o que o machete fez com Narcisse. Até os mortos tinham sua mortalidade. Mas, antes que pudesse dar um alerta para Boone, uma onda de energia gelada subiu a rampa, vinda de trás dela. Baphomet não havia saído de sua chama. Ainda estava lá, e sua força fez seus dedos escorregarem da parede.

Incapaz de resistir, ela deslizou pela rampa para a câmara em erupção.

Os êxtases dos membros da Raça não abalaram Decker, que foi para cima de Boone como um funcionário de abatedouro voltando a uma matança interrompida: sem floreios, sem paixão.

Isso o tornava mais perigoso. Ele atacou depressa, sem dar nenhuma pista de sua intenção. A lâmina fina foi diretamente para o pescoço de Boone.

Para desarmar o oponente, Boone se afastou um passo. A faca escapou dos dedos de Decker e se prendeu à carne de Boone. O médico não fez nenhuma tentativa de recuperá-la. Em vez disso, empunhou a lâmina gigantesca com as duas mãos no cabo. Nesse momento, emitiu um ruído — um gemido grave, que se transformou em uma respiração ofegante enquanto ele avançava para liquidar sua vítima.

Boone se agachou para se esquivar do golpe cortante, e a lâmina se encravou na parede do túnel. Uma chuva de terra caiu sobre os dois quando Decker a arrancou de lá. Em seguida, brandiu o machete de novo, dessa vez errando o alvo por um dedo.

Surpreendido em uma posição de desequilíbrio, Boone quase caiu, e quando seus olhos se voltaram para baixo ele viu o troféu de Decker. Era impossível confundir aquele rosto mutilado com qualquer outro — Narcisse, retalhado e morto no chão.

"*Seu desgraçado!*", ele rugiu.

Decker parou um instante, observando Boone. Começou a falar, mas não com sua própria voz. Era um tom diferente, debochado e esganiçado. "Você também pode morrer", foi o que disse.

Enquanto falava, ele brandia a lâmina para a frente e para trás, não para ferir Boone, apenas como uma prova de força. O machete produzia ruídos agudos como aquela voz; a melodia de uma mosca em um caixão, repicando nas paredes.

Boone se afastou antes que a demonstração terminasse, com um terror mortal se manifestando nas entranhas. Decker estava certo. Os mortos podiam *mesmo* morrer.

Ele puxou o ar com força, pela boca e a garganta perfurada. Tinha cometido um erro fatal, mantendo-se em sua forma humana na presença do Mascarado. E por quê? Por causa da ideia absurda de que seu confronto final deveria ser homem a homem; que trocariam algumas palavras antes da luta, e que poderia destruir o ego do médico antes de acabar com a vida dele.

Mas não seria assim. Não era a vingança de um paciente contra um prestador antiético de cuidados de saúde — era uma fera contra um açougueiro, enfrentando-se com dentes e facas.

Boone exalou o ar, e a verdade escorreu de suas células como mel. Seus nervos foram invadidos pelo êxtase; seu corpo latejava enquanto crescia de tamanho. Nunca tinha sentido um alívio tão grande na vida como nos momentos em que se despia de sua humanidade e se vestia para a noite.

"*Já chega...*", falou ele, e deixou a fera se soltar completamente.

Decker ergueu o machete para dar fim ao inimigo antes que a transformação se concluísse. Mas Boone não esperou. Ainda em mutação, abriu um rasgo no rosto do açougueiro, arrancando a máscara — com botões, zíperes e tudo mais — para revelar o rosto doentio por baixo.

O médico urrou ao ser desmascarado, levando a mão ao rosto para escondê-lo ao menos em parte do olhar da besta.

Boone pegou a máscara do chão e começou a destroçá-la, rasgando o tecido com as garras. Os urros de Decker se tornaram ainda mais altos. Tirando a mão do rosto, ele avançou sobre Boone com uma fúria insana. A lâmina o acertou no peito, abrindo um corte enorme, mas quando voltou para um segundo ataque, Boone largou os pedaços de pano e bloqueou o golpe, prensando o braço de Decker contra a parede com uma força de quebrar os ossos. O machete foi ao chão, e Boone levou a mão ao rosto de Decker.

Os urros pararam assim que as garras se aproximaram dele. A boca se fechou. As feições crispadas perderam o ímpeto. Por um instante, Boone estava olhando para o rosto em que tinha ficado vidrado durante horas, absorvendo cada palavra. Nisso, sua mão desceu do rosto para a garganta, apertando a traqueia de Decker, por onde tinham saído tantas mentiras. Ele fechou o punho, e as garras perfuraram o pescoço do médico. Em seguida as puxou de volta, fazendo o sangue jorrar. Os olhos de Decker se arregalaram, encarando fixamente aquele que o silenciava. Boone cravou as garras de novo, e de novo. Os olhos de Decker ficaram vidrados. O corpo se contorceu em movimentos espasmódicos antes de começar a amolecer.

Boone não o deixou cair. Continuou segurando-o como se estivesse em uma dança, e destroçou o corpo dele assim como havia feito com a máscara, com pedaços de Decker voando e grudando nas paredes. Havia apenas uma vaga lembrança dos crimes cometidos pelo médico contra ele em sua memória. A destruição foi conduzida com o fervor típico da Raça, extraindo uma satisfação monstruosa daquele ato monstruoso. Depois de fazer o máximo de estrago que podia, largou os restos no chão e terminou sua dança pisoteando o parceiro.

Aquele corpo não levantaria do túmulo. Não havia esperança de ressurreição mundana. Mesmo em meio ao derramamento de sangue do ataque, Boone se segurou para não dar a mordida que levaria a vida após a morte para o organismo de Decker. A pele dele tinha serventia apenas para as moscas e seus filhotes; a reputação ficaria à mercê do capricho de quem contasse a história. Boone não estava nem aí. Se nunca se livrasse do peso dos crimes de Decker sobre seus ombros, não faria muita diferença mesmo. Ele não era mais inocente. Com aquele ato, tinha se transformado no assassino que Decker tentou convencê-lo de que era. Ao matar o profeta, tornou a profecia verdadeira.

Ele deixou o corpo largado no chão e foi procurar Lori. Só havia um lugar para onde pudesse ter ido: rampa abaixo para a câmara de Baphomet. Havia um padrão lógico naquilo. O Concessor do Batismo a *trouxe* até aqui, arrancando o chão sob os seus pés para que Boone fosse atrás.

As chamas em que estavam seu corpo dividido lançava uma espécie de fascínio frio sobre seu rosto. Boone começou a descer a rampa naquela direção, coberto com o sangue do inimigo.

24

CABAL

I

Perdido em meio àquela terra arrasada, Ashbery encontrou uma luz que brilhava entre as pedras fraturadas do calçamento. Seus raios eram terrivelmente gelados, e pegajosos de um jeito como a luz não deveria ser, grudando em sua manga e sua mão antes de desparecer. Intrigado, ele foi seguindo sua fonte de uma erupção a outra, encontrando-a cada vez mais intensa a cada novo local.

Um estudioso na juventude, o padre reconheceria o nome Baphomet caso alguém o tivesse sussurrado em seu ouvido, e entenderia por que a luz, projetada pela chama da entidade, exercia tamanha atração sobre ele. Reconheceria a deidade como um deus e uma deusa em um único corpo. Reconheceria também que seus adoradores haviam sofrido por seu ídolo, queimados como hereges ou perpetradores de crimes contra a natureza. E concluiria sabiamente que um poder temido como aquele exigia esse tipo de homenagem.

Mas não havia ninguém para lhe contar. Apenas a luz para atraí-lo.

II

O Concessor do Batismo não estava sozinho em sua câmara. Boone contou pelo menos onze membros da Raça junto às paredes ao redor, ajoelhados, vendados e de costas para a chama. Entre eles, estavam o sr. Lylesburg e Rachel.

No chão, à direita da porta, estava Lori, com o braço e o rosto ensanguentados e de olhos fechados. Mas, quando foi ao seu socorro, a criatura que residia no fogo cravou os olhos nele, fazendo-o se virar com aquele toque gelado. Havia questões a resolver que não podiam ser adiadas.

Aproxime-se, chamou Baphomet. *Por livre e espontânea vontade*.

Boone estava com medo. A chama que se elevava do chão era duas vezes maior do que da vez anterior em que esteve ali, chegando ao teto da câmara. Fragmentos de terra transformados em gelo ou cinzas caíam em uma chuva reluzente e se acumulavam no chão. Mesmo a uma dezena de metros de distância, a sensação provocada pela energia daquele fogo era brutal. E, mesmo assim, Baphomet o *convidava* a se aproximar.

Você está seguro. Veio coberto do sangue do inimigo. *Vai mantê-lo aquecido*.

Ele deu um passo na direção da chama. Embora tivesse sofrido ferimentos de bala e lâmina desde a morte, sem sentir nada, era impossível ignorar o fogo gelado de Baphomet, que o fazia arder em sua nudez e formava padrões congelados em seus olhos. Mas as palavras da entidade não eram uma promessa vazia. Seu sangue foi esquentando à medida que o ar ao seu redor se tornava mais frio. Isso o encorajou a dar os últimos passos.

A arma, disse Baphomet. *Descarte*.

Ele havia esquecido da faca no pescoço, que arrancou da carne e jogou de lado.

Mais perto, pediu o Concessor do Batismo.

A fúria da chama permitia apenas vislumbres da aparência assustadora de Baphomet, mas que bastavam para confirmar o que Boone observou no encontro anterior: se aquela deidade tinha feito criaturas à sua imagem e semelhança, nunca havia olhado para elas. Nem em sonhos existia algo que se assemelhasse ao Concessor do Batismo, que era único e inimitável.

De repente, uma parte da entidade se projetou da chama em sua direção. Se era um membro, ou órgão ou as duas coisas, Boone não teve a chance de ver — foi agarrado pelo pescoço e o cabelo e puxado para o fogo. O sangue de Decker não o protegeu dessa vez; o gelo queimou seu rosto. Mas Boone não tentou resistir. Segurando-o com força, Baphomet puxou sua cabeça para o fogo. Ele soube no mesmo instante o que aquilo significava: o *Batismo*.

E, para confirmar, ouviu a voz de Baphomet em sua mente.

Você é Cabal, foi o que disse.

Era uma dor reconfortante. Boone abriu a boca para puxar o ar, e o fogo desceu por sua garganta até sua barriga e seus pulmões, de onde se espalhou para o corpo todo, carregando consigo seu novo nome, batizando-o de dentro para fora.

Ele não era mais Boone. Era Cabal. Uma aliança entre muitos.

A partir dessa purificação, ele teria sangue quente e poderia fazer filhos: essa era a concessão de Baphomet, a dádiva da deidade. Mas também seria frágil, ou ainda mais frágil. Não só porque sangrava, mas porque tinha um propósito.

Preciso me esconder esta noite, disse Baphomet. *Todos temos inimigos, mas os meus vivem há mais tempo e se tornaram mais cruéis que quaisquer outros. Preciso ser levado e escondido deles.*

Agora a presença dos membros da Raça fazia sentido. Eles haviam ficado para trás para levar consigo uma fração do Concessor do Batismo e ocultar de quem quer que fossem as entidades que o perseguiam.

Isso é responsabilidade sua, Cabal, disse Baphomet. *Não o estou acusando. Era seu destino. Nenhum refúgio é eterno. Mas eu encarrego você de...*

"Sim", respondeu ele. "Me diga."

Reconstruir o que destruiu.

"Uma nova Midian?"

Não.

"O que, então?"

Você precisa descobrir um lugar para nós no mundo dos humanos.

"Me ajude", ele pediu.

Não posso. Daqui em diante, sou eu que preciso de sua ajuda. Você desfez o mundo. Agora precisa refazê-lo.

Houve tremores na chama. Os Ritos de Batismo estavam quase encerrados.

"Por onde começo", perguntou Cabal.

Me cure, respondeu Baphomet. *Me encontre e me cure. Me salve de meus inimigos.*

A voz que ouviu pela primeira vez estava totalmente transformada. Não havia mais nenhum sinal de autoridade, só uma súplica por cura e proteção, transmitida com um sussurro suave. Até mesmo o aperto em sua cabeça tinha aliviado, deixando-o livre para olhar à esquerda e à direita. Um chamado que ele não tinha ouvido convocou os seguidores de Baphomet. Apesar das vendas, andaram com passos firmes para perto da chama, que tinha perdido boa parte da ferocidade. Eles levantaram os braços que seguravam as mortalhas, a parede de fogo se desfazia à medida que os pedaços do corpo de Baphomet foram sendo depositados nos braços dos peregrinos e imediatamente escondidos das vistas.

Aquele despedaçamento foi uma coisa agoniante. Cabal sentiu a dor na própria carne, consumindo-o até se tornar quase insuportável. Para tentar escapar da sensação, começou a se afastar da chama.

Mas ao fazer isso uma peça ainda não entregue surgiu diante dos seus olhos. A cabeça de Baphomet — virada para ele, enorme e branca, de uma simetria fabulosa. Seu corpo todo se moveu naquela direção: o olhar, as secreções e o pau. Seu coração começou a bater, curando a parte destruída na primeira latejada. Seu sangue coagulado se liquidificou como a relíquia de um santo e começou a correr pelas veias. Seus testículos se enrijeceram; o esperma subiu para o pênis. Ele ejaculou na chama, e pérolas de sêmen foram tocar o rosto do Concessor do Batismo.

Então o encontro se desfez. Ele cambaleou para fora do fogo enquanto Lylesburg — o último integrante do séquito ainda na câmara — recebia a cabeça da chama e a embrulhava na mortalha.

Com a partida de seus ocupantes temporários, a ferocidade da chama redobrou. Cabal deu alguns passos vacilantes para trás enquanto o fogo assumia um vigor apavorante...

No chão mais acima, Ashbery sentiu uma força se erguer, e tentou fugir, mas sua mente estava transtornada pelo que tinha visto, e o peso disso o retardou. O fogo o alcançou, arremessando-o para cima enquanto subia para o céu. Ele gritou ao seu toque, e ao sentir os resquícios da presença de Baphomet inundarem seu corpo. Suas muitas máscaras foram incineradas. Primeiro a batina, depois a calcinha de renda que não conseguia passar nem um dia da vida adulta sem usar. Então a anatomia sexual que nunca apreciou. E, por fim, sua carne, limpando-o por inteiro. Ele foi ao chão mais nu do que saiu do ventre da mãe, e cego. O impacto destroçou os seus braços e pernas de forma irreparável.

Mais abaixo, Cabal se recuperou do torpor da revelação. O fogo tinha aberto um buraco no teto da câmara e estava se espalhando em todas as direções. Consumiria a carne com a mesma facilidade que destruía terra ou pedras. Eles precisavam sair dali. Lori estava acordada. A julgar pela desconfiança estampada no olhar quando ele se aproximou, tinha visto o Batismo e estava com medo dele.

"Sou eu", disse ele. "Ainda sou eu."

Ele estendeu a mão. Ela a pegou, e ele a pôs de pé.

"Eu carrego você."

Ela fez que não com a cabeça, com o olhar voltado para alguma coisa no chão mais atrás. Ele olhou também. A lâmina de Decker estava caída perto da fissura, onde o homem que ele era antes do Batismo a tinha jogado.

"Você quer?", perguntou ele.

"Quero."

Protegendo a cabeça dos detritos, ele foi até lá e pegou a faca.

"Ele está morto?", ela perguntou quando ele voltou.

"Está."

• • •

Não havia um cadáver para comprovar a afirmação dele. O túnel estava desmoronando e já tinha soterrado Decker, assim como estava acontecendo com toda Midian, que se transformava em um túmulo para os túmulos.

Com tanta coisa já destruída, não foi difícil achar uma passagem até os portões principais. Não viram nenhum sinal dos habitantes de Midian pelo caminho. Ou o fogo consumiu seus restos mortais, ou estavam cobertos de escombros e terra.

Do lado de fora, em um lugar impossível de não ver, Lori encontrou um lembrete inconfundível de alguém para quem rezava que se salvasse. A boneca de Babette — feita de palha e coroada com flores —, deixada no meio de um pequeno círculo de pedras. Quando tocou o brinquedo com os dedos, Lori teve a impressão de ver uma última vez pelos olhos da criança — uma paisagem passando em alta velocidade para a segurança. Foi um vislumbre brevíssimo. Ela não teve tempo de desejar boa sorte para a menina antes que a visão fosse interrompida pelo susto provocado por um ruído às suas costas. Quando se virou, Lori viu que os pilares que sustentavam os portões de Midian começavam a tombar. Cabal a pegou no colo no momento que as duas estruturas de pedra se chocaram uma com a outra como dois atletas de luta-livre se defrontando, então caíram para o lado onde, momentos antes, estavam Lori e Cabal.

III

Embora não tivesse um relógio para ver as horas, Cabal tinha uma noção clara — mais uma dádiva de Baphomet, talvez — de quanto tempo faltava para amanhecer. Em sua mente, ele via o planeta como um mostrador de relógio decorado com mares e a mágica linha divisória entre o dia e a noite se movendo pela superfície.

Mas não teve medo da aparição do sol no horizonte. Seu Batismo lhe deu uma força que era negada a seus irmãos e irmãs. O sol não o mataria. Ele estava convicto disso. Sem dúvida, seria desconfortável. O crepúsculo sempre seria uma visão mais bem-vinda do que a aurora. Mas sua atuação não ficaria limitada à calada da noite. Ele não seria obrigado a esconder a cabeça do sol como os demais membros da Raça. Inclusive, naquele momento eles precisavam encontrar um refúgio antes do amanhecer.

Ele os imaginou atravessando o céu sobre a América do Norte, ou correndo por suas rodovias, com os grupos se dividindo quando alguém se cansava ou encontrava um possível abrigo; o restante seguia em frente, com o desespero crescendo a cada momento. Silenciosamente, desejou uma boa viagem e um porto seguro para eles.

E mais: prometeu que os encontraria de novo no devido tempo. Reuniria todos para viverem juntos, como aconteceu em Midian. De forma involuntária, ele os prejudicou. Agora precisaria corrigir seu erro, não importava o quanto demorasse.

“Preciso começar hoje mesmo”, disse ele a Lori. “Ou os rastros vão esfriar e nunca mais vou conseguir encontrar ninguém.”

“Você não vai a lugar nenhum sem mim, Boone.”

“Eu não sou mais Boone”, ele contou.

“Por quê?”

Eles estavam sentados no morro com vista para a necrópole, onde ele narrou tudo o que havia aprendido com o Batismo. Duras lições, que ele não tinha palavra suficientes para comunicar. Lori estava trêmula e exausta, mas não queria parar de ouvir.

"Continua...", dizia a todo momento, quando ele se interrompia. "Me conta tudo."

Ela já sabia da maior parte. Tinha sido um instrumento de Baphomet tanto quanto ele, talvez até mais. Parte da profecia. Se não fosse Lori, ele nunca teria voltado a Midian para salvar a cidade — e fracassar. A consequência desse retorno e desse fracasso era a missão que ele tinha agora.

Mesmo assim, ela se recusou a aceitar.

"Você não pode me deixar. Não depois de tudo o que aconteceu."

Ela pôs a mão na perna dele.

"Lembra do que aconteceu na cela...", murmurou Lori.

Ele a olhou.

"Você me disse para eu me perdoar. E foi um bom conselho. Mas isso não significa que eu possa virar as costas para o que aconteceu aqui. Baphomet, Lylesburg, todos eles... destruí o único lar que eles já tiveram."

"Não foi *você* que destruiu."

"Se eu nunca tivesse vindo para cá, ainda estaria tudo de pé", respondeu ele. "Preciso compensar esse estrago todo."

"Então me leva com você", ela pediu. "Vamos juntos."

"Não tem como ser assim. Você está viva, Lori. Eu, não. Você ainda é humana. Eu, não."

"Você pode mudar isso."

"O que está querendo dizer?"

"Você pode me transformar também. Não é nada difícil. Com uma mordida de Peloquin, você nunca mais foi o mesmo. Então faz isso *comigo*."

"Eu não posso."

"Você não *quer*, é o que está me dizendo."

Ela virou a ponta da faca de Decker na terra.

"Não quer ficar comigo. Simples assim, não é?" Ela abriu um sorrisinho com os lábios comprimidos. "Não tem coragem para dizer, é isso?"

"Quando meu trabalho estiver concluído", disse, "aí talvez."

"Ah, daqui a uns cem anos?", ela murmurou, com as lágrimas subindo aos olhos. "Então você vai poder voltar para mim, não é? Me tirar do túmulo. Me beijar todinha. Me dizer que deveria ter vindo mais cedo, mas que os dias passaram *voando*."

"*Lori*."

"Cala essa boca", ela mandou. "Já chega de desculpinhas. Isso tudo é como um tapa na cara para mim." Lori ficou olhando para a faca, não para ele. "Sei que você tem seus motivos. São o maior papo furado, mas é a isso que você se apega. E precisa de alguma coisa em que se agarrar."

Ele ficou imóvel.

"Está esperando o quê? Eu não vou dizer que está tudo bem, não. Pode ir. Eu nunca mais quero olhar na sua cara."

Ele ficou de pé. A raiva dela o magoava, mas era melhor que o choro. Cabal se afastou dois ou três passos, e então — quando se deu conta de que não receberia um sorriso e nem mesmo um olhar — deu as costas para ela.

Só então ela levantou a cabeça. Ele estava olhando para o outro lado. Era agora ou nunca. Ela levou a ponta da faca de Decker à barriga. Sabia que não conseguiria cravá-la só com uma das mãos, então ficou de joelhos, enterrou o cabo na terra e deixou o peso do corpo cair sobre a lâmina. A dor foi terrível. Ela deu um berro.

Quando se virou, ele a viu se contorcendo toda, com o sangue se derramando na terra. Voltou correndo até lá e a virou. Os estertores da morte já eram visíveis.

"*Eu menti*", ela murmurou. "Boone... eu menti. Você é tudo o que eu quero ver para sempre."

"Não morre", ele pediu. "Ah, pelo amor de Deus, não morre."

"Então não me deixa morrer."

"Eu não sei como."

"Me mata. Me morde... me dê o bálsamo."

A dor contorceu seu rosto. Ela estava ofegante.

"Ou me deixa morrer, se não quer me levar junto. Isso é melhor do que uma vida sem você.

Ele a abraçou, vendo as lágrimas caírem do rosto dela. As pupilas estavam se revirando sob as pálpebras. A língua tocava os lábios em movimentos espasmódicos. Em questão de segundos, deixaria de viver. Uma vez morta, não haveria como tocá-la com seu poder.

"Isso... é um... *não*?", ela perguntou, sem conseguir enxergá-lo mais.

Ele abriu a boca para responder, levantando o pescoço dela para a mordida. A pele tinha um cheiro azedo. Cravando os dentes no músculo, sentiu o gosto da carne ensanguentada na boca, e o bálsamo subindo pela sua garganta para entrar na corrente sanguínea dela. Mas os tremores no corpo de Lori já tinham cessado. Ela amoleceu em seus braços.

Levantando a cabeça do pescoço rasgado de Lori, ele engoliu o que havia sugado. Tinha esperado tempo demais. Maldição! Ela era sua mentora e confessora, e mesmo assim, a deixou morrer. A morte a alcançou antes que houvesse tempo para transformar a mordida em promessa.

Atordoado por seu mais recente e lamentável fracasso, ele a deitou no chão diante de si.

Quando tirou os braços de baixo do corpo dela, Lori abriu os olhos.

"Eu nunca vou abandonar você", disse ela.

25

FICA COMIGO

I

Foi Pettine que encontrou Ashbery, mas foi Eigerman quem associou o corpo ao homem a quem pertencia. O padre ainda estava com vida, um fato que — considerando a gravidade dos seus ferimentos — beirava ao milagroso. Ambas as pernas foram amputadas na manhã seguinte, e um dos braços, na altura do bíceps. Ele não saiu do coma depois das cirurgias, nem morreu, apesar de todos os cirurgiões opinarem que sua chance era quase zero. Mas o mesmo fogo que o feriu também lhe deu uma força sobrenatural. Contrariando todas as probabilidades, ele resistiu.

Ashbery não ficou sozinho durante as noites e os dias de inconsciência. Eigerman ficou ao seu lado 24 horas por dia, como um cachorro ao lado de uma mesa, esperando que alguma migalha caísse, certo de que o padre poderia guiá-lo até o mal que havia destruído a vida de ambos.

Acabou conseguindo mais do que queria. Quando Ashbery, enfim, despertou, depois de dois meses à beira da morte, ressurgiu como um homem eloquente. Insano, mas de uma eloquência ímpar. Citou o nome de Baphomet. E de Cabal. Contou, usando os hieróglifos de um lunático incurável, que a Raça havia levado os pedaços de sua divindade, que mantinha escondidos. E mais que isso. Disse que poderia encontrá-los de novo. Tocado pelo fogo do Concessor do Batismo e de seus sobreviventes, queria voltar a experimentar aquela sensação.

"Sinto o cheiro de Deus", ele repetia vezes a fio.

"Você pode nos levar até Ele?", questionava Eigerman.

A resposta era sempre sim.

"Serei os seus olhos, então", se ofereceu Eigerman. "Vamos juntos."

Ninguém queria saber das evidências que Ashbery apresentava, pois já havia loucura suficiente em sua história, que se tornaria intolerável se ganhasse o peso de uma realidade. As autoridades cederam de bom grado a custódia do padre a Eigerman. Os dois se mereciam, era a opinião geral. Nenhum dos dois tinha mais um pingo de juízo.

Ashbery era dependente de Eigerman para tudo: pelo menos de início, incapaz de comer, cagar ou se lavar sem ajuda. Por mais repugnante que fosse cuidar de um imbecil, Eigerman sabia que Ashbery era um presente de Deus. Através dele, ainda poderia se vingar das humilhações sofridas nos momentos derradeiros de Midian. Codificadas nos delírios de Ashbery, havia pistas sobre o paradeiro do inimigo. Com o tempo, ele aprenderia a decifrá-las.

E, quando conseguisse — ah, *quando conseguisse* — seria um dia de acerto de contas que faria a Última Trombeta do Apocalipse parecer uma mera canção.

II

Os visitantes chegavam à noite, discretamente, e se refugiavam onde podiam.

Alguns se restabeleceram nos locais habitados por seus ancestrais — cidadezinhas com amplos horizontes e céu aberto, onde as pessoas ainda cantavam na igreja aos domingos e as cercas de madeira eram repintadas a cada primavera. Alguns foram para as cidades: Toronto, Washington, Chicago, na esperança de passarem despercebidos onde as ruas estavam sempre lotadas e a corrupção de ontem era a moeda corrente de hoje. Em um lugar assim, sua presença poderia não ser notada por um, dois, três anos. Mas não para sempre. Estivessem escondidos em um desfiladeiro, uma baía ou uma planície arenosa, todos sabiam que não se tratava de uma residência permanente. Com o tempo, seriam desmascarados e expulsos. Havia um frenesi em outras terras, em especial entre seus velhos inimigos, os cristãos, que tinha se tornado um espetáculo diário, com pregações sobre um mártir e exigência de derramar sangue em Seu nome. Assim que descobrissem a Raça em seu meio, as perseguições seriam retomadas.

Portanto, a discrição era a palavra-chave. Eles só comiam a carne quando os famintos adoeciam, e de vítimas de que muito provavelmente ninguém daria falta. Evitavam infectar outros, para não acabar denunciando sua presença. Caso um fosse encontrado, nenhum outro poderia se expor para ir em seu auxílio. Era duro viver sob leis tão estritas, mas não tanto quanto as consequências de não as obedecer.

De resto, só era preciso paciência, e a isso estavam acostumados. Seu libertador em algum momento viria, desde que conseguissem se manter vivos e esperando. Poucos sabiam a forma em que apareceria, mas todos conheciam seu nome.

Cabal, era como se chamava. *Aquele que Desfez Midian*.

As preces eram todas dirigidas a ele. *Que ele venha na próxima ventania. Se não hoje, então amanhã*.

Eles não pediriam com tanto fervor se tivessem ideia dos abalos que sua vinda traria. Poderiam nem sequer rezar se soubessem que estavam orando por si mesmos. Mas essas eram revelações para outro momento. Por ora, suas preocupações eram mais simples. Impedir que as crianças fossem para os telhados à noite; e que os loucos urrassem muito alto; e que os jovens se apaixonassem por humanos no verão.

Era uma vida, simplesmente.

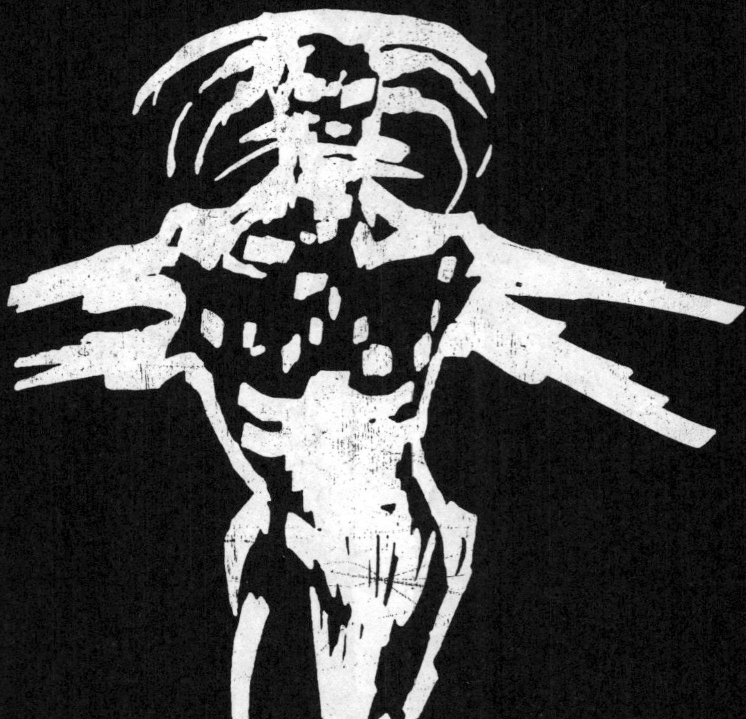

CLIVE BARKER é um artista de inúmeras capacidades e talentos indomáveis. O escritor, cineasta, roteirista, ator, produtor de cinema, artista plástico e dramaturgo, nascido em 1952 em Liverpool, gosta de viver de sua imaginação e é uma joia rara no horror. Clive Barker se tornou mundialmente conhecido na década de 1980 com sua coletânea de histórias curtas e impactantes, *Livros de Sangue*. A antologia macabra e brutal o estabeleceu como um escritor consagrado do gênero. Seus personagens saíram das linhas perturbadoras de seus contos para protagonizar histórias em quadrinhos e jogos de computador, além de filmes agora clássicos como *Hellraiser*, *A Lenda de Candyman* e *O Último Trem*. Parte fundamental de seu trabalho, as pinturas e ilustrações de Barker transmitem sua energia, poder e caos, e já foram exibidas em galerias de arte, nas capas e no interior de seus próprios livros. O mestre do horror visceral tem uma escrita peculiar, provocante, muitas vezes poética, mesmo (e principalmente) quando ele nos apresenta vivissecções, torturas e desmembramentos. Sua vasta produção é fonte de pesquisa para autores, dramaturgos, cineastas, músicos e artistas plásticos que se dispõem a mergulhar nas águas escurecidas e sangrentas do horror. Saiba mais em clivebarker.info.

MACABRA™

DARKSIDE

FEAR IS NATURAL ©MACABRA.TV DARKSIDEBOOKS.COM